Hohenheim

CHRISTOPH SONNTAG

DAS BUSORAKEL

Hohenheim Verlag
Stuttgart · Leipzig

Für meine zwei
geliebten Sektbläschen
Salome und Samuel

Satz: Satz & mehr, Besigheim
Druck und Bindearbeiten:
CPI Moravia Books GmbH, Korneuburg
Printed in Austria

ISBN 978-3-89850-192-7

Prolog

Dies ist die Geschichte von Daniel, seiner Braut, ihrer Schwester, ihrem Bräutigam, dessen Pfleger und dessen Azubi. Es ist die Geschichte von Daniels Sohn und Daniels Enkel. Alle Personen haben dieselbe Geschichte erlebt. In diesem Buch fließen ihre Erfahrungen zusammen.

Alles erinnert an jene bekannte Fabel, in der drei Menschen, die für die großen Religionen stehen, in der Dunkelheit Gott begegnen, der ein Elefant ist: Der eine Mensch berührt seinen Rüssel, der andere sein Ohr, der dritte den Vorderfuß. Später streiten sie sich bis aufs Blut, denn sie alle haben Gott leibhaftig erlebt. Wobei der eine behauptet, Gott sei ein Rochen, der zweite, Gott sei eine Röhre, der dritte, Gott sei eine Tonne.

Die ganze Geschichte aber ist: Gott – wenn es ihn gibt – ist ein Elefant.

Wovon hier nun berichtet werden soll und was sich tatsächlich zugetragen hat, ist eine Geschichte, die mehrere Personen zusammen erlebt haben und davon aus ihrer Sicht berichten, ohne das große Ganze dahinter zu bemerken.

Immer dann, wenn sich einer der Erzählenden auf den Rochen, auf die Röhre oder auf die Tonne versteifen möchte – dann werde ich mich einmischen und vom Elefanten erzählen.

Teil 1

1

Daniel beschleunigte seine Schritte. Der Hall, den die engen Wände zurückwarfen, wurde lauter und bedrohlicher. Ein bekanntes Gefühl drückte auf seine Brust und schnürte ihm die Kehle zu. Daniel wußte, daß die katalanische Hauptstadt sicherer war als ihr Ruf; sie mußte es sein, denn schließlich wohnte er nun schon seit über zwei Jahren hier, und es war ihm noch nichts, aber auch gar nichts passiert. Las man jedoch die Boulevardzeitung oder schaute sich im Fernsehen die Berichte über Barcelona an, dann wandelte sich das Bild, das Daniel von der Stadt hatte, und Barcelona wurde zum Monster, das vergewaltigte, ausraubte und tötetet, wo und wann immer es ging. Wenn Daniel nüchtern war, glaubte er seinem Bauch blind und liebte diese fröhliche und friedliche Stadt. Wenn ihn aber wie jetzt etliche aus der Flasche getrunkene Biere, zwei Kurze und der danach gierig bis tief hinab in die Spitzen seiner Lungenflügel gezogene Rauch eines Joints von seinem Bauch trennten, dann blinkte die Warnlampe im Kopf hell und hektisch. Die Schritte wurden lauter, die Verfolger kamen näher. Daniel rannte nun schon fast und kämpfte bei jedem Schritt um sein Gleichgewicht. Spontan wich er in eine kleine Seitengasse ab und zwängte sich in einen Hauseingang. Schwer atmend stand er da und versuchte, über das Rasseln seiner Lunge hinweg die Geräusche um ihn herum wahrzunehmen. Über ihm wurde die Klospülung gezogen und im Haus gegenüber eine Türe zugeknallt, aus der Ferne drang das Heulen eines Babys an sein Ohr, doch die Verfolger schienen auch stehengeblieben zu sein. Daniel verharrte einen

Moment und verließ dann den Hausflur, schlich leise die Seitengasse ein paar Schritte zurück und spähte ängstlich in beide Seiten der etwas größeren Gasse hinein, aus der er soeben gekommen war. Seine schulterlangen Haare waren feucht, die Angst weitete seine dunklen Augen. Der Schweiß lief von der Stirn sein braungebranntes Gesicht herab; einige der Tropfen verfingen sich in seinen unrasierten Wangen, einige fanden direkt den Weg von der Stirn ins linke Auge, welches daraufhin heftig zu brennen begann. Der Zwanzigjährige rieb sich mit dem Handrücken darüber, was die Schmerzen nur noch größer machte, und das gab ihm den spontanen Impuls, nachdem er keinen seinen Verfolger sehen konnte, wieder loszuspurten. Und wie aus dem Nichts waren auch die Schritte wieder da und verfolgten ihn weiter und erbarmungslos. Obwohl Daniel hinter seinem Rausch sogar immer ein wenig ahnte, daß es diese Verfolger gar nicht gab, daß sie nur von seiner Einbildung Leben eingehaucht bekamen, waren sie doch im Moment so real, daß er jederzeit damit rechnete, sie würden ihn von hinten an der Schulter packen und zu Boden reißen. Daniel rannte um sein Leben. Im Innersten wußte er, daß es weniger von den Verfolgern, als vielmehr von seiner Zuneigung zu berauschenden Drogen bedroht war, und doch konnte er sich trotz dieser tiefen Erkenntnis nicht selbst aus seiner eingebildeten Panik reißen. Von weitem zeigte sich der rettende Eingang. Im Laufen zog Daniel seinen Schlüssel aus der Hose, der ihm prompt entglitt. Bei einer richtigen Verfolgung wäre dies der entscheidende Moment gewesen, an dem er den Schlüsselbund dringend hätte liegenlassen müssen, seinen Plan ändern und im großen Bogen um das Haus das Weite hätte suchen müssen. Doch zu solch strategischem Denken war Daniel in seinem Zustand nicht in der Lage. Abrupt stoppte er seinen hektischen Lauf, bildetet sich in seinem Haschrausch, bei dem seine Synapsen wild hin und her transmitterten, felsenfest ein, dabei ein lautes, quietschendes Bremsgeräusch wie im Comicstrip abzugeben, kehrte ein paar Schritte um, schnappte den auf dem Boden liegenden Schlüssel mit für seinen Zustand erstaunlicher Sicherheit und rannte weiter, bis er schweratmend vor ihrer Haustüre stand. Erstaunlicherweise fand er mit dem Schlüssel sofort das Schloß, zog die Türe auf, katapultierte sich fast ins Innere, stieß die Türe zu und lehnte sich dann schwer atmend von innen dagegen. So verharrte er ein paar Minuten, die ihm vorkamen wie eine halbe Ewigkeit. Dann rieb er sich mit dem Handrücken die juckende Nase, schüttelte den Kopf, als wollte er das Erlebte ein für allemal abschütteln und stieg langsam und schwer die Treppen hoch bis zum dritten Stock. Als er die Türe dort mit dem Schlüssel öffnen wollte, rutschte seine Umhängetasche, die er jetzt überhaupt erst wieder wahrnahm, von der Schulter ab, prallte mit einem ordentlichen Krachen gegen die Türe und landete unsanft auf dem Boden. In demselben Moment hatte Daniel die Wohnungstüre geöffnet.

Innen stand sie. Mit großen Augen, als würde sie ihn heute zum ersten Mal sehen, starrte sie ihn an. Sie kam ihm verändert vor, sie trug Kleider, die er noch nie gesehen hatte, aber sie war schön wie immer, er liebte sie, und zu diesem Gefühl kam ein zweites dazu: Gerade eben noch war sein Leben verwirkt gewesen, und nun war es plötzlich gerettet und in seinem Drogenwahn warf er die Freude über seine Braut mit seiner Rettung in einen Topf; sie hatte ihm soeben das Leben gerettet, und seine Dankbarkeit darüber steigerte sein Begehren nach ihr ins Unermeßliche. Ohne ein Wort zu sagen und ohne die Haustüre zu schließen ging er wortlos auf sie zu, riß ihr mit einer Mischung aus Zärtlichkeit, Begierde und Brutalität die Bluse vom Leib, daß die Knöpfe davonjagten wie die Munition aus einer Schrotflinte. Er hatte den Eindruck, daß sie sich von der Macht des Momentes mitreißen ließ. Sie war nicht aktiv, aber sie wehrte sich auch nicht. Daniel kannte sie so gar nicht, eigentlich war sie viel spielerischer, selbstbewußter, stärker, aber gerade ihre momentane Andersartigkeit steigerte sein Empfinden, daß dies ein göttlicher – oder ein teuflischer – Augenblick war. Sie bewegte sich anders, sie faßte anders zu, sie roch anders und doch war sie ihm unendlich bekannt. Daniel sollte später nicht mehr wissen, ob sie es überhaupt getrieben hatten und wenn ja, wo; auf dem Flurboden, im Stehen? Er würde die Bilder nie mehr zusammenbringen. Das einzige, an das er sich ab diesem Moment immer erinnern konnte, war, als der Kosmos sich in sein Leben einmischte, just in jenem Moment, in dem er ein tierisches Grunzen von sich gebend mit seiner Braut zugange war – und zeitgleich seine Braut das Zimmer betrat. Daniel starrte sie an. Erst die Braut, die er berührte, küßte und liebte, und dann die Braut, die wortlos und wie angewurzelt im Türrahmen stand. Das war die erste Krümmung des Raums, die Daniel selbst miterlebte; die vierte Dimension demonstrierte still, aber mächtig ihre Existenz. Seine Freundin, seine Braut, hatte sich entweder entmaterialisiert, dupliziert und war als eigene Kopie wieder erschienen oder sie war sich beim Ritt auf der Zeitschiene selbst begegnet. Dies mußte versehentlich passiert sein, denn offensichtlich war die eine Braut über das Auftauchen ihres zweiten Ichs genauso baff und entsetzt wie die andere. Daniel mutmaßte, daß sie es war, die ihm immer und immer wieder durch die Gassen Barcelonas hinterher hetzte. Er entschied in diesem Moment, daß eine Frau, die sich selbst duplizieren konnte, zuviel für ihn war. Er hatte einen Blick in eine Welt getan, die ihm unheimlich war. Eigentlich wollte er diesen ganzen spirituellen Kram nie erleben, immer hatte er als Kind furchtbare Angst gehabt, seine tote Tante könnte ausgerechnet bei ihm eines Nachts auf der Bettkante sitzen. Deshalb hatte er Jahre seines Nachtschlafes bei brennender Zimmerbeleuchtung verbracht, weil er hoffte, daß die ganzen Geisterwesen elektrisches Licht scheuten. Und nun schien sich für ihn zu bewahrheiten, daß wir uns im Leben ausgerechnet immer den Dingen, die wir am meisten fürchten, stellen müssen. Das Spirituelle war da, in sein Leben eingedrungen und war nicht mehr zu verleugnen. In Windeseile zog er seine Hose hoch, schnappte seine Umhängetasche und verließ, ohne ein Wort zu sagen, den Raum. Während er die Treppen herunterlief hörte er seltsame Geräusche aus der Wohnung seiner Braut, die er dahingehend interpretierte, daß sich die Hexe da oben nun wieder zu einer Person zusammenfügte. Dies versetzte ihn erneut in höchste Panik, und er rannte aus dem Haus, den ganzen langen Weg zurück, den er vor wenigen Minuten erst hergelaufen war, als sein Leben noch unberührt war und er im Begriff, in Kürze zu heiraten. Aus der Bewegung heraus warf er den Schlüssel ins Gebüsch; er hatte Angst, die stärker war als jede Liebe, Angst, die ihm sagte, er wollte zu dieser Frau, die sich aufteilen kann, nie mehr zurückkehren. Und noch eine Ahnung erfaßte Daniel in diesem Moment mit fürchterlicher Macht: Seine spirituelle Abstinenz war vorüber, ab sofort würde er sich nolens volens auf die Suche machen müssen, auf die Suche nach der universellen kosmischen Weisheit, nach jener Wahrheit, die hinter all der eingebildeten Fassade steckt, die man einfach so unüberlegt „Leben“ nennt.

Währenddessen saß der Buspassagier im Bus und überlegte, daß Bus fahren an sich eine langweilige Sache war. Lesen mochte er gar nicht erst anfangen, denn dazu waren die Strekken immer zu kurz. Während er noch überlegte, was er mit seiner toten Zeit im Bus künftig anfangen könnte, zwang sein

Gehirn ihn dazu, dem Gespräch, das in den Sitzen vor ihm sehr laut geführt wurde, zuzuhören. Interessant, daß sich die Menschen im Bus immer so sicher fühlen, dachte er. Vor ihm saßen zwei Männer, von denen einer eine neue Festnetznummer hatte und im Begriff war, dem anderen die neue Zahlenkombination auf einen Zettel zu diktieren. Der Buspassagier hatte zufällig gerade seinen Notizblock auf dem Schoß und einen Kugelschreiber in der Hand, weil er notieren wollte, was er im Fahrradgeschäft alles kaufen mußte, um sein Fahrrad wieder flott zu kriegen. Ohne zu wissen, warum, notierte er die laut ausgeplauderte Telefonnummer spaßeshalber mit und ordnete sie den Namen zu, mit denen die zwei sich ansprachen. Als er seinen Notizblock gerade wieder in die Tasche stecken wollte, um auszusteigen und ein neues Bustikket für die nächste Fahrt zu kaufen, horchte er plötzlich auf. „Ich sag dir eines, Jonas", der Ausplauderer senkte seine Stimme ein wenig und drehte den Kopf für den Bruchteil einer Sekunde suchend nach hinten, aber nicht so weit, daß er die Aufmerksamkeit des Buspassagiers hätte erahnen können, der interessiert in seinem Notizblock blätterte, „wenn meine Frau den Schlüssel finden würde, den ich mit Tesafilm von unten an die Schublade meines Nachttisches geklebt habe und damit mein unteres Schreibtischfach aufschließen würde, dann würde sie Videos und Aufnahmen finden, mit denen sie mal lernen könnte, um wieviel besser ihre Freundinnen im Bett sind als sie selbst!"

Ja, dachte der Buspassagier im Aussteigen, was würde wohl passieren, wenn sie jetzt gleich einen Anruf bekäme, auf der neuen Festnetznummer, die ja – wie ihr Gatte es Jonas gerade erzählt hatte – noch gar keiner kennen konnte? Einen Anruf von einem, der sich, sagen wir, als bester Freund von Jonas ausgeben würde und beichten würde, er halte den Gewissensbissen nicht mehr stand und müsse ihr einfach von dem Versteck des Schlüssels, dem unteren Schreibtischfach und den schmuddeligen Videos erzählen? Welche Verwerfungen und Krisen würde das wohl auslösen? Und derjenige, der anruft, würde gar nichts davon mitkriegen? Interessante Überlegung....

1a

„Was war das denn?“ fragte der Azubi den Pfleger, nachdem sie sich mit einem Seitenblick noch einmal vergewissert hatten, daß der Alte sicher auf seinem Platz saß.

„Das war einer seiner Jünger!“

„Seiner was?“

„Jünger! Sag ich doch!“

Der Pfleger winkte dem Alten zu, der mit leerem Blick durchs Busfenster auf die zwei Mitarbeiter des Pflegeheims starrte und aussah wie Stephen Hawkings, der geniale Physiker, der vor knapp vierzig Jahren verstorben war und für viele Philosophen als Urvater des neuen Bewußtseins galt, das nach der großen Wirtschaftskrise um sich griff und die Welt grundlegend verändert hatte.

„Wie? Der rennt hier her, fällt vor dem Alten auf den Boden und sagt: ‚Danke, Meister, ich danke Dir!‘ – um ein Haar hätte ich den Verrückten weg getreten!“

„Gut, daß Du's nicht gemacht hast!“

„Warum?“

„Wer weiß, wie die anderen Jünger darauf reagiert hätten!“ Der Blick des Pflegers wurde streng, „und die kriegen immer alles mit!“

„Überhaupt, Chef, was soll die Geschichte mit der ewigen Busfahrerei? Was ist das für ein Rollstuhl?“ Damit zeigte der Azubi mit einer beiläufigen Bewegung auf die Spezialanfertigung: Vorne an jeder Armlehne war ein in alle Richtungen schwenkbarer Zwölf-Zoll-Bildschirm montiert, unter den Armlehnen war jeweils der dazugehörige kleine Hochleistungsprozessor befestigt. Die Energie lieferte eine für das Jahr 2048 völlig veraltete Brennstoffzelle, die unter der Sitzfläche angebracht war, und an der Kopfstütze

befanden sich zwei Antennen. Die eine war für das satellitengestützte Ortungssystem, mit dessen Hilfe die Pflegeheimleitung ihre Schäfchen jederzeit über Galileo II orten konnte, was seit gut zwanzig Jahren gesetzlich vorgeschrieben war, und die andere verband die beiden Rechner mit dem Netz. Über den einen Bildschirm raste eine Buchstabenkette hinweg, so, als suche der Rechner selbsttätig ein ganz bestimmtes Wort in einem unendlichen Roman, der andere Rechner schien bemüht zu sein, im weltweiten Netz Nachrichten auszutauschen und selbsttätig Anfragen zu bearbeiten.

„Das ist eine längere Geschichte, mein Junge, aber sie ist sehr interessant!"

Der Azubi schaute seinen Ausbilder aufmerksam an.

„Es ist die Geschichte eines großen Zufalls, der womöglich keiner war – oder doch, wer weiß das schon?"

Der Azubi steckte sich unschlüssig eine Zigarette an.

„Spinnst du?" zischte der Ausbilder erschrocken, „mitten auf der Straße?"

Der Azubi zuckte ungerührt mit den Schultern: „Mich haben sie noch nie erwischt!"

„Ich mach dir einen Vorschlag. Wir haben vierzig Minuten Zeit, bis der Alte seine Fahrt hinter sich hat. Laß uns ins Morlok gehen, dort gibt es den letzten Raucherkasten in dieser Stadt, der noch ein klein wenig Flair besitzt; du zahlst den Kaffee und lieferst die Zigaretten, und ich erzähl dir seine Geschichte!"

„Hört sich gut an!" sagte der Azubi. Der Pfleger machte eine auffordernde Kopfbewegung, und die zwei setzten sich Richtung Café Morlok in Bewegung. Im Laufen zog der Ausbilder eine kleine Fernbedienung aus der Tasche und drückte auf einen Knopf. Daraufhin setzte sich der leere Rollstuhl in Bewegung und folgte ihnen geräuschlos.

Der Alte schaute derweil teilnahmslos durchs Busfenster – hinaus auf die beiden Pfleger, die sich gerade davonmachten, seinen Rollstuhl im Schlepptau. Die gehen bestimmt in diese Raucherkneipe, ins Morlok, dachte er, und ein leises Lachen entwich seinen rissigen blaugefleckten Lippen. Heutzutage war es schon Anarchie, auf offener Straße zu rauchen; mein Gott, waren wir frei damals, dachte er, frei wie die Vögel, und doch haben wir es viel zu wenig genutzt!

Früher war er auch immer ins Morlok gegangen. Der Laden hieß damals nur völlig anders und war auch völlig anders, selbst die Häuser drum herum waren anders; früher hatten sie alle noch große protzige Glasfassaden, aber nachdem 2030 wegen des massiven Klimawandels das Nullenergiehaus gesetzlich gefordert wurde, wurden sie allesamt abgerissen und mit wärmegeschützen Fassaden vertauscht, durch die man heute bloß noch durch kleine Fenster hindurchsehen konnte. Das Deckenlicht wurde im Lichthof eingefangen und durch eine aufwendige Spiegeltechnik in alle Zimmer verteilt. Romantisch war das nicht, aber sparsam. Der Alte seufzte. Alles war anders, dachte er schwer, damals. Und doch erinnerte er sich schmerzlich genau. Denn just in dieser Kneipe, die heute „Morlok“ und seinerzeit noch ganz anders hieß und ganz anders aussah und ganz anders war, hatte er vor nunmehr fast auf den Tag genau vierundvierzig Jahren das erste Gespräch mit ihr geführt. Um genau zu sein, das erste längere mit dieser Frau, die sein Leben verändert hatte und die nun tot war. Wie ihre Schwester.

Der Alte seufzte. Nein, er wollte nicht wieder in diese Denkfalle geraten, für welchen Tod er welche Verantwortung zu tragen hatte oder auch nicht. Heute nicht diesen Film sehen, das führte nicht weiter und da half nur: Schnell an etwas anderes denken. Zum Beispiel an seine Pfleger. Der jüngere war erst seit ein paar Wochen im Heim und schwer einschätzbar. Er hatte lange, leicht gewellte, dunkelbraune Haare und einen südländischen Teint. Er kleidete sich stets auffallend jugendlich: Turnschuhe, Jeans oder legere Stoffhose. Je nach Wetter trug er T-Shirts mit bunten Aufschriften, mal auch ein kurzärmeliges über dem Langarmshirt, Kapuzenpullis oder Hemden, die er über die Hose hängen ließ. Er bewegte sich sehr sportlich und weich, fast wie ein Indianer. Er war schlank und muskulös, und er schlich durch die Gänge des Pflegeheims wie Winnetou, aber nicht wie der schicke Winnetou in der laut angedonnerten Neuverfilmung, bei der man bloß einem Haufen Geld beim Wackeln zuschauen kann, nein, in dem marderalten Filmschinken aus dem letzten Jahrtausend, wie hieß der gleich noch mal, dachte der Alte, dieser geschmeidige „Winnetou...war...ein Christ!" und dann starb er, Pierre irgendwas, wenn ich jetzt im Rollstuhl säße, könnt ich's kurz nachschauen, aber, ist ja auch egal. Jedenfalls: Dieser Azubi konnte schleichen wie ein Apache auf dem Kriegspfad. Betrachtete man ihn von hinten, so mußte man intuitiv auf einen etwa Zwanzigjährigen tippen. Doch wenn man ihn von der Seite oder gar von vorne ansah, fiel der Blick sofort auf eine extrem hohe Stirn, wie sie Zwanzigjährige nicht haben konnten. Und die Lachfältchen an Mundwinkeln und Augen sowie die nachdenklichen Stirnfalten erzählten von guten dreißig Lebensjahren. Was den Jungen aber vor allem merkwürdig machte, war sein Status: Auszubildender. Warum gibt sich ein Mensch in diesem Alter dem Streß hin, einen Pflegeberuf zu erlernen? Was hatte er vorher gemacht? Als Insasse der Pflegeanstalt war es schwierig, an detaillierte Informationen heranzukommen, aber was der Alte bisher über den Azubi erfahren hatte, konnte die Verwirrung über diesen Menschen nur noch vertiefen: Journalist sei er gewesen, munkelten die einen, die anderen, er sei es noch und als eine Art Wallraff ins Pflegeheim gekommen. Dritte erzählten von einem Tagdieb, der sein Leben erst jetzt in den Griff bekäme. Und einer wollte erfahren haben, der Azubi sei Unternehmer und habe eine gut gehende Firma in Spanien. So oder so: Dieser junge Mann, der war dem Alten einfach nicht ganz geheuer.

Der ältere, der seinen Azubi witzigerweise duzte, während der Azubi ihm im Gegenzug respektvoll das „Sie" gewährte, war sehr nett. Nach Schätzung des Alten Mitte fünfzig, und er hatte auf dem Weg zu diesem Alter sämtliche Haare auf dem Kopf verloren, dafür aber welche in der Nase, in den Ohren und auf der Schulter dazugewonnen, und zwar in solch einem Ausmaß, daß die grauen Schulterhaare stets aus dem T-Shirtkragen herausquollen wie Senf aus einer gequetschten Tube. Die Haare saßen auf seiner Schulter wie vielbeinige Spinnen, und seine Nasenhaare könnte er sich getrost wachsen lassen und über die Glatze kämmen. Der Alte kicherte beim Nachdenken darüber kurz in sich hinein. Sogar auf seinen Zehen sprossen dem Pfleger gewaltige Haarbüschel. Das konnte man sehen, wenn seine Füße sommers unbesockt in Birkenstocksandalen daherkamen. Siehst du, dachte der Alte, Birkenstock, die gibt's noch. Viel Schönes hat sich über die Jahrzehnte aus dem Staub gemacht, aber Birkenstocks, diese häßlichen Latschen, die existieren heute noch!

Der Bus setzte sich weich in Bewegung, trotzdem gab es einen feinen Ruck, und ein sonores Brummen setzte ein. Offensichtlich schien die Sonne heute nicht so stark wie tags zuvor, denn immer, wenn die Energie nicht ausreichte, die die Sonnenkollektoren auf dem Busdach einfangen konnten, setzte bei dem Hybridfahrzeug mit einem leisen Ruck der Wasserstoffmotor ein, zumeist beim Anfahren und Beschleunigen, und feine Wassertröpfchen stäubten dann aus dem Auspuff oben am Dach.

Der Alte hatte den Blick immer noch durchs Fenster auf seine beiden Pfleger geheftet, die auf dem Weg zum Morlok waren. Der ältere war wirklich nett! Der blieb im Zimmer öfter mal sitzen, er nahm sich Zeit für die älteren Herrschaften. Wenn er fragte, war das nicht sensationslüstern, sondern interessiert. Ansonsten hörte er einfach nur zu und tat das, wie es schien, gerne. Und er war auch der einzige im Heim, dem der Alte seine Geschichte erzählt hatte. Nein, das war nicht ganz richtig. Er hatte sie schon einmal erzählt – dem Heimleiter, der inzwischen tot war. Und deshalb wollte er danach schweigen, schweigen wie ein Grab und sie niemandem mehr erzählen, außer sich selbst, bis er im kalten Grab lag oder verbrannt sein würde. Schweigen ist Gold, sprich nichts, erzähle nichts und niemandem, schon gar keinem im Heim, aber dann war es einfach so gekommen, als der Pfleger, der ältere, der sehr nett war, ihn an seinem letzten Geburtstag vor fast genau einem Jahr abends in seinem Zimmer im Pflegeheim aufgesucht hatte.

Er hatte ihm gratuliert, ihn herzlich umarmt und dann diese Flasche 35er auf den Tisch gestellt. Es war ein Spätburgunder aus dem Neckartal, eine fast schon vergessene Traube, und der Wein in dieser Flasche war nun schon ein gutes Dutzend Jahre alt und mußte deshalb dringend bald getrunken werden, und dann war ihm der Scherz entwichen: „Knapp hundert Jahre bevor dieser Wein gekeltert wurde, haben wir Deutsche die Menschheit mit einem netten kleinen Weltkrieg beglückt! Und knapp hundert Jahre nach seinem Ende haben nette Menschen diesen netten Wein gekeltert!“ „Na dann“, hatte der Pfleger, der ältere, der nette, zurückgefrotzelt, „würde ich doch angesichts dieser wehrkraftzersetzenden Flasche sofort standrechtlich befehlen: „Rübe ab!“ Und dann hatten sie lachend die Flasche entkorkt und angestoßen, und es kam dem Alten so vor, als habe der Pfleger etwas im Schilde geführt, denn in seiner Ledertasche befanden sich noch zwei weitere Flaschen dieses Weines, wovon eine immer zur rechten Zeit vom Pfleger fast unmerklich entkorkt worden war und dann auf dem Tisch stand, und auch das Glas des Alten schien sich immer wieder genau dann von selbst und fast schon heimlich zu füllen, wenn er mal nicht hinschaute. Und so war es eben passiert, und er hatte zu reden begonnen, und als er bemerkt hatte, daß er gefangen war, daß etwas mit ihm geschah, das er zwar in allen Einzelheiten wahrzunehmen, aber nicht zu steuern vermochte – da waren die drei Flaschen auch schon leer, er selbst war schwer betrunken und seine Geschichte erzählt.

Der Alte blickte noch einmal aus dem Fenster zu den beiden Pflegern, bevor sie aus seinem Gesichtsfeld verschwanden und registrierte, daß sie am Morlok angekommen waren. Sie wandten sich noch einmal dem Bus zu. „Ja“, nuschelte der Alte vor sich hin, „ja, ich weiß, ihr redet über mich, ich bin ja selbst schuld daran, was muß ich auch alles ausplaudern. Dem anderen hätte ich nichts erzählt, aber was soll's, redet nur, redet, wir müssen alle mal gehen, alle!“

Seine Gedanken schweiften zurück in alte Zeiten, und nun, spürte der Alte, würde der Film wieder starten, nun war es nicht mehr zu verhindern, es würde wieder losgehen. Gleich würden einmal mehr die entscheidenden Monate seines Lebens an seinem inneren Auge vorüberziehen; so, wie jeden Tag, den er seitdem erlebt hatte. Und wie jeden Tag wußte er, daß Gegenwehr völlig zwecklos war: Wenn der Film startete, dann war er der einzige Kinogänger, gefesselt in seinen Stuhl, seinem ganz persönlichen Vergangenheitsfilm ausgeliefert, den quälenden, ergreifenden, schicksalschwangeren Szenen genauso wie den schönen, beschwingten; lief der Film, mußte er zuschauen. Und das monotone Surren des Busses lieferte dazu, wie immer und wie damals, den Original-Soundtrack.

2

„Geben Sie mir bitte Herrn Rottfelder!

... das spielt jetzt keine Rolle!

... dann holen Sie ihn aus dieser Sitzung raus!

... natürlich ist es wichtig, was glauben Sie denn?

... also, entschuldigen Sie: Nichts kann momentan wichtiger für ihn sein, als kurz mit mir zu sprechen!

... gute Frau, Sie werden keinen Ärger kriegen, im Gegenteil!

... muß das sein?

... ich würde es ihm aber gerne persönlich sagen!

... also gut, wenn Sie das glücklich macht?

... ich bin nicht schnippisch, es ist einfach nur von ganz großer Wichtigkeit, jetzt verstehen Sie doch! ... nein, so habe ich das nicht gemeint!

... nein, hören Sie, wir haben leider keine ... jawohl! Aber wenn er Fragen hat, soll er mich bitte umgehend zurückrufen!

... ja natürlich, haben Sie etwas zum Schreiben?“

Der Buspassagier zückte seinen Kugelschreiber und beugte sich etwas nach vorn. Seiner Erfahrung nach war dies ein kritischer Moment im Spiel. Schon zweimal in den letzten Jahren hatte er eine Nummer schludrig oder falsch aufgeschrieben, und dann war natürlich das ganze Spiel zu Ende, noch bevor es begonnen hatte.

„... meine Nummer ist: null-eins-sieben-eins-sieben ... halt, er muß die deutsche Kennzahl vorwählen, ich bin schon in Spanien.

... ja, im Bus, ich bin in einer Stunde dort, deshalb ist es ja so eilig!

... nein, beim KONZERN, also noch mal, hören Sie? Plus-vier-neun-eins-sieben-eins-sieben-eins-eins-null-null-acht! Haben Sie's? Ich wiederhole noch mal ..."

Solche waren dem Buspassagier immer am liebsten, die Überkorrekten, die alles doppelt und dreifach bestätigten und sonstige nützliche Details mitlieferten, die machten das Spiel immer besonders würzig und versprachen großen Erfolg. Je mehr Kleinigkeiten er wußte, um so besser.

„Haben Sie's? Gut. Richten Sie ihm bitte folgendes aus: Herr Rumt habe angerufen und ... Rumt wie Rum mit Tee, Rumt, Err-U-Em-Te, haben Sie's? Doktor Rainer Rumt. Von der Firma SSC! ... ja, natürlich sagt ihm das was, wir arbeiten eng mit der Brakehitec zusammen! Wir führen für euch die Verkaufsverhandlungen mit dem KONZERN! Entschuldigung – so was sollten Sie aber schon wissen!

... exakt: die neuen Bremssysteme. Und nun habe ich eben im Flugzeug mit Schrecken bemerkt, daß im Katalog noch die alten fünfunddreißiger Module ausgewiesen sind, haben Sie's? Gut. Sagen Sie Herrn Rottfelder, ich schlage auf die Schnelle vor, die Seite achtundzwanzig aus dem Katalog herauszutrennen, dann ist der ganze Passus mit den Modulen weg. Ich mach das im Hotel mit dem Teppichmesser und mit ein bißchen Glück .... was? Nein, natürlich, ich bin schon da! Ich bin auf dem Weg zu Herrn Dr. Ruiz de Villa, genau das ist doch das Problem!

... um vierzehn Uhr, also in genau ...", er schaute auf seine Uhr um ganz genau zu sein, „... in ganz genau einer Stunde und fünfzehn Minuten! ... im Bus, ja! ... nein, der Zug ist nicht schneller, Taxi auch nicht, Bus ist perfekt!"

Der Buspassagier nickte stumm. Recht hatte er, Herr Rumt wie Rum mit Tee, vom Flughafen Barcelonas in die Stadt, wohin der Buspassagier wollte, war der Bus im Vergleich zum Zug das bessere Verkehrsmittel. Und selbst wenn es das schlechtere gewesen wäre, hätte er es natürlich auch genommen, schließlich war das Fahren im Bus für ihn zu einer Art Hauptberuf geworden, aber der Zufall wollte, daß der Bus hier das bessere Verkehrsmittel war, zumindest, wenn man vom Flughafen in die Stadt gelangen wollte. Es wunderte ihn allerdings, daß dieser Herr Rumt kein Taxi genommen hatte, denn Taxis durften die Busspur benutzen, und da es für sie keine Zwischenstopps gab, war das Taxi zwar um ein Vielfaches teurer als der Bus, aber eben auch schneller. Der Buspassagier spekulierte, daß für diesen Rumt Kosten keine Rolle spielen dürften. Er schätzte seinen Vordermann so ein, daß der es sicher liebte, zu bestimmten Dingen eine Meinung zu haben. In diese eigene Meinung war er dann garantiert derartig verliebt, daß er sie nicht einmal von sich selbst hinterfragen ließ. Und offensichtlich, schlußfolgerte der Buspassagier, hatte er sich wohl irgendwann einmal in die Meinung verbissen, in Barcelona sei der Bus besser und schneller als das Taxi. Den Buspassagier scherte es nicht, nein, im Gegenteil, er freute sich darüber, denn das, was er bis jetzt auf seiner ersten Busfahrt in dieser Stadt gehörte hatte, gab schon einiges her und könnte mit ein bißchen Glück in einem spannenden Spiel enden.

Herr Rumt – wie Rum mit Tee – unterbrach mit seiner selbstverliebten Stimme seine vorfreudigen Gedanken.

„Also noch mal: sagen Sie ihm, mein Vorschlag auf die Schnelle sei, die Seite achtundzwanzig aus dem Katalog zu trennen. Lassen Sie uns beten, daß die Spanier die fehlende Seite nicht entdecken! Und wenn ich nachher die Unterschrift habe, kann Doktor Rottfelder immer noch großzügig sein und die fünfundvierziger Module anbieten gegen gewisse Zugeständnisse der Spanier, ist doch ... was? Natürlich, die habe ich, Moment ...: plus-drei-vier-drei-zwei-null-neun-vier-null-sechs, Ruiz de Villa, Ruiz wie ‚Reiz' mit u und danach ‚de' und dann ‚Villa' wie Villa!

... aber hören Sie, es wäre nicht ratsam, daß Herr Rottfelder bei den Spaniern anruft!

... nein, natürlich spricht Ruiz de Villa deutsch, sehr gut sogar, soviel ich weiß! Mir geht es nur darum, keine schlafenden Hunde zu wecken, verstehen Sie?

... gut, Sie haben alles? In Ordnung. Hören Sie, richten Sie das bitte alles aus, und es wäre schon sehr hilfreich, wenn Herr Rottfelder mich noch mal kurz ... genau, das würde ich schon gerne mit ihm abstimmen ... eben! Ich erwarte Herrn Rottfelders Rückruf, und sagen Sie bitte, es sei wirklich sehr dringend! Kann ich ihn denn wenigstens nach seiner Besprechung, nur falls er mich nicht erreichen kann zum Beispiel, unter dieser Nummer ... nicht? ....können Sie mir die andere denn bitte geben ...?

... wie bitte? Nein, ich hatte gerade ein Funkloch ... also, ich wiederhole: seine Nummer bei der Besprechung wäre ..."

Und so notierten an diesem Montag kurz vor dreizehn Uhr zwei Menschen im Bus, zwei Sitze hintereinander, zeitgleich die Zahlenfolge eines deutschen Telefonanschlusses, unter dem gleich nach der Besprechung ein gewisser Herr Doktor Rottfelder, offensichtlich Chef einer Bremsen produzierenden Firma namens Brakehitec, vorübergehend zu erreichen war. Der Bus hielt am Plaza España, und der Buspassagier machte sich zum Aussteigen bereit. Er hatte im Laufe der Jahre gelernt, daß zum Spiel vor allem Schnelligkeit gehörte, und wenn er später einen weiteren Busfahrschein lösen mußte, konnte ihm das ohnehin nur recht sein. Der Bus bremste mit ohrenbetäubendem Kreischen, und dem Buspassagier kamen seine letzten Tage in London wieder in den Sinn. Dort war ihm zwar kein einziges Spiel geglückt, aber er hatte fleißig Bustickets sammeln können, und er wunderte sich hier in Barcelona beim Bremsen des Buses einmal mehr darüber, wie laut die Black Cabs, die Londoner Taxis beim Bremsen sein konnten. Erstaunlich, daß es in Großbritannien nicht mehr Amokläufer gab, die Taxifahrern mit ihren satanisch lauten Taxibremsen nicht einfach die Luft aus den Reifen schossen. Allerdings hielten die Engländer auch ihr Essen für genießbar, ihr Meer für sauber und warm genug, um sommers darin zu baden, und ihre isolierte Insellage für splendid: Denen konnte man auch solch Kreischen für Musik verkaufen.

Die Tür sprang auf, der Buspassagier schnappte seine Sporttasche mit einem beiläufigen Griff und sprang aus dem Bus. Das jahrelange Reisen hatte ihn gelehrt, nur das Allernötigste mitzunehmen, und überdies machte er stets nur Kurztrips für wenige Tage, schlief am Strand, in Privatgärten, unter Hecken oder auf Bänken, im Schutz von altem Gemäuer oder auch mal in einer verlassenen Bergkirche. Er flog, wohin ihn die Billigtickets für wenige Euros brachten, und machte auch im Ausland stets dasselbe, was er in seiner Heimatstadt Tag für Tag zu tun pflegte: Er fuhr Bus und sammelte sorgfältig alle Tickets.

Am Plaza España zog er sich rasch in den geschützten Bereich unter einem historischen Säulenbogen zurück. Denn jedes Spiel begann und endete auch zumeist mit einem Telefonat, manchmal zwei, selten drei. Und deshalb war es so wichtig, sich dabei zu konzentrieren. An seinem Handy war seine Rufnummer stets unterdrückt, das machte er immer so, es hatte sich bewährt, er würde es weiter so machen.

Zunächst aber sortierte er die gesammelten Informationen, um sie in den nächsten Minuten parat zu haben:

Herr Rottfelder war Chef einer Firma namens „Brakehitec" und hatte Herrn Rainer Rumt von der „SSC" – was auch immer diese Abkürzung zu bedeuten hatte – zu Verhandlungen nach Spanien zu Herrn Ruiz de Villa geschickt. Im Flugzeug hatte Rumt bemerkt, daß in einem den Verhandlungen offenbar zugrunde liegende Katalog noch alte fünfunddreißiger Module ausgewiesen waren. Seine Idee war eine ausgemachte Gaunerei: Seite achtundzwanzig mit dem Teppichmesser aus dem Katalog herauszutrennen.

Danach schrieb der Buspassagier in kurzen Worten seinen vorläufigen Plan nieder:

Plan: Ich bin Herr Rottfelder von der „Brakehitec" und erzähle Herrn Ruiz de Villa, daß Rumt die Seite achtundzwanzig aus dem Katalog herausgetrennt hat.

Der Buspassagier schrieb ein großes WARUM ? unter seine Notizen, umkreiste es mehrmals und dachte konzentriert nach. Seine Geschichten konnten völlig abstrus sein; wenn er zuvor jedes Warum abgesichert hatte und einen inneren logischen Aufbau liefern konnte, fraßen ihm seine Opfer gewöhnlich aus der Hand.

Idee: Die „Brakehitec" will Rumt auf den Arm nehmen – warum? Weil er Jubiläum hat. 28 Jahre Firmenzugehörigkeit, deshalb fehlt die Seite 28.

Ruiz de Villa soll ihn erst in die Zange nehmen und die Sache danach lachend auflösen.

War das gut? Der Buspassagier überlegte kurz und entschied dann: Es war gut, denn es war völlig abstrus, so abstrus wie das richtige Leben. Und wenn er später noch diesen Herrn Rottfelder, dessen Nummer er ebenfalls hatte, als Mitarbeiter oder Freund von Rumt anrufen würde und mitteilen, die Geschichte mit dem Katalog habe sich erledigt; Herr Rumt habe sich verschaut und es seien doch schon die neuen und nicht die alten fünfunddreißiger Module im Katalog gewesen, dann war wenigstens die Verwirrung perfekt. Er mußte dann nur noch Rumt dazu kriegen, nicht mehr ans Handy zu gehen – auch das müßte machbar sein.

Okay, konnte losgehen. Der Buspassagier schaute sich um. In seiner unmittelbaren Nähe stand ein Mann, der rauchte und interessiert in einer deutschen Zeitung las. Der Mann war völlig hinter der Zeitung verborgen, das eine Bein war nach hinten abgebogen und stütze seinen Körper an der Fassade ab, an der er mit seinen Schultern anlehnte. Der Buspassagier bewegte sich intuitiv so gut es ging aus seiner Hörweite und wählte die Telefonnummer von Herrn Ruiz de Villa, die er wenige Minuten zuvor im Bus erlauscht hatte

Der Buspassagier hörte schon am Klingeln, daß es jetzt in Spanien schellte. Er überlegte sich, wie es gewesen wäre, wenn er sich über die deutsche Auskunft hätte verbinden lassen: Dann hätte ihn sein Handy mit dem nächsten Funkturm verbunden, der Kontakt zu einer Telefonzentrale hatte, die wiederum seinen Anruf in Sekundenbruchteilen den ganzen Weg zurückschickte, den er gerade in der Economyclass abgeflogen hatte: die Costa Dorada entlang, über den Hafen von Marseille, über die Alpen, den Genfer See, an Zürich und am Schwarzwald vorbei und dann irgendwo hinein in Deutschland in eine andere Zentrale in Mainhattan, Bankatown: Frankfurt. Von dort würde der Ruf nach der Vermittlung sofort wieder zurückgeschickt, wieder über den Schwarzwald, Genf, Marseille – schöne Vorstellung: das Gespräch verläuft nicht im Kabel, sondern komplett über die Luft, und die zurückkehrende Funklinie trifft die hinrasende über Marseille, das Gespräch kollidiert, und im Hafen der südfranzösischen Großstadt regnet es Worte, Aphorismen, Metaphern, Satzzeichen, und besonders schmerzhaft sind die Ausrufezeichen, wenn man sie versehentlich ins Auge kriegt – nach Barcelona, rein wie ein Blitz in die spanische Zentrale und von dort ... „Hallo? Spreche ich mit Herrn Ruiz de Villa? ... Ruiz de Villa?“

Es knackte, offensichtlich war er trotz Durchwahl in einer Art Zentrale gelandet und wurde nun durchgestellt. „Hallo? Ist dort Señor Ruiz de Villa? .... nicht? ... seine Vorzimmerdame, oh, Verzeihung, ich habe Sie nicht richtig ..., der Verkehr, ich stehe ... ja: außen, genau! Sie sprechen sehr gut deutsch, Frau ... Frau Hindemith ...!"

Er legte den Kopf schief und klemmte das Funktelefon an seiner Backe fest, um ihren Namen aufschreiben zu können. „Hindemith, aha, und Ihr Vorname, falls ich einmal Blumen vorbeischicken möchte? ...Verena, sehr schön, sehr schön ... wie bitte? Ja, das hab ich mir schon gedacht, bei diesem deutschen Namen, ja! ....ich bin Herr Rottfelder..."

Genau in diesem Moment kam ihm eine noch viel bessere Idee. Das war das schöne an seinem Spiel, er nannte es für sich immer die „induktiv-deduktive Vorgehensweise": Es gab zunächst einen vorläufigen Plan, der in irgendeinem Eck seines Kopfes zuckte und in irgendeine Richtung gehen sollte, und mitten auf seinem Weg kam ihm ein kleines Detail entgegen, das – wenn man es denn erkannte und zuließ – der Geschichte eine ganz andere Wendung geben konnte. Auf diese Weise hatte Gott sicher die Welt erschaffen, wenn es einen Gott gab, dachte der Buspassagier oft: Erst war da ein grober Gedanke, verbunden mit einer Vision, mit der Hoffnung auf etwas Großartiges, Wunderbares.

Und herausgekommen war die Menschheit.

„... also Herr Rottfelders Adjutant, seine rechte Hand sozusagen, mein Name ist Kleinert, Doktor Heinz Kleinert, und, ja, sehen Sie Frau ...", er blätterte kurz in seinem Block ihren Namen nach, „... Frau Hindemith, ich rufe Sie aus einem ganz bestimmten Grund heraus an: Unser Herr Rumt ist auf dem Weg zu Ihnen ... das wissen Sie, ja, genau. Und nun ist

Folgendes: Unser guter alter Herr Rumt feiert Jubiläum in der Firma, deshalb haben wir ausgerechnet ihn geschickt, damit wir so lange ungestört in der Firma die Party vorbereiten können ... ja, es herrscht wirklich ein gutes Klima bei uns, das müssen Sie sich vorstellen wie ein großes Jugendcamp, und Rottfelder ist der Freizeitleiter. Jedenfalls – wir haben nun in Absprache mit Herrn Rottfelder und der Firma Brakehitec gemeinsam beschlossen, den guten alten Doktor Rumt ein bißchen auf die Schippe zu nehmen. Wir haben ihn dazu mit einem manipulierten Katalog zu Ihnen geschickt, in dem bewußt eine Seite fehlt ... ja, die haben wir mit dem Rasiermesser herausgetrennt! Und nun hatte Ihr Chef, Herr Ruiz de Villa, die gnadenlos gute Idee, daß Sie, Frau Hindemith, gleich nachher in die Besprechung hineinplatzen und das Ding auflösen...! Das macht meine Frau Hindemith, hat er zu mir gesagt, die ist nicht nur wunderschön, die bringt auch das nötige schauspielerische Talent mit. Genau das waren seine Worte!"

Der Buspassagier versuchte aus dem Konglomerat ihres Schweigens, Glucksens, Kicherns und hörbaren Errötens herauszufinden, wie es optisch um sie bestellt war. Ihre Stimme klang sehr gut, was im allgemeinen auf weniger schöne Frauen hinzuweisen pflegte, ihre Reaktion aber war für eine richtig Häßliche doch einen Tick zu selbstbewußt. Völlig egal: Erstens hatte er noch nie jemanden aus einem Spiel kennengelernt, zweitens hatte er es auch gar nicht vor, und drittens mußte er jetzt höllisch aufpassen. Diesmal war das Spiel wegen der vielen Namen und Firmen recht kompliziert, und er hatte es auch schon erlebt, daß Geschichten, die man ganz sicher wähnte, die man schon festgezurrt glaubte, im letzten Moment wegen einer kleinen Unachtsamkeit, einer kleinen Schwäche in der Stimme oder einem winzigen widersprüchlichen Detail geplatzt waren. Er mußte sich konzentrieren.

„Also, Frau Hindemith, tun Sie uns allen den Gefallen und spielen Sie das Spielchen mit! Wenn unser Herr Rumt und Ihr Chef, Herr Ruiz de Villa, in diesem Gespräch sind, stürmen Sie bitte, so haben wir das besprochen, ohne Anklopfen ins Zimmer hinein und sagen Sie Folgendes – schreiben Sie mit? Gut. Sagen Sie: Vorsicht! Die wollen uns reinlegen! Die haben noch die alten fünfunddreißiger Module in der Bremsanlage! Die Seite achtundzwanzig wurde mit dem Teppichmesser aus dem Katalog rausgeschnitten! – Haben Sie's? Gut ... nein, das muß nicht wortwörtlich ... wichtig ist, daß sie schön empört wirken und die alten fünfunddreißiger Module und die Seite achtundzwanzig nicht vergessen ... genau! Dann wird Ihr Chef dem verdutzten Rumt die Manipulation im Katalog zeigen – und wenn die Verwirrung am höchsten ist, genau in diesem Moment, holt er eine Flasche Champagner aus dem Schrank und gratuliert zum Jubiläum! 28 Jahre in der Firma! Genau! Haben Sie alles, Frau Hindemith? Wiederholen Sie lieber noch mal ... ja ... ja ... genau! ... Seite achtundzwanzig, nicht zweiundachtzig, ja! Super! Und – Frau Hindemith ...?" Er steckte sich eine Zigarette an, denn seiner Erfahrung nach konnte nun fast nichts mehr schief gehen, „... zwei Dinge noch: Wenn ich mal wieder in der katalanischen Metropole bin, möchte ich Sie unbedingt kennenlernen! ... nein, ich werde kämpfen wie ein Löwe, daß ich geschickt werde, das nächste Mal. Wenn Sie nur halb so schön sind wie Ihre Stimme, falle ich schon in Ohnmacht! Zweitens, Frau Hindemith: Es darf Sie nicht überraschen, daß Sie diese ganzen Anweisungen von mir und nicht von Ihrem Chef persönlich erhalten. Der Gute möchte vorher nicht so viel darüber reden, er fürchtet, sonst seine Rolle nicht durchhalten zu können, na ja, Sie kennen ihn ja... eben, eben. Sie sollen ihn bitte nur, sobald Sie ihn mit unserem Herrn Rumt zusammen sehen, an die fünfunddreißiger Module erinnern! ... hat er gesagt, jawohl! Und Sie sollen wegen seiner Reaktion darauf nicht erschrecken, er wolle ja nicht aus seiner ersten großen Schauspielrolle fallen, ... ja, ja, so ist er eben. Jawohl, viel Spaß, Frau Hindemith, und vielen Dank! Sie tun der Brakehitec einen großen Gefallen damit! ... danke! Ihnen auch, ja!“

Er hatte noch keine Zeit, sich lauthals über das gelungene Spiel zu freuen, denn er mußte noch einen weiteren Anruf erledigen. Nun galt es, diesen Rumt zum Mosaiksteinchen in seinem Spiel zu formen, zur Marionette zu machen, die tat, was der Buspassagier wollte. Wie immer galt es, seine Opfer daran zu hindern, sich über andere Quellen rückzuversichern und so das Spiel frühzeitig zu entlarven. Bei diesem Rumt ging es konkret darum, daß er nicht selbst noch mal mit Deutschland telefonierte. Es klingelte nur einmal, bis das Gegenüber abnahm:

„Herr Rumt, hier spricht Doktor Kleinert von der Brakehitec, ich rufe im Auftrag von Herrn Rottfelder an!“

Rumt schwieg abwartend, und der Buspassagier wußte natürlich, daß dies ein Zeichen des Mißtrauens war. Anfängliches Mißtrauen war üblich, ließ sich aber in der Regel durch Detailkenntnisse leicht zerstreuen. „Sind Sie schon im Hotel oder noch im Bus? ... allein? Gut, können Sie reden? Ausgezeichnet, Herr Rumt, in aller Kürze: Herr Rottfelder bedankt sich in herzlicher Anerkennung für Ihre Entdeckung und Ihren Anruf, wer weiß, wo wir da ohne Sie hineingeschlittert wären ... richtig, ja. Ihr Vorschlag ist mehr als gut, nehmen Sie die Seite achtundzwanzig raus, holen Sie die Unterschrift und dann haben die Spanier vertragsrechtlich die alten fünfunddreißiger Module in der Bremsanlage, dann haben wir sie in der Zange, dann sitzen wir am längeren Hebel ... ja, und alles nur dank Ihnen! Herr Rottfelder läßt ausrichten, daß Sie dieses Jahr ein besonders schönes

Weihnachtsfest feiern können; er habe einen Extraetat dafür heute schon bewilligt!“

Die Aussicht auf mehr Geld schien Rainer Rumt endgültig zu überzeugen, der Buspassagier wurde übermütig. „Und noch was, Doktor Rumt ...“, seine Stimme wurde so, wie er sich im Firmenmilieu lüsterne Zutraulichkeit vorstellte, „Rottfelder läßt ausrichten, die Kleine im Vorzimmer, eine gewisse Verena Hindemith, sei nicht nur sehr attraktiv, sondern ließe sich auch erfahrungsgemäß gerne einladen. Herr Rottfelder sagte, Sie würden schon verstehen...!“

Das Gegenüber schwieg verdächtig. „Mist“, dachte der Buspassagier, „zu weit gegangen, Spiel kaputt, aus und vorbei!“ Dabei hatte er es dieses Mal mit vielen Promovierten zu tun, die sich seiner Erfahrung nach immer besonders leicht aufs Kreuz legen ließen. Als er aber gerade schon auflegen und das Spiel „unwürdig“ beenden wollte, wie er so was nannte, wurde er von Doktor Rumts lautem und unangenehm dreckigem Lachen am anderen Ende der Leitung beruhigt. Das Spiel ging also doch in die nächste Runde! „Sie müssen nur hingehen und sagen: Ich möchte Sie gerne heute Abend zum Essen einladen – mit allem! Und die vorbereitete Kleine wird verstehen. Und, ... Herr Rumt? ... Die Kosten kriegen sie bis auf den letzten Cent zurück, also machen Sie Ihre Sache gut!“

Das war’s. Halt! Fast hätte der Buspassagier im satten Erfolgstaumel die wichtigste Passage vergessen: „Ach so, Doktor Rumt, noch was: Ab sofort Handy aus und auch nicht mehr ans Hoteltelefon gehen, bis Sie diese Unterschrift haben, dann rufen Sie uns wieder an, verstanden? Super! Ihnen alles Gute!“

Der Buspassagier steckte sich eine weitere Zigarette an, nahm drei tiefe Züge, warf die Kippe weg, als der Aerobus herankam, kramte in den Taschen und holte die drei Euro fünfundvierzig aus der Tasche. Was für ein Tag: schöner Flug bei klarer Sicht, eines der besten Spiele seit Jahren, ausgerechnet im Ausland und dann auch noch in deutscher Sprache! Und jetzt schon das zweite Ticket für drei Euro fünfundvierzig. Da der Flug gerade mal neunundzwanzig Euro gekostet hatte, rechnete er zufrieden nach, hatte er laut Vertrag allein mit diesen beiden Tickets bereits mehr als die Hälfte der Flugkosten wieder reingeholt.

Als er um vierzehn Uhr zehn in einem Café saß und sein Blick zufällig auf die Uhr fiel, beschloß er spontan, der Sache eine dritte Wendung zu geben. Mit etlichen Zwei-Euro-Münzen bewaffnet begab er sich zu einem der Münztelefone, die unmittelbar neben dem Café zahlreich an etlichen Masten hingen, wählte die Nummer von Herrn Rottfelder, wurde nach dem Hinweis, er sei KONZERN-Mitarbeiter umgehend zu ihm durchgestellt und erzählte atemlos, er sei Doktor Kleinert, deutscher Ingenieur und sei der Brakehitec aus verschiedenen Gründen heraus persönlich sehr verbunden, Gründe, die er jetzt am Telefon aber nicht näher erläutern könne. Jedenfalls habe er Folgendes mitbekommen: Ein gewisser Doktor Rumt habe Herrn Ruiz de Villa einen Vertrag vorgelegt, der Bremsanlagen mit veralteten Modulen zum Inhalt habe, was Herr Ruiz de Villa anhand einer im Katalog fehlenden Seite entdeckt habe. Daraufhin habe dieser Doktor Rumt komplett die Fassung verloren und lauthals behauptet, die Manipulation habe Herr Rottfelder persönlich vorgenommen, und dann habe Herr Ruiz de Villa die Polizei gerufen und den Hausjuristen, und nun säßen alle noch zusammen, es sei ein riesiges Chaos. ... nein, er sei jetzt extra in ein Café unten an der Firma gegangen, aber man könne ihn jederzeit bei seiner Sekretärin und Vertrauten, Frau Verena Hindemith, erreichen. „...haben Sie die Nummer? ... ich gebe Sie Ihnen! ...

Verlangen Sie dort nach Doktor Kleinert und sagen Sie als Codewort: Ich will das Essen mit allem!" – Dann, versicherte er seinem Gesprächspartner, wisse die kluge Sekretärin schon Bescheid.

Der Buspassagier legte auf, bestellte sich eine ganze Flasche Rosé, steckte sich genüßlich eine Zigarette an und dachte erfüllt: Was für ein Tag!

Als er etwa eine halbe Stunde gesessen hatte, nahm er aus den Augenwinkeln heraus einen Mann neben sich wahr. Er mochte ähnlich alt gewesen sein wie er selbst, auch um die dreißig und hatte schulterlanges Haar, das gut geschnitten, aber ungewaschen war. Sein Mund war schön geformt und hatte einen etwas melancholischen Ausdruck. Er trug eine sehr moderne Gucci-Jeans mit tief liegenden Taschen, die gut und gern zweihundertfünfzig Euro gekostet haben mußte, witzige Schuhe mit kaum merklichen, orangenen Farbkleck-sen, ein schwarzes T-Shirt und ein schwarzes Jackett darüber. Er hatte einen Dreitagebart und wirkte sehr südländisch, ein Typ, der den Frauen gefiel und den der Buspassagier allein deshalb schon beneidete. Er verfügte über exakt jenen Grad von Ungepflegtheit und Lässigkeit, der ungeheure Anziehung auf die Damenwelt ausstrahlte. Der Buspassagier war sich sicher, daß er ihn schon am Flughafen gesehen hatte und überlegte sich, ob es wohl derselbe war, der am „Plaza España" hinter der Zeitung verborgen war. Der Mann blickte zum Buspassagier. Für den Bruchteil einer Sekunde war unklar, ob die beiden sich anlächeln würden oder nicht, doch dann drehte der Fremde wortlos ab und verließ das Lokal. Aus irgendeinem Grund veranlaßte dies den Buspassagier dazu, aufzustehen, zur Telefonzelle zu gehen und erneut beim „Konzern" anzurufen. Es klingelte etwa fünfmal, der Hörer drüben wurde abgehoben, aber niemand antwortete. Der Buspassagier vernahm im Hintergrund Geräusche, die sich nicht eindeutig zuordnen ließen. Mal war es, als würde der Hörer weitergereicht, mal, als würde die Sprechmuschel mit einer Hand zugedeckt. Plötzlich ein Knacksen, der Buspassagier hörte „Ola? Comisario?“. Daraufhin legte er hastig auf, bezahlte seine Rechnung, verließ das Lokal und beschloss einmal mehr, Spielen aus dem Bus niemals nachzuforschen, auch nicht zum Spaß.

Natürlich hatte der Buspassagier wahrgenommen, daß nur aufgrund seines Eingriffs in die Geschehnisse dort am Telefon nach einem „Comsisario“ gefragt wurde. Natürlich ahnte er, daß dort jemand Konsequenzen zu erleiden hatte, die sich aus seiner Freizeitbeschäftigung ableiten ließen. Und natürlich hatte er diesen Mann in Barcelona wahrgenommen.

Es liegt alles immer vor euch, Ihr seht es jeden Tag, jede Stunde, jede Minute, jede Sekunde. Aber Ihr seid Meister darin, mit offenen Augen blind zu sein. Ihr habt jede Antwort auf jede erdenkliche Frage, die sich Euch je gestellt hat und je stellen wird, Ihr habt es nur vergessen und wollt Euch nicht erinnern.

So wollte der Buspassagier in diesem Augenblick auch nicht wissen, daß er diesem Mann noch einmal begegnen würde. Daß er eine große, wenngleich meist völlig verdeckte Rolle in seinem Leben spielen würde. Und daß der Buspassagier in seiner letzten Sekunde noch einmal an ihn erinnert werden würde.

3

Der Pfleger und sein Azubi waren inzwischen im Morlok angekommen. Mit einem Druck auf die Fernbedienung befahl der Pfleger dem Rollstuhl samt seinen beiden flimmernden Bildschirmen brav draußen zu warten und legte seine linke Hand in den Scanner am Eingang. Er wartete ungeduldig darauf, daß die automatische Glasschiebetür den Weg ins Raucherparadies freigeben würde. „Na, was denn?“ zischte er ungehalten. Der Azubi stupste ihn mit dem Finger: „Die Iris!“

„Was?“

„Sie müssen gleichzeitig in den Irisscanner schauen, sonst geht das Ding nicht auf!“

„Verdammt, ich werde mich wohl nie an diesen Orwell-Scheiß gewöhnen!“ entgegnete der Pfleger, nahm seine Brille ab, zog das linke Augenlid mit dem Mittelfinger der rechten Hand etwas nach unten und blickte in eine kleine Kamera, woraufhin sich die Tür spontan mit einem kurzen Zisch öffnete.

„Aber es dient doch nur unserer Sicherheit“, spottete der Azubi, „und wer nichts zu verbergen hat, der ...“

„Spar dir deine Kraft für die Geschichte, mein Junge“, entgegnete der Pfleger, „ich sehe’ dich schon mit offen hängender Klappe vor mir sitzen!“ Mit seinem letzten Wort hatte sich die Glastüre hinter ihm schon wieder geschlossen und verwehrte dem Azubi erst mal den Weg.

Dieser erlangte durch die gleiche Prozedur wie der Pfleger Einlaß. Auch er zog nach dem Handscan das Augenlid demonstrativ mit dem rechten Mittelfinger nach unten, wie es sich bei den Kritikern der staatlichen Überwachungswut als kleines Zeichen ihres Widerstandes eingespielt hatte und wie es für viele andere, die sich weniger Gedanken machten, einfach cool war.

Der Pfleger hatte auf ihn gewartet, und gemeinsam steuerten sie auf den Glaskasten zu, in dem gerade ein kleiner Tisch freigeworden war. Beide klappten den Monitor, der an jedem Platz im Tisch eingelassen war, etwas nach oben und legten den rechten Mittelfinger in den Scanner. Auf dem Bildschirm erschienen eine freundliche Begrüßung und die Mitteilung, daß Rauchen für eine Vielzahl von Krankheiten verantwortlich sei, die daraufhin einzeln und alphabetisch sortiert über den Monitor liefen. Beide drückten sofort die Steuer-/Endtaste: Es gab einen kleinen Fehler in der Software, das hatten geübte Raucher herausgefunden und sofort in der Szene verbreitet. Mit dieser Tastenkombination ließ sich die ganze obligatorische Belehrung schlagartig ans Ende fahren, und man mußte nur noch zweimal „Ja“ anklicken: Ja, man habe die Belehrung gelesen und wisse, daß Rauchen krank mache. Und: Ja, man wisse, daß es staatliche Stellen gäbe, die Nichtraucherkurse anböten.

Danach erschien eine Aufstellung, wie viele Zigaretten man im Laufe des Monats wo geraucht hatte und wieviel einem nach der Empfehlung der Weltgesundheitsorganisation in diesem Monat noch zustünden. Dann war man soweit. Aus einem kleinen Auswurfschlitz am Tisch hüpfte pro Platz eine Zigarette heraus, die Tischmitte öffnete sich, und ein Aschenbecher wurde sichtbar. Von der Deckenmitte senkte sich langsam ein Rauchabzugsrohr, einer großen Tuba nicht unähnlich, herab.

Der Azubi rupfte an seiner Zigarette sofort den Filter ab und warf ihn in den Aschenbecher. Er holte ein Feuerzeug aus seiner Jeanstasche, zündete sich die Zigarette an, inhalierte tief und reichte das Feuerzeug, verbunden mit einem tiefen Seufzer der Zufriedenheit an seinen Ausbilder weiter.

„So, dann schießen Sie doch mal los", fläzte er sich zufrieden in den Polstersessel hinein, „was ist denn nun das Geheimnis von unserem durchgeknallten Computeropa mit Busfahrtick? Ich weiß von den anderen, daß er um die Jahrtausendwende um die dreißig gewesen ist und irgendso ein Ding gedreht hat oder nicht?"

Der Ausbilder funkelte böse über den Tisch: „Etwas mehr Respekt würde dir gar nicht schaden. Der durchgeknallte Computeropa hat womöglich einen direkten Draht zum lieben Gott!" „Hat er das?" spöttelte der Azubi, doch der Pfleger ließ sich dadurch nicht aus seiner Ernsthaftigkeit kippen.

„Er hat noch viel mehr. Hast du schon mal davon gehört, daß in der ersten Dekade die Weltbörse einen Crash durchlebt hat, an dem sie lange zu knabbern hatte und der von Amerika ausging?" „Klar", nölte der Azubi, „die Geschichte ist so alt wie bekannt!"

„Ja, was meinst du denn, wer diese Sache damals losgetreten hat?"

„Doch nicht etwa ...?"

„Ganz genau. Dein durchgeknallter Computeropa mit Busfahrtick!"

„Aber wie hat er ..."

„Er unternahm damals eine Flugreise nach Toronto im Auftrag einer deutschen Firma oder einer Radiostation, so ganz genau weiß ich das jetzt auch nicht mehr, es spielt auch keine Rolle; jedenfalls wurde er – aufgrund eines Zufalls – im Flieger upgegradet. Vielmehr ...", der Pfleger tat einen tiefen Zug von seiner Zigarette, ließ den Rauch während der Phase des Nachdenkens und Suchens nach den richtigen Worten in der Lunge verweilen und pustete dann den ganzen Schwall in den großen Trichter über ihnen, der begierig allen Rauch aufsaugte und noch viel nikotinsüchtiger zu sein schien als all die Besucher des Rauchercafés.

„... nun, das war so: Er saß also zunächst noch in der Businessclass neben einem Herrn aus dem gehobenen Bankgewerbe. Dieser hatte ursprünglich beabsichtigt, für den Flug zwei Plätze in der ersten Klasse zu buchen, für sich und seine Frau, hatte dann aber nur noch einen erwischt und daraufhin großzügig gemischt gebucht, um wenigstens seine Frau in die erste Klasse zu bekommen. Das muß aber fürchterlich in die Hose gegangen sein, denn die Ehefrau, die erst am Flughafen davon erfuhr, betrachtete diesen Akt nicht als ritterlich, sondern als Hochverrat: Sie unterstellte, der Gatte wolle den Flug vor allen Dingen nicht neben ihr verbringen und kochte in der First Class wütend vor sich hin, und so wurde unsere Alter eben gefragt, ob er nicht seinen Platz in der Business freimachen könne ...“.

„... damit die zu ihrem Macker in die Business runterkommen kann, und unser Alter kommt in die Erste hoch“, fiel der Azubi, dem die ganze Geschichte zu langatmig war, dem Pfleger ins Wort, „aber was hat das mit dem Börsencrash zu tun?“

„Nicht so ungeduldig, Mann! Auch Geschichten brauchen Zeit, und ich glaube, man darf dir unterstellen, daß du in deinem Leben noch nicht allzu viele gute Geschichten erlebt hast. Unser Alter kommt also in die First Class, er war damals um die vierzig, setzt sich in die zweite Reihe und versucht zu schlafen – doch dann belauscht er ein Gespräch in der Sitzreihe vor sich, welches ein hochrangiger Bänker mit einem amerikanischen Kollegen führt und in dem, obwohl es geflüstert ist, einige hochbrisante Informationen stecken. Die hat sich unser Opa allesamt fein säuberlich notiert. Dann hat er danach den zuständigen Minister in Amerika mit gezielten, manipulierten Informationen anonym gegen seinen Erzrivalen, der damals Chef der „Lehman Bank“ war, solange aufgehetzt, bis der die Bank hopps gehen ließ, und der Rest ist bekannt.

„Wow!“ sagte der Azubi durchaus überrascht. „Unser Alter ist ein Attac-Mitglied?“

„Nein!“ sagte der Pfleger da ganz ernst. „Er hat eine tragische Frauengeschichte hinter sich und etwas gesehen, was er nicht sehen wollte und was ihn seither gefangen hält, ihn mit Schuld und Angst erfüllt; er wurde zum Gehilfen des Zufalls, der ihn mehr oder weniger versehentlich zu einem wichtigen Rädchen des Schicksals gemacht hat. Wenn du mich fragst, er ist eine ganz arme Sau! Sein Wunsch ist nicht zu sterben ...“, der Pfleger ließ ein paar Sekunden verstreichen, um die Wichtigkeit dessen, was nun kommen sollte, zu unterstreichen, „... sein Wunsch wäre es im Nachhinein gewesen, nicht älter als dreißig zu werden oder, noch besser ...“, er zog den letzten Zug an der Zigarette, die fast schon gänzlich zwischen seinen Fingern verschwunden war, und drückte sie dann im Aschenbecher in der Tischmitte aus, „... nie geboren worden zu sein!“

Und dann begann der Pfleger zu erzählen. Was in Barcelona geschehen war, hatte ihm der Buspassagier selbst erst vor wenigen Tagen berichtet, und so konnte der Pfleger dies seinem Azubi deshalb ziemlich genau der Wahrheit entlang erzählen. Als jener aber nach Rainer Rumt fragte, was das denn für ein Typ gewesen sei und wie es ihm im „KONZERN“ ergangen sei, mußte der Pfleger passen: „Davon weiß man nichts!“ Was im KONZERN wirklich passiert war und Euch nun gleich berichtet wird, konnte der Buspassagier nicht wissen.

Er hatte die Geschehnisse dort ursächlich veranlaßt, aber natürlich nicht miterlebt. Sehr viel später erst, als es ihn selbst zu betreffen begann, hatte er die Ergebnisse seines Handelns im Ansatz begriffen und holzschnittartige Rückschlüsse gezogen, aber im Detail nicht gekannt und im Kern niemals begriffen. Er ist wie der Wissenschaftler, der mit einer Himmelsonde kosmischen Staub einfängt und daraus schließt, was beim Urknall passiert sein könnte. Wäre ihm all dies bekannt gewesen, was Ihr gleich wissen werdet, wäre alles ganz anders ausgegangen. Das einzige, was der Pfleger dem Azubi sagen konnte, war dieses: „Man weiß nur, daß dieser ominöse Rumt später noch eine große Rolle im Leben unseres Alten spielen wird!“ „Welche?“ hatte der Azubi sofort nachgehakt, aber der Pfleger, der seinen kleinen Wissensvorsprung unglaublich genoß, hatte ablehnend geantwortet: „Gemach, mein Junge, das werde ich dir schon noch erzählen!“

Für den Duktus der Geschichte und um den Elefanten zu sehen ist es natürlich unumgänglich, mehr über Rainer Rumt zu wissen. Mehr als das, was sich der Buspassagier über ihn im Nachhinein zusammengereimt hat, und mehr als das, was er während seiner Fahrt im Bus erinnernd vor sich hin träumt.

Also, wie muß man sich Doktor Rainer Rumt vorstellen? Er war ein typischer Emporkömmling, stammte aus kleinsten Verhältnissen und wurde vom Schicksal ins große Leben geschubst. Dies hätte er freudig als umwerfendes Geschenk annehmen können, doch er hielt diese Fügung des Schicksals für das Ergebnis seiner brutalen Hartnäckigkeit. Sein Aufstieg führte zur materiellen Befriedigung und zur gesellschaftlichen Aufwertung, ging aber mit unterentwickelten sozialen Fähigkeiten einher. Die Seele in ihm raufte sich mehr als einmal die Haare.

4

Doktor Rumt sah sich im allseits verspiegelten Hotelaufzug des Meridien lange und von allen Seiten genüßlich an. Er gefiel sich offensichtlich sehr und fand, er sehe gut aus mit seinen vierundfünfzig Jahren! Die Figur dank regelmäßiger Besuche im Medicare-Fitness straff und aufrecht („... kein Fitnessclub!“ pflegte er stets abzuwinken, „nicht diese eingeölten Lackaffen, die dich schon zwanzig Meter gegen den Wind anschweißeln, iwo! Nein, nur Akademiker, gebildete Leute, Lehrer, Architekten, null Prolls! Ich bin ja erst nur wegen meines Rückens hin, aber dann ...“), seine Haut leicht gebräunt und dank väterlichen Erbes kleinporig und ebenmäßig, die Augen wach und warm, die Haare unter chemischen Einsatz auf Farbe gehalten und doch an den Schläfen mit einem leichten Grauton, der Intellektualität und Lebenserfahrung ausstrahlte. Er steckte in einem fein-flotten dunklen Designer-Anzug und trug – frech, frech – statt der in seiner Branche üblichen schwarzen Budapester Lederschuhe helle Sneakers wie ein junger Hip-Hopper: Teure Turnschuhe waren sein Markenzeichen. Bis zu den Füßen hinab zeigte er stets angepaßte Eleganz und stilsicheres Auftreten, an seinen Füßen dagegen signalisierte er Aufsässigkeit und Andersartigkeit.

Leider öffnete sich in diesem Moment die Aufzugstüre, die Rezeption wurde sichtbar, und Doktor Rumt, der sich wohl gerne noch länger und eingehender mit sich und seiner äußeren Erscheinung befaßt hätte, mußte den Aufzug verlassen.

„Sie haben unseren Limousinen-Service bestellt?“

„Aber ja doch!“

„Bitte kommen Sie!“

„Aber gerne doch!“

Sein Motto hieß: Man mußte Normen erfüllen und doch auffallen, berechenbar sein und doch nicht einschätzbar. Man mußte entweder eine „Type mit Eiern“ sein, wie er es ausdrückte, oder wenigstens eine Type heraushängen, dann befand man sich definitiv auf der Siegerseite! Wer hätte gedacht, daß aus ihm noch einmal so eine Persönlichkeit werden konnte! Im allerersten Zeugnis, das seinerzeit in der ersten Klasse nicht aus Schulnoten, sondern nur aus einem handverfaßten Kommentar der Klassenlehrerin bestand, stand geschrieben: „Rainer ist oft abwesend, unkonzentriert und verwirrt, er sollte sich bemühen, dem Unterrichtsgeschehen aufmerksamer zu folgen. Rainer sollte in allem ein wenig schneller werden!“

Dieselbe Lehrerin hatte seiner verzweifelten Mutter, als es in der vierten Klasse um die Folgeschule ging, geraten, ihn, Doktor Rainer Rumt, Rumt wie Rum mit Tee, in die Sonderschule zu verfrachten. „Woanders geht der unter!“

Unter den Blicken etlicher Barcelonatouristen auf der Rambla mußte Doktor Rainer Rumt den Kopf etwas einziehen, um ihn sich beim Besteigen der Stretchlimousine nicht anzuhauen.

Er war nicht untergegangen, nach seinem Quereinstieg in die Gesamtschule, hatte Abitur gemacht mit zwei Komma vier, ein BWL-Studium in Heidelberg absolviert, promoviert in Berlin. Rumt hatte es allen gezeigt, und er zeigte dies allen, die es sehen wollten oder auch nicht.

„Como?“

„No, no, Señor, todo está bien!“

Doktor Rainer Rumt hatte den Hoteldirektor gebeten, der Fahrer möge vor der Fahrt selbst beim KONZERN anrufen und sich die Streckenführung zur Produktionsstätte Martorell auf Spanisch geben lassen. So konnte er sich auf die Blicke konzentrieren, die versuchten, den wohl sehr wichtigen Menschen hinter den abgedunkelten Scheiben zu erkennen. Er hielt sich wirklich für einen ganz Großen! Und für jede Demütigung in der fünften Klasse, für jeden Schlag auf den Kopf in der sechsten, für jede Tube Senf, die sie in der siebten in seinen Schulranzen ausgedrückt hatten, und für jedes Mädchen ab der achten, das spöttisch feixend die Zuneigung des verpickelten unsicheren Jungen abgelehnt hatte, holte er sich nun, Tag für Tag, Woche für Woche, Monat für Monat, Genugtuung und Satisfaktion. Faktion, Fiktion, schöne Umschreibungen für den absehbar wilden Abend mit der schönen Vorzimmerdame! Er legte die Wortbilder genüßlich vor sich hin, während die schwere Hotellimousine die Schnellstraße entlang schnurrte: Vorzimmerdame, Vorhof, Vorhaut, Vorzimmer, vor dem Zimmer, im Zimmer, schlimmer Finger, Hindemith, hin und weg, Verena, Veranda: Rumt wie Rum mit Tee, Doktor Rainer Rumt.

Eine Frage plagte ihn: Warum hatte Rottfelder ihn nicht selbst angerufen? Rumt, der Stratege, der Planer, der Kontrollfreak, der Emporkömmling und Wegbeißer hatte die ganze Zeit schon subtil im hintersten Winkel seines Hirns darüber nachgedacht, doch nun kam die Frage hoch, jetzt, wo der entmannte Katalog, seiner wichtigsten Seite beraubt, wie ein Schatz in seinem Nappa-Businesskoffer lag, die brisante Seite 28 im Papierkorb des Hotels begraben war und Rumt nur noch die Fahrt bis zu Herrn Ruiz de Villa abwarten mußte.

Nun hatte er Gelegenheit, in Ruhe die Rottfelder-Frage zu analysieren: War dies ein schlechtes, gutes oder gar kein Zeichen? Rumt war sich nicht ganz sicher, irgend etwas am Telefonat mit diesem Doktor Kleinert, von dem er zuvor noch nie auch nur ein Wort gehört hatte, störte ihn, etwas war ihm aufgefallen, unbewußt, und hatte ihn, die Schlange, beunruhigt. Er konnte sich aber nicht erklären, was es war.

Immerhin war es eine sehr vertrauliche Information. Der Plan, den er Rottfelder vorgeschlagen hatte, war nahe am Betrug angesiedelt – erzählt man so etwas einem Doktor Kleinert? Nur dann, entschied Rumt vorsichtig, wenn man diesem Kleinert vertraut und selbst nicht reden kann. Warum aber hätte Rottfelder nicht selbst reden können? Terminliche, inhaltliche, formale Gründe? Allerdings hatte der Brakehitec-Chef seinen Kleinert wissen lassen, daß er, Rumt, ein „besonders schönes Weihnachtsfest" feiern durfte und ihn offensichtlich auch gebeten, es ihm, Rumt, gleich mit auf den Weg zu geben! Damit hatte er ihn vor diesem kleinen Kleinert auf eine Stufe mit sich selbst gestellt! „So etwas würde ich zu Ihnen, Doktor Kleinert, niemals sagen! So etwas bekommen nur die ganz Guten und ganz Großen zu hören! Und jetzt waschen Sie sich die Finger und rufen meinen Star im Außendienst an! Abtreten!"

Und wenn Rottfelder, mit dem Rumt ab und zu auf Firmenkosten in einen verschwiegenen und sehr feinen Puff ging, mit dessen Besitzer – sagt man Puffvater? – egal, mit dem jedenfalls Rottfelder eine Absprache hatte, daß die Bums-Rechnung stets Wochen später diskret als großes „Mitarbeiteressen" vom Zweitbetrieb des Bordellbesitzers kam, wo es zwar auch um Fleisch ging, aber eben um gegrilltes – wenn Rottfelder diesem Kleinert so was auch nur andeutungsweise zugibt – und das hatte er getan, wenn er sagte, Rumt werde schon verstehen – nein, dann vertraute Rottfelder diesem Kleinert, und er, Rumt, konnte es dann auch tun!

Er mußte nur einfach wieder so gut sein wie immer.

Rumt schaffte es auch im Supermarkt, sogar in der Bank, die Menschen so abzulenken, mit einer Frage im richtigen

Moment so zu verwirren, anderweitig zu beschäftigen oder für sich einzunehmen, daß sie sich vertaten. War es zu seinen Gunsten, hielt er die Klappe, wenn nicht, stellte er sie bloß und war wieder der Sieger – nein, er würde diese Unterschrift heute holen, so viel war klar.

„Ahí está!“

Der Fahrer hatte den KONZERN von weitem erkannt und seinen Kopf kurz nach hinten in den Fond des Wagens gedreht, so als sei es eine ganz große Leistung von ihm. Rumt verzahnte die Finger beider Hände, drehte die Arme nach außen und ließ die Gelenke laut krachen. Gleich war es so weit, und er mußte und würde seine Rolle spielen. Vor allem interessierte ihn, wie gut die von Rottfelder zugeschanzte Gespielin in Wahrheit aussah! Rumt holte seinen Notizblock und schrieb einen kurzen Eintrag hinein, dann blickte er wieder nach vorne durch die Windschutzscheibe.

Einen kleinen Schönheitsfehler trug Rumts geniale Katalogstrategie nämlich, und er wußte es: Sie könnte seine Integrität ankratzen. Es gab auf der Welt eben nur Katalogseiten-Rausschneider und -Drinlasser. Die Rausschneider bewerten, was sie sehen, suchen es sofort intensiv nach Vorteilen ab, die sie daraus ziehen können. Zeigen sich keine oder zu geringe, wird die Sache so lange manipuliert, bis sie fette Vorteile abwirft. Diese Manipulation geschieht möglichst heimlich und unauffällig, und die Größe des individuellen Vorteils muß in keinem Verhältnis zur Größe der dadurch entstandenen Nachteile für andere stehen: Katalogseiten-Rausschneider würden einen Bären töten, um an seine Kralle zu kommen, sei es auch nur eine einzige.

Die Katalogseiten-Drinlasser können durchaus auch auf ihren Vorteil bedacht sein, aber sie manipulieren in der Regel nicht. Oder jedenfalls nicht so konsequent, berechnend und verbissen. Sie versuchen, mal aus Trägheit, mal aus Überzeugung, mit der Wahrheit zu kooperieren. Ein Drinlasser hätte die Spanier frontal auf die alten fünfunddreißiger Module angesprochen. Er würde sein Lager vor der Höhle aufschlagen und warten, bis der Bär sich die Krallen schneidet.

Rumt hatte sich vor Rottfelder heute als Rausschneider geoutet, und nun war es sehr, sehr wichtig, daß Rottfelder dahinter kein Prinzip vermutete. Denn das Allerwichtigste für einen Rausschneider war es, als Drinlasser zu gelten. Er entschied, er mußte unbedingt mit Rottfelder reden, essen gehen oder gleich wieder in den Puff, wenn er die Unterschrift hatte, und dann irgendwas erzählen von Herzklopfen und eigentlich mache man so was ja nicht, und es sei ja auch für ihn das erste Mal gewesen, furchtbar aufgeregt sei er dabei gewesen, auch ein ganz, ganz schlechtes Gewissen habe er gehabt, aber – der Schreck im Flugzeug und die kurze Zeit und immer: wie wichtig das Ganze doch für die Brakehitec ...

Rumt war sich sicher, er würde das Kind schon schaukeln!

„Llegámos!"

Rainer Rumt drückte dem Fahrer zwanzig Euro Trinkgeld in die Hand, ohne ihn dabei anzuschauen. Der machte einen übertriebenen Diener. Offensichtlich hatte er so viel nicht erwartet. Rumt genoß solche Momente ausgesprochen. Er pflegte im Kleinen beim Geben zu überraschen und im Großen beim Nehmen.

5

Er schritt auf die Pforte zu und beschwor sich selbst in Gedanken: „Du bist gut! Du bist ein Gewinner! Die anderen sind die Enten, du bist der Adler! Noch fünf Jahre, und du hast es geschafft, dann bist du finanziell unabhängig! Du steckst sie alle in die Tasche! Du bist der Größte!"

Er schaute sich kurz um, ob jemand in Hörweite war. Als er sich seiner Einsamkeit sicher sein konnte, sagte er es laut: „Du bist gut! Du, Rainer Rumt, bist ein Gewinner!" Er grunzte zweimal laut und tierisch auf, wie er es auf einem Bioenergie-Seminar gelernt und zu seiner Sache gemacht hatte. Er trug einen dunkelblauen Anzug, was farbenpsychologisch Vertrauen weckt, und eine rote Krawatte, was Emotionen zeigt. Seine jugendlichen Schuhe standen für Individualität – er hatte an alles gedacht, sie würden ihm ohne es zu merken zu Füßen liegen. Der Pförtner wies ihm den Weg zu seinem Gesprächspartner, und während er mit großen Schritten und zwei Stufen auf einmal nehmend nach oben stürmte und dabei den Sitz seiner Krawatte überprüfte, dachte er kurz noch darüber nach, welche Unterwäsche er trug. Wer weiß, womöglich war das Kätzchen ein ganz wildes und es gab einen kleinen Vorgeschmack für ihn auf der Toilette? Seit er Frauen nur noch über ihre Geschlechtsteile wahrnahm, war er auf dem Weg nach oben, da konnte ihn keiner aufhalten, das war ihm zum Lebenszweck geworden, und Frauen waren die angenehmen Meilensteine auf seinem Marsch. Ja, er gab es offen zu: Er liebte ihre Ärsche und ihre Brüste, er liebte ihre weiche Haut, er liebte es, ihnen einen Abend lang große Geschichten zu erzählen und sie in großen Autos zu großen Restaurants zu fahren und ihnen nachher in seinem Loft zu beweisen, daß er ansonsten auch der Größte war. Im übrigen war sich Rainer Rumt durchaus im klaren darüber, daß er im Grunde Frauen abgrundtief verachtete: Er verachtete ihre Weichheit und ihre Schwäche, er verachtete sie sogar dafür, wie sie ihn anhimmeln mußten, weil sie aus seiner Sicht selbst so wenig darstellten. Er haßte es, wenn sie weinten und emotionale Forderungen stellten. Und – er haßte es, wenn sie in Familiendimensionen dachten. Nachgerade Ekel empfand er gegenüber Müttern. Diese Breilöffel ableckenden Monster, diese Rotznasenputzer in rosa Jogginganzügen, deren Brüste vom Baby wie leergesaugt waren und schlaffen Milchtüten gleich nach unten hingen – nein, das hatte alles nichts mit jener Ästhetik zu tun, die er sich für sich zurechtgelegt hatte. Wenn man Frauen nicht vögeln könnte, hatte er mal anonym in einem Chat geschrieben, dann müßte man sie eigentlich umgehend kollektiv entsorgen.

Verena Hindemith war etwa dreißig und wog, wie Rumt, der Kenner, auf den ersten Blick schätzte, gerade mal fünfzig Kilo. Sie hatte eine perfekte Oberweite, das konnte man durch den sandfarbenen Rollkragenpullover wunderbar ausmachen. Apfelsinenhälftengroß, wie vom Lieben Gott von Hand gesteinmetzt; und als alles fertig war und geschliffen und nachgebessert und alle Rundungen harmonisch stimmten, setzte Gott die Brustwarzen drauf, ging einen Schritt nach hinten, rückte sie noch einen Millimeter nach und war erst dann hochzufrieden. Anders konnte sich Rumt in der ersten Atemlosigkeit die Erschaffung dieses Geschöpfes nicht erklären. Ihre Haare waren blond und dünn und lang, was bei einer dicken Frau spaghettilockig und furchtbar, bei diesem engelsgleichen Wesen aber großartig aussah.

Rumt liebte die Modemacher für den bauchfreien Trend, denn so waren die Mädels allesamt nicht nur zu täglichen Situps verdonnert, der Kenner konnte auch schon von weitem den Erfolg ihrer in der Regel allmorgendlichen Bemühungen abschätzen. In Verena Hindemiths Nabel steckte das für ihre Altersgruppe obligatorische Piercing, und Rumt stellte sich schon lüstern vor, wie er es abends mit seiner Zunge bearbeiten würde. Zu allem Überfluß strahlte ihn dieses Wesen auch noch an, listig, keck und frech, als kenne man sich bereits, ja, als freute sich die Bezahlte auf die Nacht mit dem Bezahler, wo gab es denn so was? Rumt fühlte sich wie im Paradies. Kaum hatte er den Empfangsraum betreten, stürmte sie ihm auch schon frisch und lebendig entgegen, mit herrlich wippendem Traumbusen und weit ausgestreckter Hand und strahlte: „Herr Rumt? Wie schön, daß Sie da sind, wir haben schon auf Sie gewartet!“

Ihre Augen! Was war mit ihren Augen? Rumt spürte einen leichten Schwindel aufziehen, war überrascht, weil er so was nicht kannte, er fühlte sich genau in dem Moment, als er die Frau zum ersten Mal berührte, ihre Hand in der seinen, sehr schwach, krank, fast todkrank! Er überlegte kurz, ob diese Augen töten könnten, so wie er es neulich im Kino in einem albernen Streifen gesehen hatte, den er ab der Hälfte sich selbst überlassen und frustriert das Lichtspieltheater verlassen hatte. Bevor er länger darüber nachdenken konnte, war die leichte Übelkeit auch schon wieder verschwunden, und die Tür von Ruiz de Villa tat sich auf. „Herr Rumt! Herzlich willkommen, treten Sie ein!“

Rumt ließ die Hand von Verena Hindemith los, die ihn immer noch verklärt anstrahlte, und wandte sich dem Projektleiter Sachbereich Bremsentechnik zu. Der Mann war etwa sechzig, hatte ein freundliches, sehr spanisches Gesicht mit buschigen, ehemals dunklen Augenbrauen, dunklen Augen und fröhlichen Gesichtsfalten. Auf den Hemdkragen stützte sich ein gemütliches Doppelkinn. Er war kleiner als Rumt, hatte einen kleinen Bauch, trug einen passablen Anzug, aber furchtbar spießige, bereits ordentlich abgelaufene braune Anzugsschuhe, was Rumt, der übers Laufwerk seine Individualität auszudrücken pflegte, sofort auffiel. Diese Schuhe paßten farblich und stilistisch überhaupt nicht, und Rumt fühlte sich ihm dadurch sofort überlegen, was die kommenden Verhandlungen, so seine Überzeugung, unter einen guten Stern stellte.

Er ergriff die ausgestreckte Hand, setzte das Lächeln auf, das er als gewinnend und sympathisch einstudiert hatte, und schüttelte die Hand kräftig. „Señor Ruiz de Villa, es ist mir eine große Ehre!"

„Ganz meinerseits, Doktor Rumt, kommen Sie doch rein!" Und zu Verena Hindemith gewandt: „Verena, bringen Sie uns bitte ein Täßchen Kaffee?"

„Dos caffe con leche!" ereiferte sich Rumt, und alle lachten etwas gekünstelt und etwas zu laut über einen Scherz, der einer sein sollte und keiner war.

Doktor Rainer Rumt betrat das Besprechungszimmer und setzte sich unaufgefordert auf einen Stuhl, der ihm die von außen kräftig hereinscheinende Sonne in den Rücken brachte. Wer die ersten Vorteile an sich reißt, wird die anderen automatisch bekommen, hatte er für viel Geld gelernt in den Kursen der Motivationstrainer, die mittlerweile bankrott oder inhaftiert waren, aber bei ihm, Rumt, zuvor noch ihr ganzes Erfolgswissen abgelegt hatten. Ruiz de Villa setzte sich ihm blinzelnd gegenüber und starrte kurz auf den Vorhang. Seine Körpersprache deutete an, daß er im Begriff war, aufzuspringen und den Vorhang zuzuziehen. Solche Kleinigkeiten blieben Rumt nicht verborgen, er wußte, wie man ergatterte Vorteile verteidigt. Und er wußte, wie man Geschäftsmänner, vor allem spanische, zu packen hatte: bei ihrer Höflichkeit. „Diese Stadt ist wunderschön!" „Wie recht Sie haben!" verharrte Ruiz de Villa zunächst in seiner angespannten Haltung.

„Und diese Wärme, diese Sonne, hach, ich mag es, wenn mir die Sonne den Nacken wärmt, so was haben wir in Deutschland nicht – oder zumindest nicht in dem wunderbaren Maße wie hier – ich liebe das!“

Señor Ruiz de Villa lächelte und entspannte sich, was Rumt kleinen Veränderungen in seiner Gesichtsmuskulatur entnahm. Andere hätten das übersehen, aber er hatte sich geschult in solchen Dingen. Sein Gegenüber hatte sich danach vor lauter Höflichkeit entschlossen, den ungünstigeren Platz zu behalten und die nachteiligen Verhältnisse nicht durch das Zuziehen des Vorhanges zu seinen Gunsten zu verändern, wenn doch Rumt die Sonne im Nacken so liebte. Dieser Ruiz de Villa war eindeutig ein Katalogseiten-Drinlasser, Rumt würde ihn um den Finger wickeln, ihn vor sich herjagen, ihn zur Marionette machen und ihm trotzdem das Gefühl geben, er habe das Gespräch geführt. Er, Rumt, war einfach der Beste. Basta.

„Señor Ruiz de Villa“, begann er sofort und ohne Umschweife seinen Vorteil zu nutzen, „soweit ich weiß, sind Sie mit Brakehitec weitgehend klar und ich habe ...“

Die Türe öffnete sich, Rumt drehte sich unwirsch herum, denn er haßte es, auf der Siegerstraße von irgendwelchen nachgeordneten Arbeitsbienen gestört zu werden. Doch der Grund dieser Störung stimmte ihn recht schnell versöhnlich, denn die wunderbare Verena Hindemith, die ihm von Rottfelder zugeschanzte Gespielin, betrat den Raum. Sie trug ein großes Tablett mit zwei Tassen Kaffee und zwei Tellerchen mit etlichen typisch spanischen und garantiert überzuckerten Gebäckstückchen und anderen vergeblichen Beweisen guter spanischer Konditorkunst. Nur mit großer Mühe hatte sie mit dem Ellbogen die Türe aufgekriegt und sie mit ihrem Körper vollends aufgedrückt. Aber bevor Rumt aufspringen konnte, um ihr zu helfen, war die Aufgabe auch schon bewältigt und das Tablett auf dem Konferenztisch abgestellt. Sie verteilte das Mitgebrachte an die beiden Herren, die sie dabei aufmerksam und nicht unlüstern beobachteten und ihr Gespräch diesen optischen Reizen gerne opferten. Als sie ihrem Chef die Tasse hingestellt und den Kaffeelöffel zurechtgerückt hatte, klemmte sie das große Tablett unter den Arm, holte tief Luft und startete ihren Auftritt, um den dieser charmante Doktor Kleinert sie in Absprache mit ihrem Chef gebeten hatte.

„Herr Ruiz de Villa, ich soll Sie an die fünfunddreißiger Module erinnern!"

Rumt fuhr es kurz kalt den Rücken hinunter, was hatte sie da soeben ... hatte sie ... oder hatte er sich verhört...?

„Verena", unterbrach sie der Angesprochene gespielt heiter und mit einem drohend erhobenen Zeigefinger vor seiner Nase, „Sie sollen etwas ganz anderes: Wie können Sie uns Kaffee anbieten – in Spanien – ohne einen erstklassigen Brandy mitzuliefern?"

Señor Ruiz de Villa war mächtig stolz auf diesen gönnerhaften Scherz und strahlte Doktor Rumt an. Der wiederum strahlte halbherzig zurück. Hatte er soeben aus ihrem Mund das Wort „Modul" vernommen? Oder nicht? Oder begann er zu krampfen? Das wäre ein großer Fehler, denn nur entspannt gelang es, gefälschte Gutwellen auszustrahlen und Zufriedenheit bei dem Beschissenen zu erzeugen. Nein, er hatte sich bestimmt verhört, das konnte nur daran liegen, daß er schon zu viel an diese Frau dachte, daß sich unbewußt das Vergnügen vor die Arbeit geschoben hatte, daß Fell und Krallen schon verteilt waren, bevor der Bär erlegt war! Er nahm sich vor, sich noch mehr in sich zu versenken. Erst war das Business, dann diese Frau! Und trotzdem konnte er seine Augen kaum von Verena Hindemith lassen. Ihr war durch dieses unerwartete Dazwischengehen ihres Chefs völlig die Luft aus den Segeln genommen. Verwirrt und schamesrot stand sie da, wie bestellt und nicht abgeholt. „Ich begehre dich und ich will dich!" dachte Rumt, der Frauenkenner. „Aber erst nachher! Erst nachher! Erst nachher!"

„Zwei Brandy, natürlich." Verena Hindemith war aus ihrer Erstarrung erwacht. „Verzeihung, ich ... ich bringe sie sofort!"

„Aber bei diesem Service fühle ich mich nachgerade verpflichtet, Ihnen die Türe aufzuhalten!" charmierte Rumt, sprang behende von seinem Platz auf und stürzte zur Tür hin, um sie spektakulär aufzureißen. Ruiz de Villa war's zufrieden: Sein Gast hatte den Scherz und seine außergewöhnlich schöne Vorzimmerdame wahrgenommen, mehr wollte er doch gar nicht. Verena Hindemith verließ den Raum. Rumt zog kurz die Türe hinter ihnen beiden so zu, daß er für einen kurzen Augenblick mit ihr dastand, von Ruiz de Villa unbeobachtet. „Frau Hindemith!" flüsterte er zudringlich, „oder vielmehr: Verena! Ich werde Sie heute Abend zum Essen einladen – aber mit allem, vor allem danach!"

Er zwickte ihr kurz, aber heftig in ihren wunderschönen Hintern und drehte sich, ohne sie anzusehen, um und ging ins Besprechungszimmer zurück. Die Tür fiel ins Schloß.

Die Schlange setzte sich zufrieden wieder an ihren Platz, die wärmende spanische Sonne im Nacken und das blinzelnde Verhandlungskaninchen vor sich. Und eine süße Maus zum Nachtisch. Er hatte ihr die Losung gesagt, und die Kleine hatte verstanden. Wahrscheinlich würde sie ihm beim Hinausgehen einen Zettel mit ihrer Handynummer in die Hand drücken, vielleicht war sie noch kreativer und schrieb sie in einen Firmenprospekt oder fragte ihn nach seiner Nummer „... falls noch Fragen offen sind!" – blinzel, blinzel – Rumt freute sich auf alles, was da kommen sollte. Das Leben lief rund und er, Rumt, schwamm mittendrin wie ein Fisch im Wasser, wie eine Made im Speck. Wobei eine Made nicht schwimmen konnte und schon gar nicht im Speck, aber das war Rumt egal. Wenn es nach seiner Nase ging, waren ihm derartige Kleinigkeiten einerlei.

Hätte sein Blick durch die Türe dringen können, hätte er gesehen, wie sich das fröhliche Feuer in Verenas Augen schlagartig in flammenden Haß verwandelt hatte, wie sich ihre kindliche Vorfreude auf ein lustiges Spiel für einen Jubilar in Wut und Empörung über diesen arroganten, anzüglichen, geilen Schnöselsack umgekehrt hatte. „Arschloch!“ entfuhr es ihr und sie hielt einen Stinkefinger zur Türe hin! „Drecksack!“ Sie hatte weder Lust, diesem ausgemachten, eingebildeten Idioten einen Brandy zu bringen, noch ihn überhaupt je wieder zu sehen. Sie wollte sich von ihm nicht mehr angaffen lassen. Verena Hindemith war aufgewühlt wie noch nie und unglaublich wütend. Natürlich kannte sie, eben weil sie so blendend aussah, alle Spielarten männlicher Anmache, gerade auch in Spanien, aber hier, in der Firma, war ihr das bis zu diesem Tag noch nie passiert. Und schon gar nicht in dieser direkten, handgreiflichen Form! Sie ärgerte sich über sich selbst, daß sie sich so auf die gespielte Überraschung gefreut hatte. Das schlimmste aber war: sein Geruch. Er hatte denselben Geruch ausgestrahlt, den Verena so heftig verdrängt hatte. Diesen Geruch, der ihr die Kindheit geraubt hatte, dreimal die Woche, wenn ihre nichts ahnende Mutter zum Chorsingen ging. Zumindest diese kleinen Insel der familiären Glückseligkeit hatte Verena über die Jahre retten können, der bis aufs Blut verteidigte Glauben, ihre Mutter hätte nichts davon gewußt. Und nun roch dieser Typ genauso wie das Monster, das die Kinderzimmertüre öffnet und sagt: „Na, Verena, was treibst du so?“ Ihr wurde schwindelig, sie mußte sich mit der Hand am Empfangstresen abstützten. Was sollte sie nun tun? Sie zwang sich zur Konzentration: Wie würde ihr Chef reagieren, wenn sie das Spiel nun aus Empörung platzen ließ?

War sie überhaupt in der Position, ihrem Chef glaubhaft von dieser Ungeheuerlichkeit seines deutschen Besuches zu berichten? Oder würde der im Zweifel zum Geschlechtsgenossen, zum Geld und zum wichtigen Geschäftspartner halten?

Verena fürchtete letzteres. „Also komm, Kleine", munterte sie sich auf, „zieh das Ding durch und vergiß den ekelhaften Typen danach."

„Dann bräuchte ich hier noch Ihre Unterschrift!"

„Ja, natürlich!"

Ruiz de Villa hatte den Katalog, der dem Vertrag zugrunde lag, durchgeblättert und Rumt hatte bei den entscheidenden Seiten durch Fragen nach dem persönlichen Umfeld Ruiz de Villas geschickt abgelenkt – Frau? ... Wohnhaus? ... direkt am Wasser, wie schön! ... sicher auch eine kleine Jacht? ... nicht? Das sollten Sie sich aber unbedingt anschaffen, hören Sie mal, Sie gehören ja gerichtlich belangt, wenn Sie diese Chance nicht nutzen! Was gäbe ich dafür, wenn...

Ruiz de Villa klopfte seine Taschen nach einem Stift ab. Gedankenschnell zog Rumt seinen wertvollen Montblanc-Kugelschreiber aus der Tasche, doch Ruiz de Villa winkte lächelnd ab: „Verträge immer nur mit dem Füller meines Vaters, da bin ich abergläubisch!" und läutete nach Verena Hindemith.

Jene sah am Display, woher der Ruf kam. Noch einmal rührte sie mit ihrem Finger im Cognacschwenker des deutschen Gastes, damit der Brandy die Spucke ihrer Verachtung auch wirklich unsichtbar in sich verteilte, holte tief Luft und betrat das Besprechungszimmer.

„Verena, da sind Sie ja, wo waren Sie denn so lange? Wären Sie bitte so gut ... ach natürlich, erst der Brandy!"

Während Verena Hindemith die Gläser an die beiden vorgesehenen Plätze stellte, den speichelfreien Weinbrand zum Chef und den eingespeichelten mit hartem, kaltem Blick zu Doktor Rainer Rumt, griff jener ein: „Lassen Sie uns damit lieber nachher auf den Vertrag anstoßen, Verena, Ihr Chef braucht nämlich seinen magischen Füllhalter dazu!"

Rumt hatte es während diesen kurzen Satzes geschafft, seine Hand auf Verenas Arm zu legen. Kurz war sie versucht, ihn mit einer beiläufigen Bewegung abzuschütteln wie eine lästige Spinne, die sich von einem Baum auf den Arm hat fallen lassen, aber sie konnte sich in letzter Sekunde doch noch beherrschen. Sie hatte umgeschaltet auf Egoismus, sie arbeitete gern beim KONZERN und unter diesem liebenswerten Chef, sie liebte diese Stadt und das spanische Leben und wollte beides nicht gefährden. Nein, sie würde einfach ihre Sache professionell gut machen und diesen Idioten aus ihrem deutschen Heimatland schnell vergessen. Der schaute sie mit einem, wie sie empfand, widerlichen und anzüglichen Blick an, nein, er schaute sie gar nicht an, er gaffte ihr wechselseitig auf die Brust und in den Schritt, noch nie hatte es ein Mann in so kurzer Zeit geschafft, sie derart anzuwidern.

„Na dann holt Verena meinen Füller und wir stoßen trotzdem schon mal an, zum Wohl!"

Verena vernahm die Worte ihres Chefs wie aus einem Nebel. Rainer Rumt machte gute Miene zum bösen Spiel, er wähnte sich kurz vor dem Ziel, hob den Brandy hoch in die Luft und setzte ihn an die Lippen an. Señor Ruiz de Villa schluckte den Cognac am Stück herunter und spie ihn Bruchteile einer Sekunde später hustend wieder aus. Das wäre Verenas letzte Sekunde gewesen, um aufzuwachen. Aber sie wachte nicht auf, ihr Schicksal hatte anderes mit ihr vor. Während ihr Chef hustete und röchelte, Rainer Rumt die Andeutung eines Aufstehens machte, um gegebenenfalls helfend einzugreifen, holte sie tief Luft und ließ dann die Geheimbotschaft, die zur Gratulation und Champagnerübergabe führen würde, wasserfallartig aus ihrem schönen Mund fließen:

„Chef! Vorsicht! Die wollen uns bescheißen! Die haben noch die alten fünfunddreißiger Module in der Bremsanlage! Und damit wir es nicht merken, haben die die Seite zweiundachtzig – nein, die Seite achtundzwanzig aus dem Katalog rausgeschnitten – mit dem Teppichmesser!"

Sie schaute Rumt an. Der hatte sich erhoben.

Sie haßte ihn in diesem Augenblick so sehr, daß sie selbst darüber erschrak. Und obwohl sie sich vorgenommen hatte, ihre Rolle zu spielen, so hatte doch das ruckartige Aufstehen Rumts, das etwas unglaublich Aggressives, Forderndes in sich hatte, diesen Plan so sehr ins Wanken gebracht, daß sie nicht an sich halten konnte: „Und ich werde diesem anzüglichen Macho trotzdem nicht zum Jubiläum gratulieren, weil ... weil ...!" Der Rest ihres Satzes erstickte in einem verzweifelten Schluchzen. Verena Hindemith hätte sich am liebsten die Zunge abgebissen, sie hatte sich so fest vorgenommen, stark zu bleiben, und jetzt das! Sie wagte es nicht, ihren immer noch hustenden Chef anzuschauen und starrte stattdessen bewegungslos auf Doktor Rainer Rumt.

Der schwankte wie ein angeschossener Riese hin und her. Ihre Augen. Der Schwindel. Was war mit ihren Augen? Rumt registrierte in diesem Augenblick, was mit ihren Augen war: das eine war stechend blau, das andere smaragdgrün. Konnten diese Augen töten? Bestimmt! Natürlich konnten sie das! Genau wie in dem Film! Rumt konnte den Gedanken nicht zu Ende führen, denn er war schon bewußtlos, als sein Hinterkopf mit einem schweren Schlag auf dem Granitboden des Besprechungszimmers aufschlug.

6

Verena Hindemith hatte sich später noch oft den Kopf darüber zerbrochen, wie sie just in jener Schicksalssekunde überhaupt ans Telefon hatte gehen können. Vielleicht, weil sie damals, aus vollem Herzen Sekretärin war und aufs Telefon immer dienend reagiert hatte. Dazu kam wahrscheinlich, daß im Display des Apparates eine deutsche Nummer zu sehen war. Womöglich war es auch die ungeheure Energie, die der Anrufer, ein gewisser Herr Rottfelder in Frankfurt, in diesen Anruf legte und die Verena unbewußt wahrnahm.

Verena konnte in diesem Moment natürlich nicht wissen, daß der deutsche Herr Rottfelder wiederum unmittelbar zuvor einen ihn sehr verwirrenden Anruf aus Barcelona erhalten hatte, in dem ihm ein deutscher Ingenieur namens Kleinert vorgeworfen hatte, er, Theodor Rottfelder, habe den Angebotskatalog über keramische Bremssysteme für den spanischen KONZERN aus betrügerischer Absicht heraus manipuliert. Dabei hatte Rottfelder diese Idee nun wirklich überhaupt nicht gut gefunden und über sämtliche Kanäle versuchen lassen, Doktor Rumt zu erreichen, um ihn zu bitten, den Termin mit dem KONZERN kurzfristig abzusagen, wieder heimzufliegen und in Ruhe neues Material aufzuarbeiten. Aber man hatte Rumt nicht erreichen können – sein Handy war ausgeschaltet, und auch sein Telefon im Hotelzimmer klingelte mehrmals vergeblich. Mitten in diese Bemühungen hinein erfolgte dann dieser halbanonyme Schockanruf, der ihm erzählte, Herr Ruiz de Villa habe die Manipulation entdeckt – die Rottfelder doch gar nie gut geheißen hatte und deren Urheberschaft er nun verdächtigt wurde! Daraufhin habe Doktor Rumt beim KONZERN in

Spanien komplett die Fassung verloren, was Rottfelder ihm durchaus zutraute, was wiederum seinerseits Herrn Ruiz de Villa dazu veranlaßt haben mußte, Polizei und Hausjuristen zu rufen; all das wollte Rottfelder natürlich umgehend klarstellen, denn er plante seinen Aufstieg in die Vorstandsetage, da konnte so etwas natürlich überhaupt nicht angehen! Schon ein falscher Verdacht gegen ihn war einer zuviel! In Gedanken saß er schon im Flugzeug, um die Sache vor Ort klarzustellen, aber dann war ihm die Zeit dazu zu schade, und er wählte das Telefon, um sofort löschen zu können. Dazu, hatte jener Ingenieur Dr. Kleinert die Anweisung gegeben, solle er bei der Assistentin – wie hieß sie noch mal? Verena Hindemith! – anrufen, die auf seiner Seite sei. Weil er in seiner Situation und in diesem Augenblick Menschen auf seiner Seite brauchen konnte, ging er auch ohne zu zögern auf das seltsame Procedere mit dem Code ein: „Ich will das Essen mit allem!" Hektisch hatte er die von Kleinert angegebene Nummer notiert samt dem seltsamen Code, den er zur Erkennung sagen sollte, und dann umgehend die Nummer in Spanien gewählt.

Während in Spanien der Tischapparat auf dem Konferenztisch verlangend läutete, registrierte Verena zeitgleich voller Schock, wie dickes rotes Blut pulsierend aus dem Kopf von Doktor Rumt auf den Granitboden floß und ihr Chef, Señor Ruiz de Villa, über den Gestürzten gebeugt war. Instinktiv hob sie ab und meldete sich.

„Ja, am Apparat ... wer? Nein, den haben wir hier nicht. Aber ich könnte ihnen Herrn Ruiz de Villa ... ja, mein Chef ... wie bitte? Nein, es gibt hier keinen Doktor Kleinert ... natürlich bin ich mir da sicher, hören Sie, Herr Rottfelder, wir haben hier gerade große Probleme, könnten Sie womöglich ... wie bitte? ... welcher Katalog? Ach, der Katalog? Ja, wir haben ... ein Essen mit allem? Was soll der Unsinn? Was für ein Essen? Ich verstehe überhaupt nichts ... bitte, verzeihen Sie, können Sie später noch mal ... nein, hier ist keine Polizei! Wir haben ... Doktor Rumt, ja der ist hier ... nein, Doktor Rumt ist ...", sie schluckte kurz und dann begann sie zu plärren, stieß aber, bevor sie heulend den Hörer auf die Gabel warf noch hervor: „Doktor Rumt ist ... ich glaube ... Doktor Rumt ist tot!" Dann rannte sie aus dem Zimmer.

Viel später erkannte sie, daß wahrscheinlich dieses Fehlverhalten der letzte Anlaß für ihren Chef war, sie später fallenzulassen. Womöglich hätte er all die vielen kleinen seltsamen Ereignisse um den Sturz von Rainer Rumt vergessen und verdrängt, wenn sie bei ihm geblieben wäre und schnell die Sanitäter gerufen hätte. So aber hatte sie ihn verlassen, wenn auch nur für wenige Sekunden, aber in seinem Schreien: „Verena! Kommen Sie sofort wieder herein! Sofort!" schwangen seine ganze Angst, Wut, Verzweiflung und Panik mit und entluden sich nun unbewußt auf die Vorzimmerdame. Wäre sie bei ihm geblieben und hätten sie sich beide bis zum Eintreffen der Sanitäter hundertmal gegenseitig bestätigt: „... gibt's doch gar nicht!", „... einfach so umgefallen!" „... mein Gott, mein Gott!", „Hoffen wir das Beste!" und dergleichen, hätte der Schreck das seltsame Vorspiel verdrängt, und sie hätten es gemeinsam durchgestanden. So aber hatte sie ihm für Sekunden die ganze Verantwortung für den umgefallenen Gast in die Hand gegeben, und sein Unterbewußtsein hatte sich, für ihn unvergeßlich, dagegen gewehrt: „Ich kann doch nichts dafür! Sie haben doch diese vielen Dinge gesagt, die keinen Sinn ergeben und die ihn umgehauen haben!"

Wäre sie nicht hinausgerannt, hätte für Herrn Ruiz de Villa womöglich das Schicksal Schuld gehabt, der Kreislauf des deutschen Gastes, eine unerkannte Vorerkrankung, die zufällig jetzt zum Ausbruch kam. Weil sie aber hinausgelaufen war, war sie schuld. Das Leben ist manchmal wie ein Fußballspiel, es ist völlig egal, wer gut gespielt hat, es geht um die Tore, und sie hatte soeben das entscheidende reingelassen. Dazu kam natürlich auch ihr massiver Fehler mit dem Cognac. Verena war die einzige im Konzern, die wußte, daß Señor Ruiz de Villa trockener Alkoholiker war. Sie hatte die Aufgabe, stets den Inhalt seines Champagnerglases mit Sprudelwasser und Apfelsaft auf dasselbe gelb zu bringen wie der Champagner der anderen; sie mischte normalerweise Schwarztee und Wasser zu einem „köstlichen spanischen Brandy". Normalerweise. Außer an diesem Tag, da hatte sie es schlicht vergessen, und auch wenn Señor Ruiz de Villa prinzipiell gewillt war, ihr viel zu verzeihen, das ging ihm zu weit und das konnte er auch bei aller Liebe nicht für Zufall halten; das war Absicht, und es paßte zum ganzen seltsamen Verhalten, welches seine Assistentin am heutigen Tag an denselben gelegt hatte und was für ihn und für sie nicht ohne Nachspiel bleiben konnte.

Natürlich war Verena Hindemith auf seinen Schrei hin sofort wieder ins Besprechungszimmer gerannt. Die Unruhe hatte sich allmählich auch im ganzen Stock ausgebreitet, so daß nach und nach weitere Mitarbeiter ins Zimmer tröpfelten, die Hand vor den Mund schlugen und allesamt „mein Gott!" ausstießen.

Ruiz de Villa hatte Rainer Rumt inzwischen in das gebracht, was er für eine stabile Seitenlage hielt und brüllte seine Vorzimmerdame an: „Verena, verdammt noch mal, stehen Sie hier nicht rum wie ein Ölgötze! Rufen Sie den Krankenwagen!"

„Ja!" sagte die Gescholtene tonlos, wischte sich eine Träne aus dem Gesicht und wählte den Notruf. Sie konnte sich selbst noch keinen Reim auf alles machen, aber sie spürte, daß sich das Blatt für sie schlagartig gewendet hatte. Am Morgen noch hatte ihr der Chef Komplimente gemacht, später – sie kannte das von ihm – mit ihrer Schönheit vor dem Besprechungsgast Punkte gesammelt. Und nun hatte sie zwei Fehler hintereinander gemacht. Sie wußte nicht, wie es dazu hatte kommen können, aber die Fehler waren passiert, auf der Welt und begannen sofort damit, sich wie freigelassene gefährliche Bakterien zu vermehren und somit in ihren fatalen Auswirkungen für sie bedrohlich zu werden. Sie wußte, es würde Konsequenzen haben. Sie spürte, Señor Ruiz der Villa würde sie zu gegebenem Zeitpunkt fallenlassen. „So waren Männer, die Macht haben", dachte Verena, „vor allem, wenn sie dich lieben und begehren. Wenn sie dich bekommen, stehen sie auch uneingeschränkt hinter dir. Ist das nicht der Fall, so wie bei ihm und mir, weil ich seine vorsichtigen Andeutungen stets ignoriert und gemeinsame Geschäftsreisen mit ihm auffällig vermieden habe, weil ich Termine mit ihm zusammen nie auf die Abendstunden gelegt habe, dann bist du als Frau prinzipiell schon mal angezählt, und wenn dir dann ein Fehler unterläuft, bist du k.o., und jetzt ist der Fehler passiert und ich weiß, was jetzt kommt."

Die Sanitäter bahnten sich mit einer Trage einen Weg durch die murmelnde Menschenmasse vor dem Besprechungszimmer. Sie legten Dr. Rainer Rumt – Rumt wie Rum mit Tee – eine Infusion, stülpten ihm eine Beatmungsmaske über das Gesicht und stürmten mit ihm weg, als wären sie auf der Flucht.

Verena Hindemith stand paralysiert an die Wand gelehnt, die Stimme ihres Chefs drang durch einen zähen, dichten Nebel an sie heran, machte in der Ohrschnecke einen gemütlichen Umweg, nahm den weiten Weg bis ins Hörzentrum des

Stammhirns und ließ sich dort doppelt so viel Zeit wie sonst, ins Bewußtsein einzudringen.

„Verena, Herrgott noch mal!"

„Ja?"

„So antworten Sie doch!" er nahm sie am Arm und zog sie ein paar Meter von den neugierigen Kollegen weg, „jetzt gehen Sie bitte erstmal nach Hause, ruhen sich ein wenig aus, aber halten sich bitte bereit, ich denke, daß die Polizei Sie heute noch sprechen möchte!"

Sie nickte stumm.

„Wir melden uns, wenn wir Sie hier wieder benötigen!"

Sie nickte wieder. War wie betäubt. Erinnerungen an ein anderes Ereignis drängten sich durch den Nebel in ihrem Gehirn. Das kannte sie, das war schon einmal da. Sie hatte es verdrängt in der Hoffnung, es käme nie wieder: Jemand, den sie liebt und dem sie nichts angetan hat, tut ihr weh. Einfach so. Sie schlägt zu. Jemand packt sie an den Armen, schüttelt sie, schreit: „Verena, Herrgott noch mal! Hör auf!" Und sie schlägt wieder zu und weiß eigentlich gar nicht, warum sie es tut. Und dann wird sie auch ins Gesicht geschlagen, immer wieder ins Gesicht. Und sie schlägt wieder zurück und merkt erst jetzt, daß sie die ganze Zeit den großen Schlüsselbund in der Hand hält; und dann blutet der Mensch, den sie liebt, und dem sie nichts angetan hat und nie etwas antun wollte, blutet wie ein abgestochenes Schwein und schreit hysterisch, und Verena steht nur da und schaut und verschwindet im Nebel.

Sie hätte nie gedacht, daß es wieder kommt.

Sie ging heim in ihr kleines Appartement und ging eine Woche lang nicht aus dem Haus. Sie ging nicht ans Telefon, öffnete nicht die Tür und ging nicht zur Sprechanlage, obwohl es in dieser Woche öfter schellte und klingelte und klopfte als je zuvor. Sie erfüllte in dieser Zeit nicht mehr alle Merkmale des Lebens, sie aß nichts und trank wenig, Sie saß nur da. Und reagierte nicht.

Es war Daniel, der da fünfzehn Jahre nach der Trennung bei ihr Einlaß begehrte. Hätte sie geöffnet, hätte die ganze Geschichte einen völlig anderen Ausgang genommen. Jede Geschichte wartet jede Sekunde des Lebens in tausend mal tausend möglichen Variationen darauf, wie der Mensch sich für ihren Fortgang entscheidet. Aber Verena hatte das Entscheiden abgelegt; sie wartete stets ab, bis sich die Dinge um sie herum notgedrungenerweise selbst zur Weiterentwicklung der Dinge formiert hatten. Deshalb öffnete sie die Türe nicht. Vor allem, weil es ihr einfacher erschien, nichts zu tun, als etwas zu tun. Es sind oft die Türen, die offenen und die verschlossenen, die das Leben eines Menschen in eine völlig andere Richtung lenken können. Schätzungsweise hat jede Tür auf dieser Welt mindestens zwei bis drei Menschen auf dem Gewissen, die sich nicht dazu entscheiden konnten, sie zu schließen. Oder zu öffnen.

„Der Typ aus dem Café ist Dreh- und Angelpunkt der Story!“

Der Azubi schaute den Pfleger mit wild funkelnden Augen an.

„Völlig klar, ich schwör's Ihnen!“

„Der Pfleger schüttelte verständnislos den Kopf. „Ich hab dir schon einmal gesagt, diese Person spielt überhaupt keine Rolle, sie taucht einmal auf und fertig. Ich weiß gar nicht, warum der Alte mir gegenüber diesen Fremden überhaupt erwähnt hat, und noch weniger weiß ich, weshalb ich dir von dieser völlig überflüssigen Nebenfigur erzählt habe!“

„Weil Sie ahnen, daß er die Schlüsselfigur ist, Chef! Aber gut, reden wir über den anderen – diesen Bremsendealver-

mittler Rumt!" Der Azubi holte eine zerknüllte Softbox Zigaretten aus seiner Jeansjacke, was in der Kneipe bei allen, die es mit einem Seitenblick beobachten konnten, hochbegehrliche Blicke auslöste. Die meisten in der Kneipe hatten ihre Tagesration – drei Zigaretten – bereits aufgeraucht, und das System war in solch einem Fall gnadenlos: Die Absaugung fuhr unmittelbar danach nach oben, der Aschenbecher verschwand in der Tischmitte, und das Rauchen war bis zum nächsten Tag, zumindest aber bis Mitternacht erledigt, es sei denn, man kannte einen Nichtraucher, der einem großzügig seine Ration abgab. Deshalb rauchte der Azubi, wenn er denn in der Kneipe rauchte, nur zwei, griff dann zu seinem Privatvorrat – und die letzte Kippe des Abends ließ er sich stets abschließend aus dem Tischschlitz zuwerfen.

„Wo hast du die eigentlich her?" fragte der Pfleger, und der Azubi glaubte, in dem typisch neidischen Blick, den sein privater Zigarettenbesitz im allgemeinen auszulösen pflegte, ein durchaus interessiertes und belustigtes Funkeln zu entdek-ken.

„Warum fragen Sie?"

„Nun, Kumpel", entgegnete der Pfleger, schob ein rasches „... ich darf doch?" nach, schnappte sich eine Zigarette aus der Schachtel des verblüfften Azubi, legte sie auf seine offene Linke, klatschte dann mit der Rechten auf die vordere Handhälfte, was die Kippe Saltos schlagen ließ wie ein Turmspringer, bis sie von seinen Lippen gekonnt aufgefangen wurde und beim Weitersprechen im Mund des Pflegers lustig auf und nieder wippte – „weil nur zwei Sorten von Menschen im freien Besitz von Zigaretten mit Steuermarke sein können: Staatsgünstlinge und Illegale, und ich mir überlege, welcher Fall mir bei dir lieber wäre!"

Der Azubi schaute etwas irritiert in die Runde, denn es waren nun doch etliche Leute im Lokal, die ihr Gespräch unterbrochen hatten und zu den beiden herschauten. Er wartete ein paar Augenblicke ab, bis das allgemeine Interesse an ihnen wieder etwas nachgelassen hatte, beugte sich dann ein wenig nach vorne und erklärte dem Pfleger halblaut den Sachverhalt: „Weder noch: Mein Onkel arbeitet in der Zigarettenaufsichtsbehörde; er ist zuständig für die Vernichtung von Zigaretten, die die zulässigen Werte überschreiten und ..."

„... und dein Onkel will dem Staat Geld sparen und läßt die Kippen mit zu viel Teer und Nikotin lieber von seinem Neffen in freiwilliger Handarbeit vernichten!"

„So ist es!" grinste der Azubi, der in diesem Augenblick spürte, daß sein Ausbilder wirklich voll okay war und das Zeug dazu hatte, ein Freund zu werden.

„Aber jetzt sagen Sie halt", nahm der Azubi den Gesprächsfaden von zuvor wieder auf, „was war mit Rumt? Und was war denn nun mit diesem ominösen Typen im Café?"

„Fängst du schon wieder damit an? Mit dem war nichts!"

„Komm, Chef, das glauben Sie doch selbst nicht – das ist die Schlüsselfigur! Ich kenne das! Ist in jedem Kinofilm so! Da steht einer in der ersten Szene völlig teilnahmslos rum und verkauft Bratwürstchen und nachher ist es der Serienmörder! Warum sonst hätte ihn der Alte so bewußt wahrgenommen? Weiß man von einer Randfigur, daß sie sich im Café hinter der Zeitung versteckt und orangefarbene Farbkleckse auf den Schuhen hat?"

„Ein für allemal: Dieser Mann spielt im Leben unseres Alten überhaupt keine Rolle!"

„Und warum hat der Alte ihn dann erwähnt?"

„Mein Gott, was weiß ich denn? Eines ist klar – vergiß den Typen, er hat überhaupt nichts zu sagen und taucht auch nie wieder auf!"

„Glaub ich absolut nicht!" An den Augen des Pflegers spürte der Azubi, daß nun ein Punkt erreicht war, an dem er nicht weiter penetrieren durfte. Also lenkte er schnell mit einer anderen Frage ab:

„Das hat alles unser Alter im Rollstuhl verursacht? Wahnsinn. Hat er eigentlich gewußt, was er mit seiner Einmischerei angestellt hat?"

„Nein, der hatte damals keinen Schimmer von den Konsequenzen; nie gehabt!"

„Wann hat er es erfahren?"

„Jahre später!"

„Wie?"

„Durch die Liebe!"

„Au Mann, Sie machen das Ding ganz schön spannend!"

„Ich mach es nicht spannend, Junge, es ist spannend; ich möchte wetten, es ist die spannendste Geschichte deines Lebens!"

„Aber wo hat er davon erfahren? In Spanien?"

„Aber nein, da war er nur wenige Tage, er hat es Jahre später daheim erfahren!"

„Daheim? Wie?"

„Beim Busfahren!"

„Beim Busfahren? Hatte der Alte damals schon diesen seltsamen Busspleen oder was?"

„Unser Alter, mein Junge, hat die Welt bewegt. Er hat verändert, bewegt und getötet. Und dabei doch nie etwas anders getan und gewollt als: Busfahren!"

7

Seinen erfolgreichen spanischen Spaß vom Frühsommer hatte der Buspassagier schon längst in einer hinteren Ecke seines Gehirns abgelegt. Herr Rumt – wie Rum mit Tee – und die Vorzimmerdame Verena Hindemith waren nur noch Namen in einem seiner Notizbücher, die alle gleich aussahen, gleich beschrieben waren und vorne eine Jahreszahl trugen. Sie waren zu zwei Schatten der Vergangenheit verblaßt, hatten vielen neuen Personen Platz gemacht, mit denen der Buspassagier sein Lieblingsspiel Schicksal spielte.

Er steckte seinen Notizblock ein. Es war kurz nach zwölf, und er hatte sich für heute vorgenommen, nur einen halben Tag zu arbeiten. Mittags wollte er im Schloßpark den Tag vertrödeln, ein bißchen lesen und im Biergarten zwei, drei Hefeweizen trinken. Er wollte so diesen Donnerstagnachmittag gemütlich „antrinken", um sich dann schon etwas vorgedopt ins Nachtleben zu schmeißen. Donnerstag war zurzeit sein traditioneller Ausgehtag, wobei das auch schon mal der Montag, einmal auch schon der Sonntag war, aber augenblicklich war es Donnerstag. Üblicherweise fuhr er auch donnerstags bis sechzehn, siebzehn Uhr Bus und sammelte so teilweise bis zu fünfzehn oder sechzehn, an guten Tagen auch mal zwanzig Bustickets ein. Er hatte einen Tagesbedarf von mindestens vierzig Euro, mit Miete und all dem anderen Kram kam er sogar auf etwa fünfundsechzig, wie er mal errechnet hatte. Da es Tage gab, an denen er nicht Bus fahren konnte oder wollte, war es ratsam, pro Tag immer etwas mehr reinzuholen, als er benötigte. Im übrigen wurden die Tickets immer monatlich abgerechnet, oft benötigte sein Vater ein paar Tage, bis er überwiesen hatte, oder er rief an, um den Buspassagier zur

Auflösung des Vertrags zu überreden. Das hatte er anfangs sehr oft versucht; gesagt, das sei doch damals alles nur Spaß gewesen, ein Blödsinn, ein Familiengag, lassen wir doch den Unsinn, wir sind doch erwachsene Menschen, laß uns eine andere Basis finden, du bist doch mein Sohn, und eigentlich liebe ich dich doch und überhaupt ...! Der Buspassagier wollte keine Sekunde darüber reden. Er beendete in so einem Fall konsequent das Gespräch unehrenhaft durch einen radikalen Druck auf das Auflegsymbol am Telefon, sobald sein Vater damit ankam. So hatte sein Erzeuger gelernt, das Thema nicht mehr anzuschneiden.

Vertrag war Vertrag, und er lebte gut damit und wollte keine Änderung, basta. Natürlich war es auf den ersten Blick unsinnig, sein Geld damit zu verdienen, tagaus, tagein im Bus zu hocken. Aber er hatte sich inzwischen eben darauf eingestellt. Bus fahren war zu seinem Broterwerb und Lebensinhalt geworden. Andere fuhren morgens um sechs mit der S-Bahn zu irgendeiner Montagehalle und schraubten Metallteile zusammen, und? Ergab das einen Sinn? Für ein paar hundert Euro sein Leben in eine nach Schmiermittel stinkende Halle zu werfen? Nein, da war Busfahren viel intelligenter, abwechslungsreicher, freier und selbständiger. Er hatte seine eigene Ich-AG gegründet, er war Selbständiger im wahrsten Sinne des Wortes. Im Laufe eines familiären Gefechts zum Subunternehmer seines Vaters geworden. Er produzierte keine Bauteile, er produzierte Schicksal, denn er hatte im Lauf der Jahre im Bus das „Busorakel“ erfunden, sein Spiel. Ursprünglich war Bus fahren von ihm nur zum Gelderwerb gedacht, aber unterdessen war er dadurch zu einem wichtigen Rad im geheimnisvollen Wirken des Schicksals geworden. Er hatte seine Langeweile im Bus damit besiegt, daß er zufällige Gespräche belauschte und danach schaute, ob es ihm gelingen konnte, sozusagen auf irgendwelche Knöpfe zu drücken. Er konnte dabei nur ahnen, was sein Knopfdruck bewegte oder veränderte. Das Spiel erlaubte ihm nicht, die Veränderung, die er auslöste, zu sehen oder zu registrieren, das war das Wesen des Spiels, und er hatte sich daran gewöhnt. Er war der Änderer, mit den Folgen der Änderungen mußten sich andere auseinandersetzen. Dadurch wurde er wichtig. Was er tat, bewegte. Wer konnte so was schon von sich sagen? Ein Montagearbeiter? Ein Typ im Callcenter? Eine Politesse? Nein, er gehörte der kreativen Elite an, und er genoß es.

Der Buspassagier verließ den Bus und begab sich Richtung Schloßgarten. Morgen würde er ausschlafen und erst nachmittags beginnen und vielleicht auch mal bis neunzehn Uhr im Bus sitzen, so daß tags darauf das Verdiente ganz gemütlich für Essen gehen und Kino reichen könnte. Heute nur ein halber Tag, das war völlig okay, denn er hatte zuletzt ein Mammutprogramm an Busfahrten hingelegt, fast zweihundert Euro in drei Tagen, diesen Monat konnte er richtig was auf die Seite legen! Schließlich stand im Vertrag nicht, wieviel Busfahrten maximal stattfinden durften! Da hatte sein Vater gepennt! Zugegeben: Betrunken war er gewesen, hatte ordentlich einen in der Krone gehabt, einen Affen im Gesicht, na und? Vertrag ist Vertrag, und der Buspassagier war ein vertragstreuer Mensch. Nie hätte er Busfahrscheine abgerechnet, die er gar nicht abgefahren hatte. Wenn er einen fand, warf er ihn weg. Zur Abrechnung kamen stets nur Tickets, die für eine echte Busfahrt standen! Was er im Ausland tat, war kein Betrug, er nutzte lediglich weich formulierte Vertragstexte in seinem Sinne aus. Der eigentliche Betrüger war sein Vater gewesen und hatte jetzt dafür zu büßen, seit Jahren und für Jahre!

Der Buspassagier machte einen kleinen Umweg über eine stadtbekannte Bäckerei mit angeschlossenem Metzger. Im Bus hatte er einem Gespräch entnommen, daß eine Frau Wiedemann, die tags darauf Geburtstag hatte, heute ü-ber-haupt keine Lust habe, den ganzen Tag in der Küche zu stehen und für irgendwelche gefräßigen Verwandten ihres Mannes, die an ihr doch ohnehin gar kein Interesse hätten! – noch nie gehabt hatten – zu kochen und zu backen! „Seien wir doch mal ehrlich Elvira, du kennst die Bande doch auch." Mit ihr nicht! Was habe ihr Mann vielleicht Augen gemacht, als sie ihm heute am Morgen eröffnet habe, er müsse beim Metzgerbäcker anrufen und, jetzt paß auf: fünfzig Brezeln, fünfundzwanzig Paar Weißwürste und eine ganze Schwarzwälder Kirschtorte bestellen! Sie habe noch gewartet, bis er den Telefonhörer ergriffen und dann das Haus verlassen hatte. Der habe es endlich begriffen, was sie von seiner sauberen Verwandtschaft halte! Die sollten ihre vorzügliche Küchenkunst morgen nicht zu schmecken kriegen, die nicht!

„Guten Tag", sagte der Buspassagier, als sich die Bäckerin ihm endlich zugewandt hatte um ihn zu bedienen, „mein Name ist Wiedemann, ich habe heute Morgen bei Ihnen angerufen und fünfzig Brezeln, fünfundzwanzig Paar Weißwürste und eine Schwarzwälder Kirschtorte bestellt! ... Wiedemann ... wie? Ja, genau: Werastraße ... nein, ich bin ein Verwandter, wir sind alle gekommen, um Tantchen ein bißchen unter die Arme zu greifen, die würde sich sonst noch tot schaffen am Geburtstag ... ja, eben!

Weshalb ich da bin: Wir brauchen mehr Material, die ganze Verwandtschaft ihres Mannes hat sich spontan angesagt, sie freut sich so, die Gute ... also: wir brauchen richtig viel, was hat sie mir gesagt, Moment ...", er blätterte geflissentlich in seinem Notizblock, „... hier, wir brauchen tatsächlich morgen zweihundert Brezeln, hundert Paar Weißwürste und vier Schwarzwälder Kirschtorten, meinen Sie, das ginge?

Super! ... nein, sie hat mir gesagt, daß sie ihre Stammbäkkerei und Hausmetzgerei seien: Die machen für mich alles möglich beim Kurz! hat sie gesagt! ... ja! Ich soll Sie übrigens auch schön grüßen von ihr, und sie hat noch eine große Bitte: Ob Sie das alles wohl – natürlich gegen Bezahlung – auch anliefern könnten? Ja?

Am liebsten ganz früh, sie steht ohnehin immer um sechs auf! Halb sieben? Ganz perfekt, sie wird sich freuen. Soll ich Ihnen das noch irgendwie unterschreiben? ... nicht nötig? Also gut, dann bedanke ich mich ganz herzlich! Wiedersehen ..., ja, richte ich aus!"

Er schlenderte genüßlich in Richtung Biergarten und freute sich sehr auf sein Belohnungsbier.

Dem Azubi war die Verwirrung anzusehen: „Wollen Sie damit sagen, er fuhr nur Bus, um Informationen zu kriegen?"

„Nein", widersprach der Pfleger, „anders herum: Er erlangte Informationen, weil er Bus fuhr."

„Warum fuhr er Bus?"

„Weil er damit sein Geld verdiente!"

„Wollen Sie mich auf den Arm nehmen?"

„Nein, ich will noch eine rauchen!" Nachdem ihm der Azubi eine weitere Zigarette gereicht hatte, bestellte der Pfleger über die Tastatur am Tisch zwei weitere Latte Macchiato, die wenig später vom Bedienungsroboter gebracht wurden. Er verpaßte dem Roboter einen Klaps auf den Blechhintern, woraufhin das Programm den Blecheimer sehr zum Spaß der Anwesenden „Entschuldigen Sie bitte!" sagen ließ.

„Entschuldigen Sie bitte!" parodierte der Azubi die Computerstimme recht gut, „wer verdient denn Geld, indem er dämlich im Bus rumhockt?"

„Unser Alter", antwortete der Pfleger, „im übrigen nicht zu knapp und bis zum Tod seines Vaters."

„Komische Geschichte", murmelte der Azubi und schloß unmittelbar danach an: „Was macht der Alte jetzt gerade?"

„Ich würde mal schätzen", dachte der Pfleger laut nach, „das Gewackel im Bus hat ihn müde gemacht, und er schaut mit halbgeschlossenen Augen aus dem Fenster hinaus in den wolkenverhangenen Spätvormittag. Auch eine Strategie, um den prüfenden Blicken der Mitreisenden zu entgehen. Er weiß natürlich selbst, daß man über ihn spricht, daß er der bunte Hund der Stadt ist. Schau", der Pfleger nahm einen Schluck von seinem Getränk, verbrannte sich dabei den Mund und fluchte kurz vor sich hin, bevor er weiter über den Alten im Bus sinnierte, „er wird zweimal täglich, einmal vormittags und einmal nachmittags, von uns mit einem seltsamen Rollstuhl vom Heim zum Busbahnhof gebracht, in den Bus gesetzt, und dann fährt er die ganze Tour im Bus ab, fast eine Stunde lang! Er schaut aus seinen Augenwinkeln auf die Mitfahrer und denkt – der Pfleger parodierte die brüchige Stimme des Alten: ‚Ihr habt ja keine Ahnung! Ihr seid Gewürm, Ihr wißt nicht, daß ich es für Euch tue, denn für mich lohnt es sich nicht mehr, aber Ihr seid dumm und wißt überhaupt nichts! Ihr widert mich an, Ihr macht mich wütend, ich bedaure euch, ich könnte den ganzen Tag Euretwegen weinen!'"

Der Pfleger war während seines Sinnierens sehr nachdenklich geworden: „Ich glaube schon, daß er dann tatsächlich weint, im Bus, daß eine Träne in sein Auge schießt und die Bilder noch mehr verwischt, die das trübe Licht, das durch eine beschlagene Fensterscheibe fällt, und sein vom grauen Star gezeichnetes Auge noch auf seine Netzhaut projizieren können. Aber ich denke, daß er trotzdem da draußen den Schloßgarten erkennt, wo er immer gewesen ist; ganz früher, als seine Mutter noch lebte, mit der ganzen Familie zu viert, sonntags, beim Spaziergang zwischen Frühstück und Mittagessen, er mit der Schwester umhertollend, und die Eltern, untergehakt schlendernd. Jahre später dann ohne Mutter, *die die Liebe mit ins Grab genommen hatte, und über die Pubertät hatte er allmählich gelernt, Vater und Schwester zu hassen.*

Und ich könnte mir vorstellen ...", der Pfleger trank einen weiteren Schluck, nachdem er den Kaffee mit beständigem Pusten auf trinkbare Temperatur herabgekühlt hatte, „daß er über seine Gedanken einnickt und es ihm ist, als säße er wieder dort, im Schloßgarten. Wie damals: jung und glücklich, weil unwissend."

8

Zwei poppende Fliegen waren, geblendet von Lust und Fortpflanzungsdrang, in seinem dritten Weizenbier gelandet. Dort kämpften sie, immer noch aneinandergedockt, wild mit den Flügeln schlagend um ihr Leben.

Der Buspassagier beobachtete verzückt ihren Todeskampf. Er war sich nicht sicher, wie er sich verhalten sollte: Wenn er das Paar seinem Schicksal überließ, bot er ihnen den schönsten Tod, den er sich für sich selbst vorstellen konnte: Mitten beim Geschlechtsverkehr in Bier ersaufen!

Die Nachteile dieses schönen Todes für ihn lagen aber auf der Hand: Er konnte schlichtweg nicht mehr weitertrinken. Denn ein Verenden in seiner Magensäure war für alle Beteiligten eine schlechte Alternative. Und so zu trinken, daß er die Fliegen nicht mit in seinen Schlund riß, schien ihm nicht machbar: Dazu hätte er das Bier durch nahezu geschlossene Lippen in dünnem Strom ansaugen müssen. Die Gefahr, sich dabei zu verschlucken, das Bier also „in den falschen Hals" zu bekommen, war groß. Und außerdem schmeckte ihm Bier nur, wenn es in vollen Strömen bei weit geöffnetem Mund die Kehle hinabströmte. Wegen zweier ineinander verkeilter Fliegen ein neues Bier zu kaufen erschien ihm als unökonomisch und zu aufwendig. „Das steht nicht dafür!" sagte er sich im typischen Sprech seines Vaters.

In diesem Augenblick fiel ihm etwas auf: Offensichtlich war er inzwischen selbst dann, wenn er nicht Bus fuhr, in der Lage, Schicksale zu manipulieren. Vorerst nur das zweier Fliegen, aber womöglich waren die Schicksalsmächte gerade dabei, seine „außerbusliche" Einflußnahme ins Weltgeschehen in Erwägung zu ziehen. Diese Erkenntnis versetzte ihn derart in Entzücken, daß er zum ersten Mal den „Übermenschen“, den sich das Dritte Reich vom Philosophen Friedrich Nietzsche ausgeliehen hatte, auf sich selbst gemünzt begriff und beschloß, die vögelnden Fliegen zu retten.

Alter Menschheitstraum, notierte er sich davor in seinen Notizblock: fliegen wie die Vögel und umgekehrt!

Super! Das ließ sich für fünfzig Euro an den Lokalsender verkaufen, den er mit Moderationsgags belieferte. Das hieß, er konnte theoretisch am folgenden Tag sogar ganz aufs Bus fahren verzichten. Da er aber das Bus fahren gar nicht lassen wollte, weil er seinen Job liebte, würde er, wenn er morgen Bus führe, was er vorhatte, etwas für sein Alter tun. Oder für seine Freiheit, mal wieder ein paar Tage woanders Bus zu fahren.

Er hatte den idealen Arbeitsplatz gefunden und spürte in diesem Moment einmal mehr ausgesprochene Zufriedenheit darüber: Egal, wo er war, gab es Busse. Und wo es Busse gab, konnte er seinen Lebensunterhalt verdienen. Und Schicksal spielen. Und auf Ideen kommen, die er seinem Lokalradio verkaufen konnte.

Er war ein unkonventioneller Glückspilz geworden. Denn das Glück war ihm nicht zugeflogen, er war ihm nachgefahren. Mit dem Bus. So einfach war die Welt. Seine Welt. Und sein Vater, der ihn mit seiner Arroganz und Ignoranz wohl sicherlich nicht ins Unglück stürzen, ihn aber doch erzieherisch auf einen anderen Weg hatte schubsen wollen, war damals ungewollt Katalysator seines Glücks gewesen.

Der Buspassagier zupfte aus dem Rasen einen stabilen Halm heraus, fischte in seinem Bierglas nach den Fliegen und dachte dabei an damals:

Sie hatten Konfirmation seiner jüngeren Schwester Nadine gefeiert, und sein Vater war zum Ende hin schon schwer betrunken gewesen. Dann wurde seine Zunge immer schwerer und er selbst unangenehm, prahlerisch, ekelhaft.

„Na, Jungchen", hatte er den Buspassagier von der Seite angequatscht und ihm zeitgleich die Faust auf die Brust gehauen, was väterlich hätte sein sollen, aber einfach doof und schmerzhaft war. Nicht einmal im Schmerz zufügen war sein Vater souverän, aber garantiert hielt er sich selbst überschätzend auch in dieser Disziplin für den Besten, „alles im grünen Bereich?"

„Was soll grün sein mit einem Vater, der schwarz denkt und eine schwarze Seele hat?" gab er ärgerlich zurück und rieb sich die Brust. Er hatte eigentlich keinen Bock auf Streit mit seinem Vater, aber der Schmerz hatte ihn zu dieser Antwort hingerissen, und er spürte genau, daß das Unheil nun seinen Lauf nehmen würde. Sein selbstverliebter Vater wollte sich stets selbst spüren und konnte das dann am besten, wenn er andere demütigte. Dazu hatte er sich an diesem Tag der Einfachheit halber wieder einmal seinen Sohn ausgesucht.

„Hoho, Sohnemann, da bläst sich aber einer auf! Ich sag immer, wer in der Jugend nicht links ist, hat kein Herz ...".

„... und wer im Alter kein konservativer Arsch wird, keinen Verstand, jaja, ich kenn den Scheiß!"

„Wie redest du mit deinem Vater?"

„Ganz normal! Ich habe ja nicht gesagt, daß du scheiße bist, sondern lediglich, daß ich diesen Scheiß kenne!"

Das war super! Jemand beleidigen, indem man ihm sagt, daß man ihn ja nicht beleidigt habe, das war die hohe Kunst, das war Politik, wie sie sein Vater, der Politiker, garantiert verstand. Gut so!

„So ein Wort wendet man überhaupt nicht an, wenn man mit seinem Vater spricht!"

„Erstens mal hasse ich sowieso, wenn du mir mit diesem beschissenen ‚man' kommst, und außerdem: Womöglich sage ich böse Dinge, aber du vollbringst sie!"

„Ich vollbringe böse Dinge? Nadine, mein Schatz, schau dir deinen Bruder an – hat der sich heute den Kopf angeschlagen oder was?"

Seine Schwester lachte dämlich und nutzte den Moment, um auf den Schoß ihres Vaters zu klettern. Nun waren sie zu zweit und konnten den Kampf verschärfen.

„Ich mache böse Dinge? Entschuldige, mein Sohn, aber bist du noch ganz bei dir! Ich bewege Dinge, ich mache Politik, während ihr ..."

Jetzt war sein Vater am Zug. Indem er den Buspassagier in den Plural erhob, konnte er ihm ungestraft weitere Dinge andichten, für die er keine Verantwortung trug, „... während ihr nur blöd rumsitzt, alles mies findet und mies redet und Euren Arsch nicht hoch kriegt, so isses doch!"

Er streichelte der Konfirmandin über den Kopf, und sie schmiegte sich eng an ihren Vater. Sie hatte auch allen Grund dazu. Die Konfirmation des Buspassagiers einige Jahre zuvor hatte noch zünftig in einer Landgaststätte stattgefunden, die Geschenke, die er erhalten hatte, waren zwar okay, aber das wichtige Geld hatte sich damals summa summarum auf gerade mal vierhunderteinunddreißig Euro beschränkt, zu wenig für ein anständiges motorisiertes Zweirad. Für seine Schwester aber mußte das Fest plötzlich im Edel-Restaurant stattfinden, das der Vater extra für diesen Anlaß komplett gemietet hatte. Und als ob das nicht genug wäre, überreichte er seiner Tochter am Schluß noch „heimlich" ein Kuvert. Heimlich genug, daß es sonst keiner sehen konnte, aber doch so wenig heimlich, daß es der Bruder am Nachbartisch mit einem Seitenblick bemerken mußte; es konnte kein Zufall sein.

„Damit sich die hübscheste Maus der Klasse auch ein paar Kleidchen kaufen kann!“ Natürlich hatte die blöde Schnalle den Umschlag sofort aufgerissen und mit den beiden Fünfhundertern triumphierend in der Luft gewedelt. Und, da nur der Bruder es mitbekommen hatte, bezog er auch das auf sich: „Hübsche, nicht! Steck das weg, das muß doch nicht jeder Trottel sehen, wie lieb ich dich hab!“

Die Gedanken daran wühlten den Buspassagier wieder so auf, daß er seine Wut an den poppenden Fliegen ausließ, die er jetzt unter dem Einfluß einer spontanen Idee nicht mehr aus dem Bierglas heraushievte, sondern mit dem Grashalm vorübergehend und immer wieder tief ins Biermeer hinabstieß.

„Du bewegst böse Dinge!“ hatte er daraufhin geschrien, „du bist Politiker in einer korrupten Umweltzerstörerpartei und lügst deinen Sohn an!“

„Wenn ich nicht so müde wäre, würde ich dir jetzt eine scheuern!“

„Du bist nicht müde, du bist betrunken!“ Der Buspassagier hatte danach in einem letzten Fluchtversuch vor der Katastrophe zum Aufstehen angesetzt, aber es war zu spät gewesen.

„He, he! Bleib mal da, kleiner Schwätzer. Mag sein, daß ein Vater, der stolz auf seine Tochter ist ...“, er lächelte Nadine schmierig an, und die kleine Schleimerin lächelte adäquat zurück. Sie kackten sich gegenseitig mit ihrer zur Schau gestellten Liebe zu, es war widerlich.

„... an ihrer Konfirmation ein bißchen dem Alkohol zuspricht. Das ist aber kein Grund, seinen Vater mit nicht beweisbarem Quatsch zu beleidigen!“

„Nicht beweisbar? Falls du mich als Zeugen akzeptierst, erzähle ich dir die ganze Geschichte noch einmal: Am Tag meiner Konfirmation hast du mir gesagt, wenn das Geld fürs Mofa nicht reiche, solle ich mit dir reden. Zwei Tage später hast du mich bequatscht, das Geld zu sparen, noch ein Jahr zu warten und dann gleich mit deiner Hilfe ein Moped zu kaufen. Mit sechzehn durfte ich dann nicht den Führerschein dafür machen mit dem väterlichen Hinweis, wenn ich bis achtzehn wartete, würdest du mir ein Auto kaufen. Und nun bin ich seit zwei Monaten achtzehn, und du weigerst dich, den Wisch zu unterschreiben, daß ich schon mal mit der Fahrschule beginnen darf – das ist alles Betrug!"

„Jungchen ...", der Vater hatte versucht, nach dem Buspassagier zu greifen, aber der war der Bewegung ausgewichen.

Beim Gedanken daran kämpfte der Buspassagier gegen die Tränen an. Er vergewisserte sich kurz, daß keiner der anderen Biergartenbesucher ihn beobachtete. Das Gefühl von damals, das er zuerst beim frühen Tod seiner Mutter kennengelernt hatte, hatte sich seiner wieder bemächtigt. Die ganze Krankheit, das langsame Sterben, all dies hatte er damals verhältnismäßig gleichmütig hingenommen, seine ganze emotionale Kraft wurde vom erstaunten Beobachten der Gefühle anderer aufgebraucht: Warum flennt die Oma ständig? Warum weint der Papa nie? Warum schauen die Kusinen so komisch? Warum tatschen ihn die ganzen ekelhaften Großtanten noch ekelhafter an als sonst? Aber dann, als er am Grab seiner Mutter stand, da öffnete sich der Sarg, eine unsichtbare Hand der Trauer drang durch den Spalt zwischen Sarg und Deckel, griff blitzschnell nach oben, packte ihn am Hals und drückte zu. Der Schmerz drang sofort von der Kehle bis tief in die Lunge hinab, der Schrei blieb im Halse stecken. Am meisten erschreckt hatte ihn, den damaligen Teenager, die Kraft dieses Gefühles, das kein Gefühl gewesen war, sondern Realität: plötzlich da und viel stärker als alles andere, und hätte es nicht nachgelassen, dann wäre es die Hölle gewesen, die Hölle und nichts als die Hölle. So aber war es ein Gefühl, ein Scheißgefühl, das ihn seither immer mal wieder packte und mit seiner kalten Hand nach unten auf die Grabesebene zog, und zwar immer dann, wenn es ihm überhaupt nicht in den Kram passen konnte.

Der Buspassagier überlegte, ob die poppenden Fliegen im Todeskampf wohl irgendwelche ekelhaften Körpersekrete in sein Bier abließen. Der Gedanke daran machte ihn wieder zum edlen Retter, denn diesmal half er den beiden Fliegen ganz aus dem Glas heraus und beobachtete, wie sie, immer noch grotesk ineinander verwickelt, nahezu bewegungslos an der Spitze des Halmes hingen und wohl genauso betrunken waren wie sein Vater damals:

„Jungchen, wenn ein Vater so was macht, dann nicht aus Bosheit, sondern um seinen Sohn vor einem gräßlichen Unfalltod zu bewahren."

„Okay, dann sag doch aber ehrlich, daß dein Sohn ein dämlicher Busfahrer werden soll!"

„Mein Sohn soll ein dämlicher Busfahrer werden!"

Vater und Tochter kicherten, er betrunken, sie unterwürfig.

„Dein Sohn hat aber kein beschissenes Geld, um ein dämlicher Busfahrer zu werden!"

„Das soll er kriegen!" Der Vater hatte seine Tochter mit beiden Händen an den Armen genommen und sie von seinem Schoß geschoben, sich vom Stuhl erhoben, geschwankt wie eine Silberpappel im Wind, seinen Zeigefinger staatsmännisch in die Luft gestreckt, was Wichtigkeit signalisieren sollte, aber einfach nur unglaublich lächerlich aussah:

„Für jeden Busfahrschein, den mir mein Sohn ab sofort überreicht, erhält er das Dreifache von mir zurück!"

„Das machen wir schriftlich, deinem Wort glaube ich nicht mehr!“

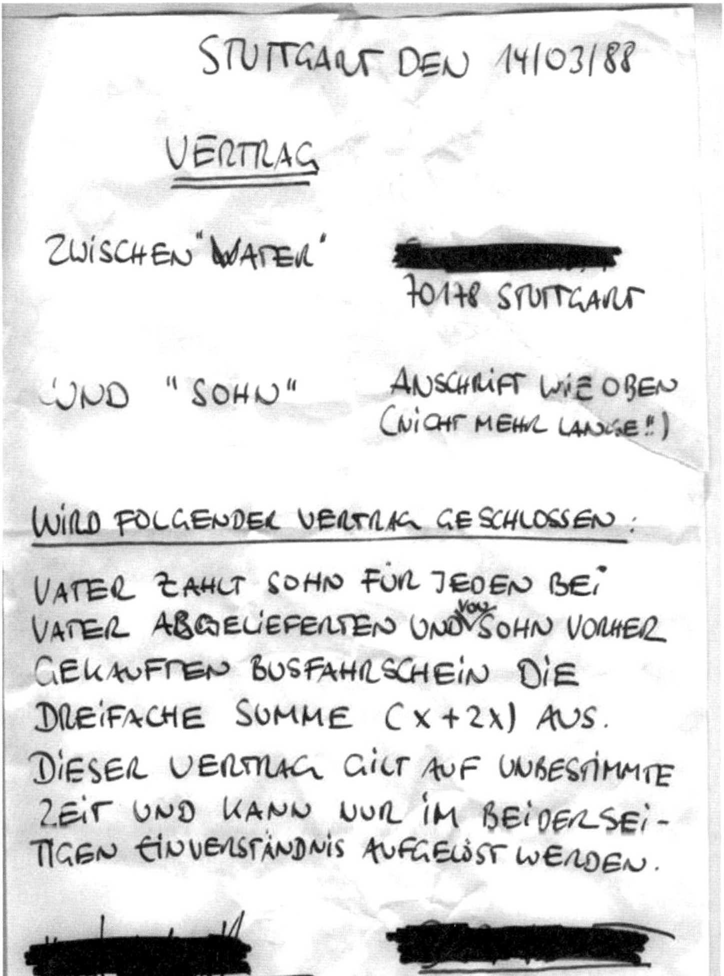

STUTTGART DEN 14/03/88

VERTRAG

ZWISCHEN "VATER" [redacted]
70178 STUTTGART

UND "SOHN" ANSCHRIFT WIE OBEN
(NICHT MEHR LANGE!!)

WIRD FOLGENDER VERTRAG GESCHLOSSEN:

VATER ZAHLT SOHN FÜR JEDEN BEI VATER ABGELIEFERTEN UND VON SOHN VORHER GEKAUFTEN BUSFAHRSCHEIN DIE DREIFACHE SUMME (X + 2X) AUS.

DIESER VERTRAG GILT AUF UNBESTIMMTE ZEIT UND KANN NUR IM BEIDERSEITIGEN EINVERSTÄNDNIS AUFGELÖST WERDEN.

[redacted]
(VATER)

[redacted]
(SOHN)

Der Buspassagier überlegte sich, wie die poppenden Fliegen in ihrem Fliegenstamm als Helden gefeiert werden würden, weil sie es aus eigener Kraft geschafft hatten, dem todbringenden Biermeer zu trotzen. Sie würden zu Königin und König ernannt werden, Geschichtsschreiber würden immer wieder ihre Tapferkeit rühmen, wie sie sich unter Aufbietung aller Kräfte gegen den Biertod gestemmt und dabei trotzdem noch höchst edel und ehrenhaft an den Weiterbestand des eigenen Volkes gedacht hatten. Der ganze Stamm würde ihnen blind folgen, alle, auch in die blau leuchtende Wespen- und Fliegenverbruzzelmaschine des Bäckermetzger Kurz hinein: Sommers hatten der immer einen Außenstand, und der Buspassagier liebte es zu beobachten, wenn Fliegen in die Stromfalle gerieten. Immer hoffend auf das minutenlange Geräusch, das eine große Motte oder gar ein Schmetterling dabei machte, bis beide schließlich schwarz verbrannt und den Geruch einer Grillfete ausströmend in den Leichenauffangbehälter unter der blauen Anlocklampe fielen. Da spielten sich Katastrophen ab, die im Insektenreich sicher ähnliche Bedeutung hatten wie der elfte September zweitausendeins für die Amerikaner oder der Tsunami von 2004 für Thailand oder der Börsencrash ab 2008 für die ganze Welt, und darüber legten sich freundlich-belanglose Gespräch wie: „Probieren Sie doch mal unseren Butterkuchen", „... drei Brezeln? Gerne ...", „Heute hätten wir das Roggenmisch-Kartoffelbrot" „... also mein Mann ißt nichts anderes mehr ...", „drei Berliner, zwei Amerikaner, darf's sonst noch was sein?" Wunderbar. Nirgendwo wurde das irdische Dasein so ehrlich zweigleisig abgebildet wie beim Bäckermetzger Kurz und seiner Elektro-Insekten-Todesfalle.

Der Buspassagier beschloß, nun genug über seinen Vater und andere Insekten nachgedacht zu haben und schnalzte das Königspaar spontan vom Grashalm. Er sah es betrunken und poppend durch die Luft fliegen und am Hals eines Biergartenbesuchers landen. Während das Königspaar über seine großartige Zukunft nachdachte und womöglich den gerade gezeugten Prinzessinnen und Prinzen besoffene Namen gab: „Weizenkrönchen? Hefeprinz? Stammwürzchen? Obergärchen?", spürte der Getroffenen etwas am Hals, klatschte mit seiner Hand darauf, zog die Hand nach vorne, sah das Königspaar darin liegen, nahm eine Serviette und wischte das glücklich zerquetschte Königspaar hinein.

„Ein Vertrag mit dem Vater, nicht zu fassen!"

Die Softbox des Azubis war leer geraucht, und der Pfleger sah seine heimliche Hoffnung bestätigt, daß sich in den Taschen des Azubis noch weitere Glimmstängel befinden würden.

„Sie rauchen aber auch, als ob es das letzte Mal wäre!" spottete der Azubi.

„Wer weiß das schon?" sinnierte der Pfleger.

„Keiner!" wischte der Azubi weg.

„Da magst du falsch liegen!" widersprach der Pfleger.

„Warum", forschte der Azubi nach, „wer kann denn schon in die Zukunft schauen?"

„Wir reden die ganze Zeit über ihn!"

„Der Alte? Ach, hören Sie doch auf, das ist doch albern!"

„Albern?" der Azubi erschrak über die plötzliche Ernsthaftigkeit seines Vorgesetzten, „wenn das stimmt, was mir der Alte vor zehn Tagen erzählt hat – und ich habe wenig Grund, ihm nicht zu glauben – dann ist er näher dran an der Wahrheit des Universums als jeder Mensch zuvor!"

„Warum? Mit seinem vernetzten Rollstuhl etwa? Und was hat das alles mit dem Busfahren zu tun?"

„Langsam, langsam", bremste der Pfleger den Neugierigen, „alles der Reihe nach! Zuerst möchte ich dir noch erzählen, wie weit er seine Spielchen getrieben hat!"

9

„Gerade als Architekt muß man seine Steuern kreativ bezahlen, die ziehen dich doch sonst aus bis aufs Hemd!“

Der Buspassagier hatte seinen Platz im Café gewechselt, so daß er dicht genug am Plappermaul, aber doch in dessen Rükken saß. Sein Notizblock lag offen auf dem Tisch, zur Tarnung hatte er ein medizinisches Fachbuch offen daliegen, welches er immer mit sich trug und das ihm schon oft das Versteck für viele schöne Spiele gegeben hatte. Natürlich hatte sich der Architekt schon mal nach ihm umgedreht, denn nahezu jeder, so die Erfahrung des Buspassagiers, spürte die subtile Gefahr, die vom ihm ausging, aber was der Architekt dann sah, hatte ihn offensichtlich im Unterbewußtsein beruhigt: Da saß nur ganz konzentriert ein in seine Arbeit vertiefter Student.

„Verstehst du? Du mußt selbst was tun. Selbst ein Steuerberater, auch wenn er gut ist, wird einen Teufel tun und dir die richtig wirksamen, nichtlegale Wege zeigen! Vergiß es, da muß man selbst ran, zum Beispiel ...“.

Das war das erste Mal, daß der Buspassagier das Spiel aus dem Omnibus heraus in die Öffentlichkeit verlagert hatte. Er nahm dies einerseits stolz und dankbar als Erweiterung seiner schicksalhaften Eingriffsmacht an, die im Begriff war, sich allmählich auf sämtliche anderen Lebensbereiche auszudehnen. Zum anderen aber beunruhigte es ihn auch ein wenig, denn das Spiel war entstanden als Zeitvertreib während der Berufsausübung, und der Buspassagier wollte vermeiden, daß sein Beruf an Bedeutung verlor. Er beschloß, sich zu disziplinieren.

„... unsere ganzen Urlaubsreisen, August auf Kreta, September Gran Canaria und sogar Innsbruck im März, hab ich alles als Besichtigungsfahrten abgesetzt, verstehst du? Gegen ein gutes Trinkgeld hat das Hotel für die Gesamtkosten stets ein Einzelzimmer ausgewiesen und die ganzen Essen mit Chiara waren Gesprächstermine mit Bauunternehmern. Oder …“

Der Buspassagier hatte Mühe, alles mitzuschreiben.

„… die Autos: Chiaras Cabrio läuft voll aufs Geschäft, und mein Porsche läuft mit Fahrtenbuch. Da gönne ich mir am Jahresende ein kreatives Wochenende und schreib die Strekken so zusammen, daß der Wagen rein geschäftlich genutzt war, verstehst du?

Unsere neue Küche lief als Renovierung der Mietwohnung durch; die Handwerker sind zurzeit so unter Druck, die schreiben dir jede Rechnung, wie du willst!“

„Aber dann mußt du doch in der Mietwohnung auch eine neue Küche haben, oder? Ich meine, wenn die das überprüfen?“

„So natürlich nicht, nein: Ich hab dem Küchen-Meyer gesagt: Wir nehmen die Küche wie vorgeschlagen, aber die Rechnung schreiben sie auf die Mietwohnung in der Bolzstraße; da mußten Sie schließlich die gesamten Wasserleitungen rausreißen!“

Dabei zog er mit dem Zeigefinger kurz das untere Augenlid des rechten Auges nach unten, was in den Kreisen der halbseidenen Halbgebildeten als Symbol für Cleverneß stand. Sein Gegenüber schien nicht vollends von der Klugheit des Architekten überzeugt zu sein und fragte nach:

„Als Küchenbauer?“

„Du mußt halt einen raussuchen, der gleichzeitig als Installateur firmiert, verstehst du?“

Der Architekt zog tief und siegessicher an seiner Zigarette, während der Buspassagier nach dem Kellner winkte, um seine Latte Macchiato zu bezahlen.

„Das Haushaltsgeld für Chiara läuft als Lohn durch, so können wir quasi jeden Schweinebraten von der Steuer absetzen!“

Nun war das architektonische Gegenüber offensichtlich doch beeindruckt, denn er wiederholte mit einer gewissen Unterwürfigkeit die Architektengeste mit dem Unterlid.

Der Buspassagier zahlte, packte seinen Krempel zusammen, stand auf, ging zum Nachbartisch und wandte sich direkt an den Architekten.

„Entschuldigen Sie vielmals, wenn ich Sie so direkt anspreche, aber ich glaube, ich habe mit einem Ohr mitbekommen, daß Sie Architekt sind?“

Der Architekt nickte und zündete sich eine weitere Zigarette an.

„Es ist nämlich so, mein Name ist Wiedemann, und ich und meine zwei Brüder haben vor ein paar Monaten von einer Großtante ein zwölfhundert Quadratmeter großes Baugrundstück auf dem Killesberg geerbt ...“

Die Augen des Architekten weiteten sich, und der Buspassagier war gespannt, ob sich gleich Eurozeichen in den Pupillen zeigen würden.

„... und da wir allein sind, ohne Eltern und so, und keiner von uns da irgendwie bauen will, wollten wir das Erbe gern verkaufen, und da hat uns einer gesagt, zweihundert Euro pro Quadratmeter könne man dort sicherlich erzielen, wenn das denn stimmt!“

Der Architekt versuchte, seine Erregung zu verbergen. „Das müßte man sich halt mal anschauen, aber unter Umständen wäre so ein Betrag schon zu erreichen!“

„Mensch, ist das super, daß ich Sie getroffen habe. Wann könnten Sie sich das denn mal anschauen?

„Im Prinzip sofort!“ beeilte sich der Architekt zu sagen, „wegen mir können wir augenblicklich hinfahren, ich habe meinen Wagen da stehen!“

Er zeigte mit einer Kopfbewegung auf seinen schwarzen Porsche, der spektakulär am Straßenrand geparkt stand.

„Ich müßte nur eben noch meine Brüder informieren ... Moment, wie machen wir das – könnten Sie mir vielleicht Ihre Karte geben?“

Der Architekt fingerte hektisch nach seiner Geldbörse und holte mit zwei Fingern eine Visitenkarte heraus. „Hier, da steht auch meine Handynummer drauf. Wie ist Ihre denn ... zur Sicherheit?“

„Null-eins-sieben-vier ...“, erfand der Buspassagier eine Mobilnummer, „und ich heiße Wiedemann, Jens Wiedemann, meine Brüder heißen Rolf und Gert!“

„Prima, Herr Wiedemann, ich hätte durchaus Interesse an diesem Baugrundstück, es ist Ihnen ja sicher wichtig, daß die Erbschaft in gute Hände fällt und nachher auch ein anständiges Haus auf dem Platz der Tante steht!“

„Eben!“ strahlte der Buspassagier, „genauso haben wir das besprochen. Das ist ja unglaublich, daß Sie das so formulieren! Es ist uns viel wichtiger, daß die Tante sich nicht im Grab umdrehen muß, als möglichst viel rauszuholen!“

Der Architekt lachte affektiert: „Wann werden Sie denn etwa anrufen – nur, damit ich planen kann?“

„Na ja, das müßte in den nächsten zwanzig Minuten spätestens der Fall sein! Ich muß nur meine Brüder informieren, aber ich bin der einzige, der sich um den Verkauf kümmern soll, von daher sehe ich da eigentlich gar kein Problem!“

„Na prima, dann warte ich darauf und halte frei, Herr Wiedemann!“

Der Buspassagier blickte auf die Visitenkarte, um den Namen des Architekten zu erfassen.

„Vielen, vielen Dank, Herr Schneyder!“ freute sich der Buspassagier und drehte auf den Absätzen um, „wissen Sie was? Ich kann Sie doch gleich hier wieder abholen, warum bleiben Sie nicht einfach so lange sitzen?“

„Klasse Idee!“ freute sich der Architekt, „dann reicht es mir noch zu einem Pastis!“ Der Buspassagier verließ das Café in die Richtung, die am Porsche vorbeiführte, damit er sich auf diesem Weg gleich auch noch mit einem Blick die Autonummer merken konnte, und lief danach schnurstracks zum nächsten Café um die Ecke, um eine anonyme Anzeige ans Finanzamt zu verfassen.

Nach gut vierzig Minuten war sie ausformuliert. Noch auf dem Weg zum Finanzamt hatte er sich über den Operator mit dem größten Stuttgarter Immobilienbüro verbinden lassen: Er sei Assistent von Doktor Rottfelder von der Firma Brakehitec und suche für ihn nach einem repräsentativen Baugrundstück auf dem Killesberg mit mindestens zwölfhundert Quadratmetern Grundfläche. Er entschied sich für beste Lage in der Birkenwaldstraße, neunhundertachtundvierzig Quadratmeter; seine Fragen nach dem Quadratmeterpreis wurden nur zögernd und sehr mißtrauisch beantwortet, nur mit Mühe konnte er dazu eine Stellungnahme bekommen. Das ärgerte ihn sehr, vor allem deshalb, weil er diese Frage überhaupt aufgeworfen hatte. Klar war, daß der Preis maßgeblich über den an Gierschlund Schneyder angebotenen 200 Euro liegen mußte. Also rettete er das Gespräch, indem er die Flucht nach vorne antrat und seine Gesprächspartner wissen ließ, er sei sich schon im klaren, daß dies letztendlich Verhandlungssache sei, er wolle nur für die Vorinfo an seinen Chef wissen, ob man unterhalb der tausend Euro denken dürfe. Das würde wohl nicht ausreichen, wurde ihm geantwortet. Der Buspassagier gab sich dennoch äußerst interessiert, erfand eine Adresse, in der die Brakehitec angesiedelt sein könnte, bat um zeitnahe Überlieferung der Unterlagen per Radler-Kurier, der selbstverständlich von ihm als Empfänger bezahlt würde, bedankte sich höflich dafür, als er hörte, daß für diese Kosten selbstverständlich das Immobilienbüro aufkommen würde, und legte auf. Er schaute auf die Uhr, mehr als eine Stunde war vergangen, seitdem er den Architekten angesprochen hatte. Er rauchte eine Zigarette und wählte dessen Nummer:

„Ja, hallo, hier Wiedemann ... Herr Schneyder? Ich hoffe, ich habe sie nicht warten lassen!" Natürlich hatte er, aber an dem architektonisch-rhetorischen Abwinken spürte er, wie gut sein Köder roch. „Herr Schneyder, ich habe zwei schlechte und eine gute Nachricht!" Spannende Pause, durchs Zigarettenrauchen hie und -anzünden dort in Szene gesetzt. „Die gute: Ich habe meine Brüder erreicht, und sie wollen nach wie vor gerne und vor allem schnell verkaufen!" Der Buspassagier hörte, wie der Architekt hektisch und gierig an seiner Zigarette zog. „Die zwei schlechten: Das Baugrundstück ist nicht zwölfhundert, sondern nur neunhundertachtundvierzig Quadratmeter groß und liegt in der Birkenwaldstraße 42!" Der Architekt bat um etwas Zeit, um sich die Adresse aufschreiben zu können. „Meine Brüder sind auch bereit, weil das Grundstück kleiner ist als von mir versprochen, im Preis noch etwas runterzugehen, aber sicher nicht tiefer als hundertfünfzig!"

Der Architekt schwieg, sein Glück troff fast aus dem Handy des Buspassagiers heraus. „Und nun die zweite schlechte Nachricht: Meine Brüder sind gerade in München, ich fahre heute Abend hin. Morgen Mittag verreisen die beiden für längere Zeit, einer nach Mexiko, einer in die Staaten!"

Das Atmen des Architekten verriet höchste Anspannung.

„Das heißt, wir kriegen das nicht mehr rechtzeitig hin und müssen wohl ein Jahr warten, bis meine Brüder wieder da sind. Die Alternative können wir kaum von Ihnen verlangen, weil Sie sicher morgen Termine haben!“ Der Buspassagier schloß unmittelbar an diesen Gedanken an. „Die einzige Chance wäre nämlich nur dann gegeben, wenn Sie morgen früh um zehn Uhr in München sein könnten! Dann könnten wir alle zusammen einen Vorvertrag schließen, den Quadratmeterpreis festlegen, meine Brüder bereiten ein Schreiben vor, in dem sie mir die gesamte Abwicklungsvollmacht geben – und dann könnten wir zwei ohne Streß in den Folgetagen in Stuttgart den ganzen Notarkram erledigen, aber ich habe denen schon gesagt, daß das sicher nicht ... Wie bitte? In München! ... nein, das ist ja kaum zu glauben ... das wäre ja großartig! Mein Gott, wenn wir das morgen in trockenen Tüchern hätten, das wäre ja unglaublich ... natürlich, schauen Sie das Grundstück vorher an und natürlich nur, wenn es Ihnen gefällt, selbstverständlich... das wäre die Balanstraße neunundsechzig in München, Stadtteil Giesing, sie müssen einfach ... Navigationssystem? Na prima! Um zehn, schaffen Sie das? ... bei Wiedemann! Toll! ... nein, ich müßte heute Abend schon mit dem Zug hin, aber vielleicht könnte ich ja morgen mit Ihnen wieder heimfahren? ...oh, das wäre wunderbar! Ja! ... natürlich! ... Balanstraße neunundsechzig, bei Wiedemann, genau, morgen früh zehn Uhr. Und ein letztes, Herr Schneyder, haben Sie versucht mich anzurufen? ... nicht geklappt, ja, die Nummer war nämlich falsch, ich habe da Probleme mit meinem Handy, das spinnt irgendwie, ich bin froh, daß ich Sie ... hallo? Hören Sie mich noch?“

„Ja!“ antwortete der Architekt laut und deutlich – und noch mal hektisch: „Ja! Ich höre Sie!“

„Hören Sie mich noch? Hallo! Komisch ... hallo?“

„Hallo! Ja! Hallo!“ sagte der Architekt.
„Falls Sie mich noch hören: Bis Morgen in München!“

Damit beendete der Buspassagier das Gespräch. Er war sich sicher, daß der Architekt heute noch an der Birkenwaldstraße ein Baugrundstück besichtigen und tags darauf entgegen kleiner Zweifel aus großer Gewinnsucht heraus eine schöne vergebliche Dienstfahrt mit seinem Geschäftsporsche hinter sich bringen würde.

„Cool!“ Der Azubi steckte sich eine weitere Kippe an. „Saucool! Geil! Spitze! Der Alte ist ja ein richtiger Eulenspiegel ... war ein richtiger Eulenspiegel!“ bemühte er sich rasch anzufügen.

„Jaaa“, antwortete der Pfleger, das war er, in der Tat!“

„Und wann hat er damit angefangen, so ein verbiesterter knorriger Bock zu werden?“

„An dem Tag, als er begriff, was er angerichtet hatte!“

„Was hat er denn angerichtet?“

Statt einer Antwort inhalierte der Pfleger genüßlich den Rauch seiner Zigarette. „Komisch“, sagte er versonnen, „als es noch ohne jede Einschränkung erlaubt war, habe ich nicht geraucht. Es war mir schlicht zu blöd, und ich habe die armen Nikotinsüchtigen einfach nur hochnäsig bedauert. Aber seit es quasi verboten ist ...“

„Tja“, ergänzte der Azubi seinen Gedanken, „Sie sind halt ein heimlicher Revoluzzer!“

Der Pfleger schaute ihn vieldeutig an. Der Azubi nutzte die Aufmerksamkeit, die sein Vorgesetzter ihm widmete, um seine Frage zu wiederholen: „Was hat der Alte denn Schlimmes angerichtet?“

Offensichtlich wollte der Pfleger diese Frage nicht beantworten, noch nicht, denn er rauchte weiter, als hätte keiner etwas gesagt.

„Ein Eulenspiegel", sagte er vor sich hin, „ja, das war er! Dabei hat er aber nicht nur Dinge umgesetzt, die er im Bus erlauschen konnte, sondern auch Impulse aus seinen Busfahrten zum Schabernack verwandelt!"

Der Buspassagier begab sich auf die gegenüberliegende Straßenseite und bestieg nach kurzem Warten den Bus zum Hauptbahnhof. Dort war ein großes Schreibwarengeschäft, in dem er Pappe, Teppichmesser, Klebeband und Spraydose kaufte.

Gleich danach fuhr er mit dem Dreiundvierziger, der direkt vor seinem Haus hielt, heim, betrat die kleine Wohnung und setzte sich direkt an seinen Tisch. Zunächst schrieb er einige Worte am Computer, setzte sie so, daß es schön aussah und optimal ins Querformat paßte. Dann druckte er alles aus, klebte es auf die große Pappe und begann sorgfältig, mit dem Teppichmesser die einzelnen Buchstaben aus seiner Sprühvorlage auszuschneiden.

Die Vorlage war fertig, draußen dämmerte es schon. Der Buspassagier präparierte seine Sprühvorlage an den Rändern mit Klebeband, steckte sie zusammen mit der roten Spraydose vorsichtig in eine große Tüte, plazierte ausreichend Geld für einen schönen Abend in der vorderen Tasche seiner Jeans, zog eine Jacke an und verließ das Haus. Seine geplante Aktion hatte eine neue Dimension, und er beschloß, sehr vorsichtig zu sein. Das Sprühspiel war zwar aus dem Bus heraus, aber nicht im Bus entstanden. Im übrigen handelte es sich dabei eher um einen Streich als um eine Schicksalsmanipulation, aber die Idee, die er heute im Bus hatte, gefiel ihm einfach so gut, daß er sie auch umsetzen wollte.

Wenige Bushaltestellen später war er an seinem Ziel angekommen. Das Taxi stand immer noch eingeparkt im Hof, der etwas versteckt hinter ein paar Altbauten lag. Festen Schrittes ging er darauf zu, sah sich kurz um und klebte dann seine Vorlage schnell und akkurat neben der Fahrertüre auf. Dann sprühte er entschlossen die ausgeschnittenen Stellen mit Farbe zu. Nun kam der kritische Moment, denn er mußte einige Minuten warten, bis die Farbe etwas angetrocknet war, bevor er seine Vorlage und somit das Beweisstück wieder abziehen konnte. Er trat aus dem Hof heraus und blickte die Straße auf und ab. Keine Menschenseele war zu sehen, und auch aus den Häusern, die den Hof umschlossen, drang kaum ein Laut. Er rauchte eine Zigarette, und als er damit fertig war, schnalzte er die Kippe mit zwei Fingern in hohem Bogen auf die Straße und ging wieder in den Hof hinein. Er zog die Pappvorlage ab und steckte sie in die Tüte zur Spraydose. Nicht ohne Stolz blickte er kurz auf sein Werk. Unter der Werbung:

„Zu Möbel Hofmeister nach Bietigheim-Bissingen, wohin denn sonst?“

prangten nun auf der Fahrertür groß und mächtig seine aufgesprayten Alternativvorschläge:

... na ja, zum Beispiel zu Möbel Siegle,
Möbel Inhofer, Möbel Mammut
– oder halt zu Ikea!

Kurz wollte ihn der Übermut packen, und er überlegte, ob er die andere Taxiseite auch noch ergänzend besprühen sollte. Doch dann gewann die Vernunft in ihm wieder die Oberhand, und er machte sich raschen Schrittes davon. Er überlegte sich dabei, wie er mit den Jahren so ein Witzbold hatte werden können? Hatte das mit seiner Arbeit fürs Radio zu tun? Selbst wenn: Seine bisherigen Spiele passierten aus der absoluten

Anonymität heraus, waren nicht nachweisbar, und er befand sich dabei in Sicherheit. Aber das hier war eigentlich kein Spaß mehr, das war Sachbeschädigung, das konnte ihm Schwierigkeiten bereiten, dabei konnte er erwischt werden, und es hatte mit seinem Broterwerb nichts zu tun. Er beschloß, seine Arbeit wieder auf das Subtile hinabzustutzen und zurück zu kultivieren. Auf dem Weg zur Bushaltestelle passierte er einen öffentlichen Papierkorb, in den er die Corpi Delicti hineinsteckte, was nicht ganz einfach war, weil der Deckel auf dem Abfalleimer nur einen etwa zehn Zentimeter großen Schlitz freigab, aber es gelang ihm schließlich doch, die eingetütete Pappe samt Spraydose darin zu versenken, dann lief er rasch weiter.

„Respekt!" bemerkte der Azubi.

„Übrigens: Was ist denn jetzt eigentlich aus dem Typ geworden, der dem Buspassagier im Bus in Barcelona ungewollt die Geschichte mit den Bremsmodulen erzählt hatte?"

10

Dazu konnte der Pfleger nichts sagen, denn obwohl Rainer Rumt eine wichtige Schicksalsfunktion im Leben des Buspassagiers gespielt hatte, blieb er ihm als Mensch und mit seiner Geschichte fast gänzlich verborgen. Ja, wie war Rumts Leben? Aus Sicht des allmächtigen Elefanten, der alles beobachtet, aber sich niemals einmischt, war sein Leben ein einzigartiges facettenreiches Fragment, so, wie jede Schneeflocke einzigartig und einmalig ist und sich doch in die Gesamtheit des Schnees einbindet. Somit ist sie Einzelphänomen und doch und zugleich nur ein winziger Teil jenes Schnees, der Euch die Piste zum Abfahren oder die Lawine zum Sterben sein kann. Aus kosmischer Elefantensicht ist alles genauso, wie es ist, und deshalb gut. Menschen neigen dazu, aus ihrer absichtsvoll verengten Sicht heraus zu bewerten: Die Piste ist gut, die Lawine ist es nicht. Ich gebe Euch ein anderes Bild: Das Leben des Menschen auf der Erde gleicht einer Luftblase im Sektglas; irgend jemand schenkt dich ein, du entstehst am Boden des Glases und machst dich an den Aufstieg nach oben. Die Zeit des Aufstieges nutzt du, um dir den Kopf zu zerbrechen, wer dich warum und wieso erschaffen haben könnte. Über dir siehst du ganz da oben am Scheideweg zwischen Sekt und Luft deine Vorfahren zerplatzen. Du weißt schon von den ersten Millimetern deines Aufstieges an, dass dies auch dein Schicksal sein wird. Das macht dich mal traurig, mal fröhlich; mal nachdenklich und melancholisch. Mal liefert es dir überhaupt den Grund dazu, dein Dasein zu genießen: „Man blubbert nur einmal“. Du steigst kontinuierlich auf, und das ist das einzige, was du nicht beeinflussen kannst. Die Bewegung nach oben gehört dem Schicksal, und es macht in aller Ruhe und gnadenlos Gebrauch von seinem Recht. Deine Möglichkeiten liegen in der Seitwärtsbewegung: Du kannst nach links und rechts ausweichen, kannst dich mit anderen Blasen vereinen und dich wieder von ihnen trennen. Du kannst dich bewußt am ruhigen Rand des Glases aufhalten und von der Einbildung leben, daß du hier von deinem sicheren Ende weniger bedroht wirst. Oder du wirfst dich in den pulsierenden Strom der Glasmitte und tanzt und singst und lachst mit deinen luftgefüllten, hohlen Zeitgenossen und vergißt mitten im Sekt, was dich bedrückt und dir große Angst macht. Denn urplötzlich – du hast mittlerweile viele Blasenfreunde gefunden – findest du dich in der Mitte des Glases wieder. Du machst ein großes Fest und freust dich mit allen. Man scherzt über dein baldiges Zerplatzen an der Glasoberfläche, und du lachst laut und schallend über die vielen Späße, um zu verheimlichen, daß du eigentlich die Hosen – wenn du als Blase welche hättest – gestrichen voll hast vor Angst. Das einzige, was dir groteskerweise die Lebenslust erhält, ist die Tatsache des geteilten Schicksals: „Wir müssen alle mal platzen!“ und: „Wenn Platzen so schlimm wäre, hätten es nicht schon so viele vor mir gemacht!“ So fristest du dein aufsteigendes Dasein. Deine Zeit in der oberen Glashälfte ist von mehr Besinnlichkeit geprägt. Du mußt nicht mehr unbedingt mitten im Strom sein, du siehst die jungen Blasen unter dir mit einer Mischung aus Neid über ihre Energie und Amusement über ihr naives Getue an. Erstaunlicherweise kommt mehr Ruhe über dich, je mehr du dich der Oberfläche näherst. Um so klarer dein baldiges Platzen ist, um so mehr verdrängst du diese Tatsache. Selbst vier Millimeter unter der Luft machst du noch große Pläne, für die ein mit Sekt gefülltes Weizenglas nicht ausreichen würde. Selbst zwei Millimeter unter der Luft schockieren dich noch die

Berichte von anderen Sektgläsern, die nicht so ruhig dastanden wie jenes, in dem du aufsteigen durftest, sondern die frühzeitig von einem fünfgliedrigen Drachen gepackt wurden, mit rotlackierten Spitzen an seinen Tentakeln und dann mit irrsinniger Geschwindigkeit, die die Blasen fast schon wieder nach unten drückte, beschleunigt wurde und an ein großes, rotlackiertes, horizontal liegendes, scheidenartiges Tor geführt wurden, in welches der ganze Inhalt samt aller unschuldiger Blasen brutal abgegossen wurde. „Schrecklich! Was ist das für ein Gott, der so was zuläßt?“ fragst du dich, schaust nach oben – und siehst die Luft über dem Sekt, so klar wie noch nie. Dieses Bild ist so stark und so hell und so groß, daß deine Angst davor einem großen Erstaunen weicht. Und dann macht es „blubb“, und deine Freunde und Verwandten, deine Kinder und Kollegen weinen bitterlich über dein Hinscheiden und du – vereinigst dich einfach mit der Luft. „Ach so ist das!“ schreist du beglückt auf, du, der seine Existenz immer nur abgegrenzt im Sekt, aber nie in seinesgleichen, in der Luft gesehen hat. Plötzlich merkst du, woraus du bestehst. Du begreifst, daß du zugleich du selbst und doch Teil des Ganzen bist. Du hast dich immer nur als Luftblase begriffen, aber nun weißt du: du bist die ganze weltumfassende Luft. Ein Teil von ihr und doch ganz genau dasselbe. Und während deine Kinder weinen: „Warum gibt er uns kein Zeichen? Er könnte doch nur ganz kurz zurückkommen und uns mitteilen, wie es im Jenseits ist und daß es ihm gut geht und daß er weiterlebt?“ – erlebst du ein Leben der Möglichkeiten; du kannst in der Masse der Luft aufgehen. Du kannst als Luftblase in der Luft weiterleben. Du kannst dich mit warmen und kalten Fronten vereinen, hoch- und niederreißen lassen. Du kannst dich von einem Menschen einatmen und neu zusammengesetzt wieder ausatmen lassen. Du bist nicht mehr gefangen in einer unabänderlichen Aufwärtsbewegung, sondern hast eine Dimension dazu gewonnen und die Zeit hinter dir gelassen. Das macht dich so glücklich, daß du zu Luftsprüngen ansetzt. Du hörst deine Kinder nach dir rufen, aber weil du jetzt begreifst, daß dein hinter dir liegendes, vom Faktor „Zeit“ abhängiges Leben, grundlegend wichtig für manche isolierte Gedanken war – ignorierst du liebevoll ihr Rufen. Du willst sie ihre eigene Erfahrung machen lassen. Aber: Du setzt dich an den Glasrand und wartest. Und sobald deine Kinder auch in die ewigen Luftgründe geblubbt sind, wirst du sie in den Arm nehmen und sie fragen: „Habt ihr Lust, mit mir zusammen in eine Sauerstoffflasche zu gehen, mit einem Sporttaucher in 30 Meter Tiefe gelangen und dann gemeinsam, vorbei an bunten Korallen und schillernden Fischen, genüßlich wieder aufzutauchen?“

Hier sei nun der Weg des Rainer Rumt in allen Einzelheiten aufgezeigt; es könnte helfen, den Elefanten zu sehen.

Gleich zu Beginn hatte Doktor Rainer Rumt mehrmals die Diagnose „paranoider Zustand“ vernommen. Ein Gespräch, das an seinem Krankenbett geführt wurde, lieferte ihm dazu die Fakten. Angesichts seines Zustandes nahm niemand ein Blatt vor den Mund. Er kriegte ja eh nichts mit – dachten alle. Irgendeine Person sprach dabei mit irgendeiner anderen, wobei die andere die eine stets mit „Herr Doktor“ oder auch mit „Doktor Bronzalez“ angesprochen hatte. Er kannte die eine Person sehr gut, aber er konnte sie irgendwie nicht sehen und kam auch nicht darauf, wer es sein konnte. Selbst diesen ominösen Doktor Bronzalez konnte Rumt nicht sehen, sondern nur hören. Die Unterhaltung fand auf Englisch statt und Rumt verstand sie, ohne zu bemerken, daß dazu eine Übersetzungsleistung seines Hirns notwendig war. Überhaupt war vieles, um nicht zu sagen, alles, seltsam komisch, und er stieg nicht dahinter. Er empfand seine Situation als neu und ausgesprochen wunderlich.

„In diesem Zustand, den wir Mediziner ‚oneiroid‘ nennen, befindet sich der Patient wie hinter einer milchigen Glaswand: Er vermischt reale Empfindungen mit Traumzuständen zu einer Melange, von der wir uns keine Vorstellung machen können. Es ist zwar theoretisch denkbar, daß er dieses Gespräch spürt oder sogar hört, doch höchstwahrscheinlich ist der Patient – es tut mir leid, wenn ich dies so drastisch ausdrücken muß – ein lebender Toter ohne Wahrnehmung.“

Rumt hörte bei diesen Worten jemanden, den er zu kennen glaubte, laut aufschluchzen. Davon scheinbar ungerührt fuhr Doktor Bronzalez nach angemessener Pause fort:

„Natürlich kennt die Medizin Fälle, in denen ein Patient urplötzlich aus seinem Zustand aufgewacht ist! Bei diesem Patienten hier messen wir zwar Hirnströme, die meine Studenten in den Anfangssemestern nicht von normalen Aufzeichnungen unterscheiden könnten, aber ...“, Doktor Bronzalez machte eine bedeutungsvolle Pause, bevor er weitersprach „... er reagiert nicht adäquat auf Schmerzreize. Deshalb und angesichts des schweren Befundes müssen wir leider mit bleibenden Hirnschäden rechnen. Darüber hinaus haben wir das Problem, daß er aspiriert hat. Wir vermuten, daß er auf der Fahrt hierher von allen unbemerkt erbrochen hat, das Erbrochene eingeatmet und damit seine Lungenfunktion beeinträchtigt hat. Er hat Fieber als Folge einer Lungenentzündung, die wir antibiotisch behandeln – und wir müssen ihn weiter beatmen; mehr kann ich Ihnen im Augenblick nicht sagen!“

Rumt war zu diesem Zeitpunkt noch nicht in der Lage gewesen, diese Diagnose auf sich zu beziehen, denn die ersten

Tage nach dem Sturz hatte er noch im Dauerschlaf verbracht und daran keinerlei Erinnerung. Irgendwann aber hatten seine Träume abgenommen und sich mit einem Punkt an der Decke verbunden, bis Rumt Tage später gelernt hatte, Phantasie und Wirklichkeit auseinander zu halten: Diesen Punkt als Realität und alles andere als Träume zu verstehen.

Zu diesem Zeitpunkt gewahrte er, daß er immer nur an denselben Punkt an der Decke starren konnte: Ein steingrauer Fett- oder wohl eher Wasserfleck, der sich als einzige Abwechslung mitten in der hellgrauen Decke befand. Er war knapp handtellergroß, von ovalrunder Form wie ein Alpensee vom Flugzeug aus betrachtet. Der seichte Uferbereich des Flecks war dunkler ausgebildet, zog sich um den Fleckensee herum und grenzte sich zum inneren Seebereich klar ab: Dort, wo das Wasser tief und klar war, zeigte sich das Grau frischer, lebendiger.

Seine Träume waren bunt, wirr, heftig. Immer wieder schoß darin sein bisheriges Leben in verschiedenen Episoden an ihm vorbei.

Einmal drehte er sich heftig durch eine Spirale, die ihn Richtung Weltall auf ein helles Licht hinzog. Parallel dazu registrierte er Lärm und Stimmengewirr in seinem Krankenzimmer. Kurze Zeit darauf konnte er sich von oben betrachten und genoß die Freiheit dieser Situation: Endlich sah er etwas anderes als diesen fleckigen Punkt an der Decke! Da standen Doktor Bronzalez und eine Menge Schwestern und Pfleger um einen an verschiedene Apparate angeschlossenen Patienten herum, den Rumt umgehend und unaufgeregt als sich selbst identifizierte. Alles gestikulierte, schrie, reichte sich verschiedene Infusionen und Spritzen. Und mitten in diesem ersten schönen Gefühl seit dem Sturz infolge eines Schwächeanfalls, den eine verschleppte Virusinfektion nach sich gezogen hatte, riß ihn eine kalte Hand zurück, rückwärts durch den Tunnel, hinein in seinen Körper, bis er wieder diesen verdammten Punkt sah.

„Wir haben ihn wieder!“ rief Doktor Bronzalez erschöpft und glücklich. Rumt gab seinen Händen den toten Befehl, diesen Trottel zu würgen.

Selbst wenn er wollte, er konnte die Augen nicht bewegen, keinen Lidschlag machen, sich nicht rühren und kein Wort reden. Er vermochte zwar bewußt den Befehl dazu zu geben, doch die Anweisung des Geistes war nicht in der Lage, den Weg zu den Lippen zu finden. Doktor Rainer Rumt, Rumt wie Rum mit Tee, die Schlange, der Beste von allen, war gefangen in seinem Körper, bei vollem Bewußtsein, und wußte nicht, wo der Ausgang war.

Es hatte einige Wochen gedauert, bis Rainer Rumt seine Situation begriffen hatte. Als ihm zum ersten Mal klargeworden war, daß er offensichtlich im Wachkoma lag, wurde er nahezu wahnsinnig. Alle Zellen seines Körpers wehrten sich gegen diese Situation. Doch nach einer Stunde, in der er fast innerlich überhitzte, mußte er zur Kenntnis nehmen, daß seine inwendige Spannung an keiner Pore des Körpers nach außen treten konnte – es war ihm unmöglich, sich mitzuteilen.

Und so nutzte Rumt die langen Stunden mit Blick auf die Decke damit, seine Mutter innerlich anzurufen: „Komm vorbei, schau nach mir! Sag den anderen, daß ich sie höre! Daß ich sie immer dann sehe, wenn sie sich über mich beugen! Die Ärztin, die mir mit einer Taschenlampe in die Pupillen leuchtet! Den Kopf schüttelt und wieder geht. Mama!“

Was ihm durch den Sturz – das letzte, an das er sich erinnern konnte – konkret widerfahren war, konnte Rumt nur schwer erfassen. Sehr schnell aber hatte er bemerkt, daß mit seinem Kopf etwas nicht stimmen konnte: Oft hatte er spontane Erinnerungen an seine Kindheit, sah Gesichter, Situationen, Häuser, Blumen, hörte längst geführte Gespräche wieder, spürte Gerüchen vergangener Zeiten nach. Einmal hatte er eine Glühbirne nahezu plastisch vor sich, er betrachtete das Gewinde, die Glühwendel, sah das Glas, auf dem einige Schnaken und Mücken den Hitzetod erlitten hatten und festgeschmolzen waren. Als er aber gedanklich danach greifen wollte, war es wie jedes Mal: Die Erinnerung zerplatzte wie eine Seifenblase, einen Fleck hinterlassend. Dann lag Rumt da und versuchte mit krampfhaft-panischem Grübeln das wieder herbeizubefehlen, was ihn gerade noch so stark bewegt hatte. Weg! Dabei vermischten sich jedes Mal Realität und Traum mehr und mehr miteinander, so daß in diesem Deckenfleck oft ganze Filmepisoden seines Lebens gespielt wurden. Aber immer nur so lange, bis er sich darauf zu konzentrieren begann. Dann verschwanden die Illusionen hämisch kichernd, und zurück blieb der häßliche Fett- oder Wasserfleck, jener wunderschöne Alpensee mit seichtem Uferrand, vom Flugzeug aus betrachtet.

Offensichtlich wurde Rumt auch nach Wochen noch von niemandem als aufnahmefähig betrachtet, weshalb sich keiner direkt an ihn wandte. Kein Mensch klärte ihn darüber auf, was passiert war. Irgendwann wurde er aus seinem Zimmer geholt, mit einem Krankenwagen zum Flughafen gebracht, in ein Flugzeug geschoben und nach Deutschland überführt. All dies nahm Rumt träumend auf, er nahm es nicht wirklich wahr und wußte doch ganz genau, daß es so war und daß er sich nun wieder in seiner Heimat befand. Es gab plötzlich regelrechte Familientreffen an seinem Krankenbett.

Besonders aufschlußreich für ihn war ein Besuch seiner Eltern gewesen. Rumt hatte geschlafen und wach geträumt im Gemurmel der engen Verwandten, als sich jemand plötzlich weinend auf ihn geworfen und ihm das Gesicht gestreichelt hatte. In diesem Moment brach die Realität kurz aber klar in sein Bewußtsein ein. Dies war seine Mutter! Sie war auch die andere Person gewesen, die vor Wochen mit jenem unsichtbaren Doktor Bronzalez auf Englisch über seinen Zustand gesprochen hatte! Er hatte sie gerufen und nun war sie gekommen, um ihn zu retten! Er heulte innerlich mit und versuchte vergeblich, seine Mutter zu umarmen. Dann hörte er hinten seinen Vater sagen:

„Er war doch eigentlich immer so stabil."

„Woher denn!" Mutter bewegte sich wieder vom Krankenbett weg, so daß er sie nicht mehr sehen konnte. „Zu viel gearbeitet hat er! Nie geschont hat er sich! Das hat alles angefangen, als er zu dieser blöden Firma als Chef-Kundenbetreuer gegangen ist. Von denen kommt keiner hierher, für die ist er doch schon tot!"

„Der Mensch zählt heutzutage halt nur noch, wenn er funktioniert!" Rumt registrierte die vertraut rauhe Stimme seines Vaters. „Und wenn er es nicht mehr tut, lassen sie ihn fallen wie eine heiße Kartoffel. Man sollte diese Egoistenschweine erschießen!"

In diesem Augenblick kam Rumt jäh die Erinnerung an das Telefonat mit Doktor Kleinert und an Verena Hindemith und ihre seltsamen Augen!

„Vater!"

Mutter holte den Rächer auf den Boden der Tatsachen zurück: „Damit machst du Rainer auch nicht wieder lebendig!"

„Mutter, ich bin nicht tot!" schrie Doktor Rainer Rumt wie Rum mit Tee entsetzt in sich hinein. „Ich lebe! Helft mir! Mein Gott, so helft mir doch! Holt mich hier raus!"

Mitten in dieser Erregung überkam es ihn wie eine Offenbarung: Der Anrufer in Barcelona hatte seine eigene Nummer unterdrückt gehabt, aber Anrufe von Brakehitec wurden ihm sonst stets auf dem Display seines Mobiltelefons angezeigt, das war es, er hätte es bemerken müssen! Die Schlange hatte einen Fehler gemacht! Sie hatte sich von einem Hasen beißen lassen! Bevor er noch das Rätsel von Verenas zweifarbigen Augen lösen konnte, geriet er, unbemerkt von seinen Eltern und Verwandten, in jenen Zustand, in den man ihn ohnehin hineindiagnostiziert hatte: In die teilnahmslose, empfindungsfreie Ohnmacht, ins erlösende Koma.

11

Der Hochsommer war einem schönen Herbst gewichen, der immer noch über so herrlich warme Tage verfügte, daß man im hohen September noch über die Mittagszeit im Bad Berg liegen konnte, was der Buspassagier leidlich ausnutzte und seine Bustermine drum herum legte. Er fuhr jetzt von sieben bis elf immer die Strecke vom Hauptbahnhof in den Westen, viermal hin und zurück, was vor allem mit der jungen Busfahrerin zusammenhing, die dem Buspassagier vor ein paar Wochen aufgefallen war: Er fand sie großartig, ihren Blick wie überhaupt die ganze zarte und wohl gebaute Person. Das poppende Fliegenpaar vom Juli fiel ihm wieder ein und er fand die irrige Vorstellung aufregend, mit dieser Busfahrerin, mit der er noch nie ein Wort gewechselt hatte, liiert zu sein. Er bildetet sich ein, daß sie ihn oft im Rückspiegel ansah, vielleicht waren es auch nur die professionellen Blicke einer junge eifrigen Fahrerin durch ihren Bus, wer konnte das schon sagen? Jedenfalls hatte sie ihn registriert, aber noch nie angesprochen, was dem Buspassagier ganz recht war, denn er hatte schlechte Erfahrungen damit gemacht, anderen seinen Job zu erklären. Die meisten hielten ihn danach für irgendwie abgedreht. Besser war es, seinen Broterwerb mit dem Lokalradio zu begründen, das kam an und entsprach ja auch zumindest teilweise den Tatsachen.

Am meisten freute ihn, wenn ihm abends in den Kneipen Menschen die Gags erzählten, die sie auf der Herfahrt im Radio gehört hatten und die er am Morgen im Bus kreiert hatte. Meistens genoß er dann nur schweigend das Gefühl heimlicher Überlegenheit, so, wie Old Shatterhand gern mal tagelang unerkannt und verkannt zu bleiben beliebte. Wenn es eine anständige Lady war, zog er die Waffe: „Kenn ich – der ist von mir!“ und hatte sie danach manchmal sogar abends bei sich in seiner kleinen, aber ordentlichen und gepflegten Ein-Zimmer-Wohnung im Stuttgarter Westen. Er stellte sich vor, wie er die hübsche Busfahrerin damit mal rumkriegen könnte. Aber halt, bremste er sich im gleichen Augenblick, das könnte schwierig werden, weil sie nie mit ihm sprach.

Während das Radiogeschäft gut lief an diesem Morgen, war das Spiel sehr unbefriedigend verlaufen. Wunderbare Informationen hatte er sammeln können: Ein gewisser Gerard machte schon den siebten Tag blau, lungerte den ganzen lieben Tag lang in der Stadt herum. Er wußte, daß Gerard am Dienstag in der Schleyer-Halle beim AC/DC-Konzert war und freitags im Maredo gesehen worden war, alles sehr brauchbar und wertvoll, aber bis zum Schluß blieben Nachname und vor allem die geneppte Firma ungenannt, und da war fürs Busorakel-Spiel einfach nichts zu machen.

Ein anderer war drauf und dran, am Abend ein Auto zu verkaufen, bei dem er mit der Bohrmaschine hunderttausend gefahrene Kilometer zurückgedreht hatte. Aber auch in diesem Fall kamen die wichtigen Eckdaten in dem Gespräch mit seinem Nebensitzer einfach nicht zur Sprache, so daß sich der Buspassagier nicht spielerisch einmischen konnte. In diesem Falle hätte er sogar ein richtig gutes Werk getan, wenn er den Käufer vor einem derartigen Schrottbock gewarnt hätte, aber das war ihm egal. Er betrachtete sich als wertfreie Schicksalsmacht. Das Schicksal läßt einen Reifen bei einhundertsechzig Stundenkilometer platzen und fragt nicht, ob im Auto ein Familienvater oder ein gesuchter Mörder sitzt. Das Schicksal sitzt im Bus und wartet darauf, bis die Menschen arglos Dinge preisgeben. Dann mischt es sich ein, wendet das Blatt und wechselt sofort den Sitzplatz, um woanders tätig zu werden. Was es mit seiner Einmischung auslöst, ist dem Schicksal egal, muß ihm egal sein, denn sonst wäre das Schicksal Glück oder

Pech. Das sind seine beiden Vollstrecker, seine „Subs", sie setzen um, was das Schicksal entscheidet. Ihm allein ist es vorbehalten, die Karten zu mischen. Der Buspassagier war ein Mitarbeiter des Schicksals und nicht einer von Glück und Pech. Es ging ihn nichts an, ob jemand seinetwegen einen Fehlkauf tat oder nicht. Zugegeben, es hätte ihn manchmal schon interessiert, wie seine Spiele weitergingen, aber das wußte schon der alte Brecht: Mal fehlt dir der Wein, mal fehlt dir der Becher. Ihm fehlte der Becher, er schenkte nur ein.

Der Buspassagier griff an seine Nase, die bei Berührung immer noch schmerzte. Genau drei Wochen war es her, daß er zum ersten mal mit den Folgen eines Spieles schmerzhaft konfrontiert worden war. Er war nachts aus dem Kino gekommen und durch eine einsame Gasse gelaufen, als ihn plötzlich von hinten eine Hand am Arm festhielt. „Wen haben wir denn da? Das ist doch Jens Wiedemann?" sagte eine Stimme, die ihm bekannt vorkam und eine tiefe Beifrequenz hatte, die ihm spontan Angst einflößte. „Nein", sagte der Buspassagier und versuchte die Hand abzustreifen, die daraufhin um so fester zupackte, „das ist eine Verwechslung!"

„Ja", sagte Architekt Schneyder, natürlich! Genauso wie deine Brüder in München eine Verwechslung sind, stimmt's?"

„Herr Schneyder, hören Sie zu!" wollte der Buspassagier sagen, „das war eine ganz unglückliche Geschichte, die mir ausgesprochen leid tut, meine Brüder waren schon weg, das haben Sie sicher bemerkt. Lassen Sie uns doch in ein Café gehen, um noch mal in Ruhe über die ganze Bauplatzsache zu reden!" Die ganze Ausrede war im Kopf geformt und wollte gerade als verbale Lüge über seine Lippen gehen, als auch schon die Faust des Architekten mit Wucht in sein Gesicht krachte. Es war ein kurzer, harter Schlag und am Krachen, das sich im Resonanzkörper, den sein Kopf darstellte, mächtig ausbreitete, merkte der Buspassagier, daß die Nase gebrochen war, es schien ihm sehr lange zu dauen, bis das Blut in Strömen floß. Als er Minuten später im Krankenwagen saß, den Kopf nach hinten geneigt, verblutetes Mullgewebe unter die Nase hielt und den verbluteten Ärmel seines Hemdes betrachtete, war er vorübergehend tief an der Sinnfrage seines Tuns angelangt.

Wenn doch jedes Spiel so leicht wäre wie das in Spanien, dachte der Buspassagier und entschied, es zum bisher besten zu ernennen. Ausgerechnet in der Stadt, in dem ihm auch die Erkenntnis gekommen war, daß er als Freier Mitarbeiter der Schicksalsmächte die Größen „Glück" oder „Pech" komplett ausklammern mußte: Mitten auf dem Flanierweg entlang des Meeres an der Stadtstrandbucht Platja Nova Icària lag damals ein frisch hingemachter Hundehaufen, eine Tretmine erster Güte, groß, hellbraun, stinkig. Der Buspassagier wäre um ein Haar hineingetreten und hatte dadurch sofort sein großes Schicksalspotential erkannt. Die Ablenkung der Menschen, auf der einen Seite das Meer und auf der anderen das gutgefüllte Fischlokal Mango, war optimal: Beides führte den achtsamen Blick zwangsläufig weg vom Boden. Sofort hatte er sich auf einen freien Außenplatz im Fischrestaurant mit Blick auf Meer und Exkrement gesetzt, sich eine halbe Flasche Cava Rosé 2003 bringen lassen und abgewartet. Ein Radfahrer war millimeterknapp dran vorbeigeradelt, ein aufgetakeltes, wahrscheinlich polnisches Mädchen mit offenen Sandalen wäre um ein Haar wunderbar hineingetreten, hätte sie nicht von einer spontanen Eingebung getrieben ihren Schritt plötzlich halbiert, um in Gleichschritt mit ihrem männlichen Gesprächspartner zu gelangen. Dadurch hatte sie es geschafft, ihren Fuß über den Hundekot zu bringen. Der Buspassagier hatte sich Wein nachgeschenkt und über den Fehltritt wie über einen verschossenen Elfmeter beim Endspiel der deutschen Nationalelf um die Weltmeisterschaft reagiert. Da schlurfte ein süßer alter Opa auf den Haufen zu, untergehakt von einer süßen alten Oma, die wohl seine Frau war. „Oh nein!" hatte der Buspassagier gedacht, „ihr nicht! Nein, paßt auf!" Als er aufspringen und die beiden warnen wollte, hatte er den Unterschied begriffen: Er war der Tretminenleger! Er legte Dinge in den Weg von Menschen, über die er zufälligerweise etwas in Erfahrung gebracht hatte. Das Beobachten und Bewerten aber war nicht seine Sache und durfte es auch nicht werden, sonst war seine Arbeit nicht zu machen. Wenn man nur auf den Knopf drücken muß, kann man hunderte Kilometer weit entfernt leicht töten. Alles ist anonym und dadurch erträglich. Aber das Auge–in-Auge-Prinzip machte schwach! Er hatte sich damals vorgenommen, nie mehr hinzusehen, den Kopf abgewandt, zehn Euro auf den Tisch gelegt und sich augenblicklich aus dem Staub gemacht. Ob der Opa in den Hundehaufen getreten war, wußte er bis heute nicht. Obwohl es ihn, zugegeben, immer wieder mal interessierte.

Ein ganz anderes Busspiel als sonst hatte er vor einigen Tagen erlebt. Eine Studentin hatte im Bus zunächst ihre Unterlagen auf seinen direkten Nebenplatz gelegt, sich dann zu einer Kommilitonin in die vordere Reihe gesetzt und ihr Zeug bei ihm vergessen. Er hatte sich rasch ihren Ringordner, der obenauf lag, geschnappt und schnell entdeckt, daß sich darin, fein säuberlich und handgeschrieben, ein Referat befand, das sie, wie er dem Gespräch entnehmen konnte, am selben Tag noch an der Uni zu halten hatte. Spontan blitzte in ihm die Idee auf, alles, was er im Gespräch aufschnappen konnte, in ihr handgeschriebenes Referat hineinzukritzeln. Die ersten beiden Seiten ließ er dabei unverändert, denn sie sollte es natürlich erst mitten in ihrem Referat bemerken. „Die Illmer schläft mit Professor Haber", stand jetzt beispielsweise neben „nominale Investitionen der letzten drei Quartale im Vorjahresvergleich.“ Aus einem „Vorlaufindikator“ machte er mit feinem Strich einen „Vorhautindikator“, aus „Ausrüstungsinvestitionen“ machte er „Aufrüstungsinvestitionen“ und schrieb dazu: „Ilona hat zur BWL-Prüfung einen Spicker benutzt!“ und: „Felix Grossmann stinkt ekelhaft nach Schweiß!“ Dann kam ihm eine noch bessere Idee, auf die ihn der Vorhautindikator gebracht hatte, zumal sich die Mädchen inzwischen über nichts wirklich Skandalöses mehr unterhielten. Also machte er etliche Sätze durch Durchstreichen unleserlich oder völlig sinnentstellt: „23 Pro der rüstung geleast vermieten beschleunigt hatte!“

In wenigen Minuten hatte er damit die zweite Hälfte ihres Referats völlig verunstaltet. Sein Gespür sagte ihm, daß er nun zum Ende kommen mußte. Sorgfältig legte er das Ringbuch wieder auf den Sitz neben sich und blickte gelangweilt zum Fenster hinaus. Als die Studentin aussteigen wollte, rief er ihr nach und überreichte ihr grinsend ihre Unterlagen, wofür sie sich leicht errötend bedankte. Doch – bei diesem Referat hätte er sehr gerne zugehört.

Der Bus hielt am Hauptbahnhof, und der Buspassagier schaute auf die Uhr. Es war kurz vor elf, er konnte also noch ein weiteres Ticket für den Bus lösen und nach einem kurzen Spaziergang den Mittag im Mineralbad verbringen. Im Sommer war das „Bad Berg“ sein Lieblingsplatz. Dort gab es stets Mittagessen, das hundertmal schwäbischer war als seine Köche schwätzen konnten: Linsen und Spätzle, Maultaschen, Krautwickel und dergleichen mehr. Wichtig war dem Buspassagier, beim Essen nahe genug bei den Stammgästen zu sitzen. Bei den gepflegten Stuttgarter Damen im roten Bikini und mit knallgeschminkten Lippen, was sie zwanzig Jahre jünger macht, so daß man meinen könnte, sie seien erst sechzig! Und die Männer erst! Einer sah immer aus wie Mick Jagger, ein anderer sportelte täglich um die Spielwiese herum. Er war der Liebling des Buspassagiers. Es war nicht Jogging, was er da machte und auch nicht Walking. „Schlurfing“ kam der Sache am nächsten.

Einmal hatte sich neben ihm eine Männerrunde über die seit ewigen Zeiten verunglückte Prinzessin Diana unterhalten. Eine halbe Stunde lang hatten sie ihre Kurven, ihren Körper und ihre Ausstrahlung gerühmt. Das zarteste, feinste, göttlichste Wesen, das je auf Erden gelebt hatte, hing damals fast bildlich in der Stuttgarter Luft. Fünf Minuten kollektives Schweigen. Jeder trank an seinem Bier. In diesem Schweigen lagen Liebe und Haß, Bewunderung und Verachtung verdächtig eng beisammen. Der Oberskat- und -sprücheklopfer am Tisch brachte es auf den Punkt: „Die Diana hätte doch einen wie mich gar nicht genommen. Warum? Weil ich kein Geld habe, so sieht's doch aus!“ Daß Diana eventuell auch andere Gründe dazu getrieben haben könnten, eine enge Liebesbeziehung mit dem Schorsch aus Untertürkheim zu vermeiden, kam ihm nicht in den Sinn. Sein Freund, den keiner gefragt hatte, nahm den Faden auf: „Also, wenn du mich fragst – für mich war sie eine Dreckschlampe!“ Das markierte eindeutig den spontanen Wendepunkt des Gesprächs. Schlagartig folgten von allen Seiten übelste Beschimpfungen auf die gerade noch hoch gelobte Prinzessin. Der Buspassagier stand auf und begab sich ins grad mal brustwarzenhohe saukalte Mineralwasser. Damals hatte er sich überlegt, weshalb es ihm ausgerechnet hier so gut gefiel. Eine Antwort war ihm nicht eingefallen.

Die Busfahrerin bremste den Bus am Busbahnhof scharf ab. Von einer spontanen Eingebung bewegt, entschied sich der Buspassagier, vorne auszusteigen. Sie redet nicht mit mir, dachte er, und sie wird es nie tun. Sie redet mit niemandem. Vielleicht ist sie stumm? Oder Autistin?

Er griff mit der Rechten zum Metallbügel, der sich von der vorderen Ausgangstüre über den ersten Sitz hinwegspannte, sprang die ganze Treppe auf einmal nehmend nach außen und rief, von der zweiten spontanen Eingebung des Tages bewegt, einen Gruß zur Busfahrerin hin.

„Tschüs!"

„Tschüs, du, mach's gut! Bis morgen. Und weiterhin gute Besserung!"

„Und? Hat er sie gekriegt?"

„Wer? Wer hat wen gekriegt? Junge, ich sag's dir doch immer wieder: Du mußt präziser werden! Wie oft fragst du: Ist der Alte schon gemacht? Du mußt sagen: Ist der Patient auf Drei schon versorgt? Dann weiß ich, was und wen du meinst!"

Der Azubi funkelte den Pfleger feurig aus seinen dunklen Augen heraus an. Für Sekundenbruchteile war die ganze Sympathie, die er seinem Ausbilder in den letzten fünfundzwanzig Minuten entgegengebracht hatte, in Wut umgeschlagen. Wenn er belehrend wurde, haßte er ihn!

„Sekundärtugenden, Chef. Fürn Arsch! Was zählt, ist die Herzensbildung!" provozierte er zurück.

Nun verengten sich die Augen des Pflegers, und jener überlegte kurz, ob er diesen Fehdehandschuh aufnehmen sollte. Doch dann signalisierte ein plötzliches Leuchten in seinen Augen, daß er sich anders entschieden hatte: Ihm machte es offensichtlich so viel Spaß, die Geschichte des Alten zu erzählen und zu spüren, wie der Azubi dabei an seinen Lippen hing, daß er dieses Wohlgefühl nicht gefährden wollte.

„Na ja, du magst sogar ein Stück weit recht haben!" lenkte er zur Überraschung des Azubi ein.

„Also dann – sagen Sie schon, hat der Buspassagier diese Busfahrerin gekriegt?"

„Woher willst du wissen, daß er sie überhaupt begehrt hat?"

„Chef, ich bitte Sie: Das ist doch so klar wie noch was, daß er auf diese Alte stand!"

„Gratuliere", lachte der Pfleger, „dir oder mir! Denn entweder hast du ein feines Gespür oder ich habe großartig erzählt, was ich natürlich für viel wahrscheinlicher halte. In der Tat: Sie war die Frau seines Lebens!"

„Und die andere?"

„Welche andere?"

Der Vorwurf von soeben lag noch gefühlsmäßig in der Luft, und der Azubi bemühte sich, um seinen Pfleger nicht erneut zu verärgern, die Frage rasch präzisiert nachzuschieben.

„Na ja, diese Schöne mit der Hammerfigur in Spanien, wie hieß sie noch gleich: Verena?"

Der Pfleger war total verblüfft und gab sich auch keine große Mühe, dieses Gefühl zu unterdrücken.

„Wie kommst du jetzt auf Verena?"

„Einfach so!"

„Nein, sag Junge, wie kommst du darauf, daß es zwischen diesen Personen eine Verbindung geben könnte?"

„Ich komm gar nicht drauf, sie ist mir einfach so eingefallen. Warum? Gab es eine Verbindung zwischen ihnen? Haben die miteinander was zu tun? Kommt Verena noch einmal ins Spiel oder was?"

Der Pfleger sinnierte vor sich hin. Das schien er stets dann zu tun, wenn eine Frage einen Aspekt traf, den er im Augenblick noch nicht präsentieren wollte. Der Azubi hatte in den letzten Minuten gelernt, daß er dann einfach so lange weiterfragen mußte, bis die Frage wieder einen Sachverhalt betraf, der gerade an der Erzählreihe war.

„Wann taucht der geheimnisvolle Typ aus dem Café wieder auf?"

Schweigen. Das war offenbar noch nicht die richtige Frage.

„Also, Verena? Wie ging es denn weiter mit ihr?"

12

Woher sollte der Pfleger das wissen? Das wußte nicht einmal der Buspassagier so recht. Einiges hatte er über die Jahre erschlossen, aber die ganze Wahrheit konnte er nicht wissen. Noch nicht.

Verena Hindemith verließ ihr kleines Appartement in der Calle de Vertrallans und lief direkt zur Rambla hinüber. Das machte sie jeden Tag, immer zur selben Zeit. Eigentlich machte sie alles immer zur selben Zeit: Sie schlief bis elf, sie duschte bis halb zwölf, sie zog sich an bis zwölf, sie verließ das Haus um halb eins, sie traf um eins am Placa Reial ein, weil man um diese Zeit am Les 15 Nits noch nicht anstehen mußte, sondern auch als Einzelperson sofort einen Platz bekam. Dort aß sie dann für wenige Euros immer dasselbe – und es war die einzige Mahlzeit des Tages: einen gemischten Salat und danach den Fisch des Tages vom Grill. Anfangs hatte sie noch Wasser dazu getrunken, später ein Glas Sekt bestellt, inzwischen gleich die ganze Flasche vom Cava Casa Monistrol, dem Haussekt, der trocken und spritzig war und erstaunlicherweise keine sieben Euro kostete. Sie hatte sich in all den Jahren beim KONZERN ein für ihre Verhältnisse kleines Vermögen beiseite gelegt, und so lange die Bankautomaten noch Geld ausspuckten, würde sie so auch weiterleben, immer im Rhythmus, nur nicht stehen bleiben.

Seit März, seit diesen seltsamen Vorkommnissen, war kein Tag vergangen, an dem sie nicht über sich, über ihre Arbeit im KONZERN und über das Leben an sich nachgedacht hatte. Natürlich sagte man das immer so dahin, und es sagte sich normalerweise auch ganz leicht, das ganze Leben hinge am seidenen Faden und so weiter, aber plötzlich war es ihr persönlicher Faden, der gerissen war, und das machte sie schlagartig fassungslos, sie glaubte, die ganze Welt habe sich gegen sie verschworen, sie wurde zum Igel auf der Straße, rollte sich ein wie ein stacheliger Schneckenfresser und starrte bewegungslos auf die näher kommenden Autolichter. Das einzige, was sie noch am Leben hielt, war der Rhythmus, in dem sie sich bewegte, stets um sechzehn Uhr dann rüber wechseln in das Taxidermista, dort eine weitere Flasche Sekt trinken, die beträchtlich teurer war als im Les 15 Nits, aber die Änderung war notwendig, um zu spüren, daß sie noch lebte. Dann strömten auch schon allmählich ihre neuen Freunde zusammen, die den Platz nach Einbruch der Dämmerung bevölkerten und mit denen sie immer Brandy trinkend zusammensaß bis in die frühen Morgenstunden. Dann ging sie heim, immer allein, um exakt um elf Uhr am nächsten Morgen wieder aufzustehen.

Ihr Leben war im Begriff, sich in zwei Sektoren einzuteilen: in die Zeit vor, und in die Zeit nach März. Bis zum März diesen Jahres war alles in Ordnung, sie war die teils geliebte, teils eifersüchtig beäugte Vorzimmerdame gewesen, sie hatte gut verdient, nichts hatte sie gefährden können, sie war glücklich und zufrieden, partnerlos, aber aussichtsreich, und nie, aber auch gar niemals hätte sie sich in diesen fröhlich-unbeschwerten Zeiten vorstellen können, daß ein Leben, in diesem Fall sogar ihr eigenes, durch ein paar Anrufe und seltsame Ereignisse von außen dermaßen leicht aus der Bahn geworfen werden konnte.

In der Vormärz-Zeit war Verena stets gut gelaunt und vollauf zufrieden gewesen – und innerhalb von etwa zwei Stunden hatte sich alles verändert. Ihr Chef hatte sie nach den schrecklichen Vorkommnissen sofort nach Hause geschickt. Wenige

Stunden später war die Kripo gekommen und hatte sie befragt. Sie war sehr ehrlich gewesen und hatte alles erzählt, was sie wußte, dabei aber die Anmache von Rainer Rumt verschwiegen und auch, daß sie in sein Brandyglas gespuckt hatte. Die spanische Polizei hatte es daraufhin nicht für nötig erachtet, die Telefonate zurückzuverfolgen, zumal ja kein Todes-, sondern lediglich ein Verletzungsfall vorlag. Doch ein sehr junger und engagierter Kommissar, der seinen ersten Fall gleich besonders gut hatte machen wollte, die Presse hinter sich wußte und es durchaus begrüßt hätte, wenn ein umkippender deutscher Gast durch die spanische Boulevardpresse gehen würde, hatte die beiden Brandygläser beschlagnahmen und auf mögliche eingeflößte Narkotika hin untersuchen lassen. Dabei hatte man im Glas des Deutschen Speichelspuren entdeckt und schnell durch einen Speicheltest herausgefunden, wer da ins Glas gespuckt hatte. Als Verena erst zu diesem späten Moment mit der sexuellen Nötigung herausgerückt war, hatte sie schon den Augen des jungen, engagierten Kommissars angesehen, daß er dies für eine nachgeschobene Rechtfertigung hielt. Sehr schnell waren diese Erkenntnisse natürlich auch im „Flurfunk" des spanischen Automobilunternehmens durchgesickert und danach hätte sich keiner mehr die Mühe machen müssen, Verena Hindemith aus der Firma zu mobben, denn die Gerüchte hatten sich schnell überschlagen: Rache, eine unglückliche Liebesbeziehung, Eifersucht, Geldmotive, sogar eine Art Agentenkrimi im Milieu der Produktspionage – alles wurde in der Firma diskutiert, und je länger sie nicht mehr erschienen war, um so wahrscheinlicher wurden dem Firmenmob die unwahrscheinlichsten Gerüchte. Schließlich war auch noch jemand aus der Firma an den Polizeibericht gelangt, in dem die Alkoholkrankheit des Chefs Erwähnung fand und auch die Tatsache, daß Verena ihm trotz der wichtigen Absprache einen echten Cognac hingestellt hatte. Im Konzern wurde daraufhin diskutiert, daß ein trockener Alkoholiker bekanntlich bereits vom ersten Schluck wieder in die Krankheit zurückgerissen werden konnte, und man hatte in allen Farben darüber spekuliert, was die Assistentin damit bezwecken wollte, den Chef derart offensichtlich wieder in seine alte Abhängigkeit zurückzustoßen, aber niemand hatte auch nur eine Sekunde daran gezweifelt, daß böswillige Absicht dahinter steckte.

Verena wußte, daß ihr all dies die Rückkehr in den Schoß der Firma verbaut hatte: ihre Unbeherrschtheit vor diesem Aasgeier Rumt, der ihrer Meinung nach zu Recht seit Mai im Koma lag – und wenn es nach ihr ginge, auch den Rest seines klebrigen Lebens darin verbringen durfte –, ihr spontanes Rausrennen aus dem Zimmer kurz nach dem Telefonat mit diesem ominösen Rottfelder aus Deutschland und vor allem natürlich der schwerwiegende Lapsus mit dem Cognac. Danach war sie in Lethargie verfallen, von der Vorzeige- zur Schmuddeldame metamorphiert, von der am Champagnerglas nippenden rechten Hand des Chef zur Alkoholikerin auf dem Placa Reial geworden: wenn sie wenigstens Geld unterschlagen hätte, Betriebsgeheimnisse verraten oder beim Sex im Aufzug erwischt worden wäre, aber nein! Sie hatte nur das getan, was eine Vorzimmerdame zu tun hat und immer tat! Sie hatte diesen Anruf entgegengenommen, war bereit gewesen, bei diesem Spiel mitzuspielen, weil ihr gesagt wurde, ihr Chef wolle es so. Sie hatte mitgespielt, der Typ belästigte sie, sie schwieg es weg, er fiel um – und das war's. Wenn sie auch nur einen Hauch von eigener Schuld hätte erkennen können, dann wäre ihr das Aufstehen sicher leichter gefallen, aber so lag sie seit Monaten gestrauchelt da, rieb sich ständig die Augen und prüfte in einem groß angelegten Selbstversuch, ob ihr wohl der Alkohol die Antwort darauf geben könnte, wer sie da auf den Boden geschmissen hatte und warum.

Nicht einmal ihren Schreibtisch hatte sie ausgeräumt, obwohl sie im eingeschriebenen Kündigungsschreiben dazu aufgefordert worden war, und in der Firma hatte sich auch keiner die Mühe gemacht, es für sie zu tun. Wahrscheinlich hatte die Nachfolgerin ihre letzten persönlichen Dinge in einem Karton verstaut und nun lagen sie so lange unbeachtet im Eck, bis sie eine beherzte Putzfrau mit in den Müll geben und womöglich noch zuvor nach wertvollen Dingen durchforsten würde.

Daß ihr erstes Leben vorbei war, hatte sie kürzlich gespürt, als sie ihren Nachhauseweg vom Placa Reial mit einem Spaziergang an den Hafen verlängert hatte. Dort zog es sie automatisch zum Port Vell, denn sie hatte sich spontan entschlossen, nach langen Monaten wieder einmal einen Spaziergang zum Strand zu machen, der am Ende der Joan de Borbo begann. Ihr Weg führte sie an den feinen Restaurants am Palau de Mar vorbei, wo auch das historische Museum von Catalunya untergebracht war. Als sie auf Höhe des Fischrestaurants Merendero de la Mari angekommen war, sah sie an einem Außentisch ihren ehemaligen Chef, Herrn Ruiz de Villa, mit Gattin und Geschäftspartnern schlemmen. Erfreut eilte sie auf den Tisch zu, denn ihre erste Emotion war: Ich mag diesen Menschen, und ich gehöre dazu. Dann trafen sie für zwei Sekunden zwei Blicke aus zwei Augenpaaren. Die der Gattin: sehr feindlich, sehr abweisend, aggressiv. Seine: ängstlich, erschreckt, sehr, sehr traurig.

Da hatte Verena zum ersten Mal voller Entsetzen gespürt, daß ein wichtiger Teil von ihr seit März im Koma lag. Und sie hatte auch bemerkt, daß sie selbst daran schuld war. Warum nur konnte sie keinen Termin mit ihrem Chef ausmachen und mit ihm reden? Sie wußte, daß er sie mochte, und sie ahnte, daß er die alles erklärende Geschichte vom anzüglichen Deutschen nur zu gerne glauben würde. Und wenn es nur war, um sein Bild von Verena wieder zurechtzurücken! Sie müßte lediglich den Mut aufbringen, dort anzurufen, sie müßte nur die Schrecksekunde am Telefon durchstehen, wenn die neue Sekretärin sich meldete; sie müßte nur kurz ertragen, auf ihn zu warten – dann würde sie seine Stimme hören, einen Termin vereinbaren, und der Weg aus dem bewegungshemmenden Gelee ihres Lebens wäre eingeschlagen. Ein für allemal. Aber immer, wenn sie daran dachte, nagelte die Unfähigkeit, es zu tun, sie in ihrem Bett fest. An solchen Tagen konnte sie stundenlang auf dem Bett liegen und die Decke anstarren, bis ihr das Kreuz weh tat und ihre Stimmung sich im absoluten Minusbereich bewegte. So war es auch, wenn sie an zu Hause dachte. Auch da wäre ein Telefonat die einfachste Möglichkeit, wieder Kontakt aufzunehmen. Ein Anruf von ihr, und alles würde seinen Weg gehen. Wenn sie nicht diese Macke hätte, die sie immer auf dem Bett festnagelte, sobald sie an Dinge dachte, die sie notwendigerweise tun mußte. Und wenn da zu Hause nicht irgendwo dieser Vater gewohnt hätte, den es zwar schon längst nicht mehr gab, aber der mit seiner Gier ihre Seele geraubt und sie in die Welt der Verdrängung hineingeschubst hatte, so lange, bis es ihn selbst erwischt hatte – aber das war lange her und längst abgelegt im hintersten Eck ihrer Erinnerung. Ihrer Überzeugung nach. Und sie, sie war damals geflohen in diese neue Welt, in das neue Leben beim KONZERN. Vieles war plötzlich positiv und effektiv gewesen. Und nun war sie wieder drin in diesem Gelee. „Ich verdränge, daß ich verdränge“, hatte sie mit der Nagelschere ins Kopfoberteil ihres Bettes geritzt. Aber so, daß sie es nicht sehen mußte, wenn sie im Bett lag. Am meisten verdrängte Verena, daß sie mit einundzwanzig ihr einziges Kind weggegeben hatte, zehn Tage nach seiner Geburt. Zur Adoption freigegeben. Irgendwo lebte dieses Kind nun in Spanien, war vierzehn Jahre alt und besuchte die Schule.

13

„Jetzt sag halt schon!“ dachte der Buspassagier. Er war sich mittlerweile sicher, daß ihn die Schicksalsmächte, als sie ihn in ihr Corps aufgenommen hatten, auch mit der Kraft suggestiver Gedanken ausgestattet hatten.

„Hör auf deine Freundin und sag es halt!“ dachte er konzentriert.

„Was sagst du?“

„Ich habe dich gefragt, ob du meine Handynummer hast?“

„Ach so, ne, Tina, hab ich nicht.

Super, die eine hieß Tina.

„Ja, also, dann tipp mal ein!“

Sein Notizblock lag bereit auf seinem Schoß, den Stift mußte er nur mit einer kleinen Bewegung hinter dem Ohr hervorziehen.

„Null-eins-sechs-null ...“

Sie wiederholte die Nummer, was dem Buspassagier immer sehr recht war.

„Jetzt frag sie, ob sie deine Nummer hat!“ dachte er intensiv.

„Hast du denn meine?“

„Nein!“

„Frag sie!“

„Willst sie nicht haben?“

„Doch, doch: klar!“

„Sag sie ihr!“

„Ich kann sie dir rüber ess-emm-essen!

„Nein!! Gib sie ihr!“

„Brauchst du nicht, ich tipp sie gleich ein, sag mal ...!“

Das lief heute ja wieder wie am Schnürchen. Die ganze schöne Geschichte der beiden Zehntkläßlerinnen war komplett notiert, und das Spiel, das er als Busorakel basteln würde, war ihm längst klar. Jetzt brauchte er nur noch den Name der anderen. Gut, es könnte vielleicht auch ohne diesen Namen klappen, aber womöglich war er das kleine Detail, das, wenn es fehlte, das Spiel in letzter Sekunde zerstören konnte.

„Sag deinen Namen, sag ihn!“ dachte er. Aber die Mädchen plauderten jetzt über Belangloses, nachdem ihr großer Plan für den kommenden Tag abgesprochen war und weigerten sich strikt, sich gegenseitig beim Namen zu nennen. Der Vierziger Bus hatte gerade die Haltestelle „Russische Kirche“ passiert, und die noch Namenlose hatte im Plaudern ihre Schultasche um die Schulter gehängt. Der Buspassagier schloß daraus, daß sie am Hölderlinplatz aussteigen wollte und machte sich auch bereit. Im Zweifel würde er ihr nachlaufen und in irgendeiner Form ihren Namen ergattern, das hatte schon oft geklappt, warum nicht diesmal?

Der Bus hielt ruckartig an, etliche Fahrgäste kämpften um ihr Gleichgewicht.

„Okay, ich geh dann mal! Tschüs Tina, tschüs Evi!“

„Ciao!“ rief Evi.

„Ciao, Frau Mantel!“ Zahnspange, Bauchpiercing, Pickel, dämliches Gekicher.

„Hör auf mit dem Scheiß! Ich mag meinen Nachnamen nicht!“

„Schon gut, Manu!“

Obwohl es nun nicht mehr zwingend nötig gewesen wäre, mußte der Buspassagier ebenfalls aussteigen, sonst hätte er sich verdächtig gemacht. Er setzte sich außen sofort auf eine Mauer und notierte die Namen. Er war Profi: Einmal hatte er sie über den Tag vergessen, das hatte ihn so dermaßen gefuchst, daß er seither auf Nummer Sicher ging. Und auch das Aussteigen ging in Ordnung, denn so konnte er seinen Vater ärgern und ein weiteres Busticket lösen.

Zunächst aber notierte er sich stichwortartig die erlauschte Geschichte: Das Mädchen namens Manu – recht sicher Manuela – plante, am nächsten Tag die Mathematikarbeit zu schwänzen bei einer Lehrerin namens Schweizer. Wenn alles gut ging, konnte sie so ihre Zwei behalten; den aktuellen Stoff hatte sie überhaupt nicht begriffen und wollte deshalb schwänzen, um ihre gute Endnote nicht zu gefährden. Dazu plante sie aus Gründen der Tarnung einfach gleich zwei Tage blauzumachen und die Unterschrift der Mutter auf der Entschuldigung zu fälschen. Ihre Freundinnen im Bus bat sie, anderntags zu erzählen, man habe zusammen gelernt und Manuela habe sich da schon mehrmals übergeben müssen.

Der Buspassagier notierte nun aus der Erinnerung heraus, daß die Freundinnen Tina und Evi hießen und letztere einen Freund namens Danny hatte.

Der Buspassagier steckte zufrieden den Notizblock ein. Er freute sich besonders auf dieses Spiel, denn es war sehr erfolgsversprechend und außerdem haßte er Hühner dieses Alters abgrundtief.

Solche Gören taten ihm überhaupt nicht leid. Halt – keines seiner Spielobjekte tat ihm leid, er war das Schicksal, und um die Folgen sollten sich seinetwegen Diakonie und Caritas kümmern. Manchmal bewirkte sein Spiel ja auch Gutes, aber auch das interessierte ihn nicht. Doch diesen Mädchen würde es Ärger bringen, das wußte er, und er spürte darüber eine gewisse Genugtuung, die er sogleich abzuschütteln suchte, denn in solche Niederungen durfte er nicht abtauchen: Es hätte seine Arbeit behindert.

Ein Bus – was denn sonst? – brachte ihn direkt in die Theodor–Heuss-Straße – wohin denn sonst? – und er startete mit einem schönen Pils in den Abend.

Als er sich nahezu betrunken auf den Heimweg machen wollte, entdeckte er am Eingang der Bar die Busfahrerin. Höchst erregt kämpfte er sich seinen Weg durch die Menschenmassen zu ihr hin, was einige männliche Besucher als Angriff werteten und ihm aggressiv nachstarrten. Als er schließlich am Eingang angekommen war, war sie unauffindbar. Den ganzen Heimweg lang überlegte er sich, weshalb ihn diese Begegnung derart aufgewühlt hatte, kam aber zu keinem abschließenden Ergebnis, auch, weil seine Synapsen ob des vielen Alkohols nicht mehr so richtig mitmachen wollten. Sonst hätte er womöglich bemerkt, daß er zu diesem Zeitpunkt schon heillos verliebt war. Zwar nicht oder noch nicht in diese Frau, weil er sie gar nicht kennen konnte, aber in die Idee in seinem Kopf, die sich um diese Busfahrerin rankte.

Am Haus angekommen, kramte er so lange vergeblich nach seinem Hausschlüssel, daß er bemerkte, wie besoffen er doch war. Er beschloß, für heute nichts mehr zu trinken, nichts mehr zu essen und sich nicht vor den Fernseher zu setzen, sondern sofort ins Bett zu gehen.

Er betrat seine Wohnung, schmiß die Jacke ins Eck, ging in die Küche, holte Chips aus dem Schrank und ein Bier aus dem Kühlschrank, setzte sich in den Sessel vor dem Fernseher und fingerte nach der Fernbedienung. Er zappte sich durchs Programm, begriff überhaupt nicht, was er da anschaute, stopfte sich die Chips handweise in den Mund, so daß ein Gutteil davon auf den Boden fiel, zog gierig an seinem Bier und merkte, wie ihm die Augen zufielen. Als er wieder aufwachte, war es schon nach fünf Uhr. Ächzend erhob er sich aus dem Sessel und schleppte sich in sein Bett, indem er ganz bewußt auf den Umweg über sein kleines Badezimmer verzichtete. Er schaffte es noch, seinen Wecker auf viertel vor sieben zu stellen, bevor er in einen steinernen Schlaf fiel.

Als der Wecker klingelte, war er sofort hellwach. Er ging ins Bad, spritze sich etwas Wasser ins Gesicht, nahm sein Handtuch, trocknete sich ab, rieb mit dem Frotteetuch kurz und intensiv über seine Zähne von innen und außen – eine äußerst effektive Art der Zahnreinigung, wie er fand – schnappte Jakke, Telefonkarte und Hausschlüssel und verließ die Wohnung. Es war nun doch schon herbstlich kalt morgens, und eine subtile Angst vor dem Winter ergriff ihn kurz, aber heftig.

Die Telefonzelle war leer. Er öffnete die Tür mit einem energischen Ruck, trat ein, hob den Hörer ab und steckte seine Karte in den dafür vorgesehen Leseschlitz. Mit einem kurzen Blick vergewisserte er sich, daß der Chip noch genug Guthaben gespeichert hatte.

Kurz blätterte er noch einmal in seinem Block, um die Namen nicht zu verwechseln: Sein erstes Anrufopfer sollte Manu werden, deren Freundinnen Evi und Tina hießen. Von Manu und Tina besaß er die Nummer, von Evi nicht. Evis Freund nannte sich Danny, von Tina wußte man nicht, ob sie einen Freund hatte – gut, konnte losgehen.

Dann wählte er die erste Handynummer, die er am Vortag im Bus aufgeschrieben hatte. Es klingelte gerade zweimal, bis Manuela – das Mädchen, das die Mathematikarbeit zu schwänzen gedachte – verschlafen dranging.

„Ja?“

„Manuela?“

„Wer ist denn dran?“

„Hier spricht Lukas, ich bin ein Freund von Tina. Paß auf, oh Mann, wir haben Scheiße gebaut!“

„Wer bist du?

„Ich bin Lukas, hat Tina nie was von mir erzählt?“

„Nein, hat sie nicht. Was ist denn los?“ Manuela war offenbar schlagartig hellwach.

„Wir haben gestern Nacht mal kurz das Auto von Tinas Eltern geliehen und ...“

„Wie, von Tinas Eltern? Ihr Vater ist doch in Portugal!“

Mist, so was passierte manchmal. Hoffentlich war nun nicht schon alles zu Ende.

„Um Gottes willen – ihr habt doch nicht ... habt ihr den Geschäftswagen ...?“

„Ja, haben wir ...“. Das Spiel ging weiter.

„Ja und?“

„Wir haben einen üblen Unfall gehabt, Mannomann!

„Scheiße ...“

„Tina liegt im Krankenhaus!“

„Das ist ja furchtbar...“

„Es geht ihr einigermaßen gut, den Umständen entsprechend, sie war halt nicht angeschnallt ...!"

„Und was hat sie?"

„Paar Brüche, Wirbelsäule geprellt und so'n Zeugs!"

„Verdammt!"

„Evi ist bei ihr! Soweit alles okay, aber ...", der Buspassagier steckte sich eine Zigarette an, das Nikotin erhöhte wohltuend seine Konzentration, und die Kunstpause erhöhte die Dramatik, „... wir haben halt ihrer Mutter noch nichts gesagt!"

„Ihr habt – was?"

„Paß auf, mein Vater ist Versicherungsagent, der kommt extra wegen dieser Geschichte aus Hamburg her geflogen, mit dem geh ich heute Mittag mit Evi zusammen zu Tinas Mutter, das ist dann seriöser, dann flippt die nicht aus, und mein Alter hat Kohle, der holt uns da raus!"

Manuela schwieg, sie war damit beschäftigt, alles zu verarbeiten.

„Also, paß auf, Manu: Evi und Tina müssen im Krankenhaus das Handy ausmachen, du kannst sie also nicht erreichen, auch nicht per SMS, aber sie haben mir gesagt, daß ich dich anrufen soll!"

Manuela schwieg aufmerksam, also setzte der Buspassagier sofort nach: „Sie haben gesagt, du sollst unbedingt zur Schule gehen und Frau Schweizer sagen, Tina habe einen Menstruationsschock erlitten ...!"

„... einen was?"

„Menstruationsschock. Ist irgend so ein neues Krankheitsbild, kann alles sein oder auch nichts!"

„Nie gehört!"

„Ich vorher auch nicht, Evi hat's erzählt! Also, Evi meinte, du sollst sagen, ihr habt gestern zu dritt gebüffelt und plötzlich kriegt Tina diesen Menstruationsschock, es haut sie um,

Blut überall, und daß du nun auch ganz durcheinander bist und so weiter, dann mußt du die Arbeit nicht mitschreiben, deine Zwei bleibt sicher, aber irgendeiner muß der Schweizer das sagen!"

„Das glaubt die doch nie im Leben!"

„Doch! Weil Tina ja wirklich im Krankenhaus ist! Außerdem werde ich als Freund alles bestätigen! Ich komme da auch hin, aber ich hab die zwei vergessen zu fragen, wie die Schule heißt!"

„Wagenburg-Gymnasium, in der Wagenburgstraße!"

„Und der Schulleiter heißt?

„Hoffmann!"

„Alles klar, Manu, dann mach dich mal auf die Socken, ich komm ein bißchen später, aber ich geh da rein und bestätige die Story, damit du ganz sicher nicht mitschreiben mußt!"

„Alles klar, au Mann, was für ein Mist!"

„Das kannst du laut sagen! Richtig scheiße, Mann!"

„Ja!"

„Okay, dann bis nachher!

„Ja, tschüs!"

Der Buspassagier steckte sich eine zweite Zigarette an, rauchte sie zu Ende und wählte dann die Nummer von Tina.

„Ja?"

„Tina?" Der Buspassagier hörte, daß Tina mit ihrer Mutter am Frühstückstisch saß. „Hier spricht Lukas, ich bin Dannys bester Freund. Kannst du mal irgendwie wohin gehen, wo deine Mutter nicht zuhört?"

„Was?"

„Ich muß allein mit dir sprechen, und zwar jetzt sofort!"

Die Hintergrundgeräusche nahmen schnell ab, woraus der Buspassagier schloß, daß Tina mit ihrem Handy in ein anderes Zimmer gegangen war.

„Was ist denn los?“

„Paß auf, Danny und Manu haben sich gestern Nacht das Auto von ...“, der Buspassagier war vorsichtig geworden, „... von meinem Vater ‚geliehen‘ und einen üblen Unfall gehabt! Manu liegt im Krankenhaus!“

„Das gibt's doch nicht!“

„Du, es geht ihr den Umständen entsprechend gut, das Problem ist nur, sie war nicht angeschnallt und jetzt hat sie ein paar Brüche, und die Wirbelsäule ist geprellt!“

Tina entfuhr ein Schrei des Entsetzens.

„Ja, aber hei, Evi ist bei ihr!“

„Das ist gut!“

„Aber wir haben ihren Eltern noch nichts gesagt!“

„Ihr spinnt doch!“

„Mein Vater weiß es, und der hat's recht cool aufgenommen, obwohl es ja sein Auto ist. Mein Alter ist heute noch geschäftlich in Hamburg, kommt aber heute mittag heim. Mein Oberindianer ist Anwalt, und seine Karre ist gut versichert, das paßt schon. Mit dem geh ich dann zu Manus Eltern, aber bis dahin müssen alle die Klappe halten!“

„Okay!“

„Evi und Manu müssen im Krankenhaus das Handy ausmachen, du kannst sie also nicht erreichen, auch nicht per SMS, aber sie haben mir gesagt, daß ich dich anrufen soll! Sie haben folgenden Plan: Du sollst unbedingt zur Schule gehen, aber ganz gezielt erst zur zweiten Stunde, dann kannst du Frau Schweizer rauswinken, ihr erzählen, Manu haben einen Mensturationsschock erlitten...“

„... einen was?“

„Menstruationsschock! Ganz neue Krankheit!“

„Muß ich mir kurz notieren, Moment!“

Während sie Stift und Papier zusammensuchte, freute sich der Buspassagier sehr über diese spontan erfundene wunderbare neue Frauenkrankheit.

„Hast du's?"

„Ja!"

„Und du sollst der Schweizer auch treuherzig mitteilen, daß ihr drei die Arbeit nachschreiben wollt!"

„Und was soll das bringen?"

Damit hatte Tina recht, offensichtlich war sie weniger naiv als die schwer verletzte Manuela.

„Das hab ich Manu auch gefragt, aber sie war der Meinung, daß Eure Lehrerin so nichts weiter bemerken würde, verstehst du? Manu sagte, die läßt eh nie nachschreiben, also wirkt es cool und glaubwürdig, ihr das anzubieten. Es war Manu so unendlich wichtig, sie hat immer geweint, wenn sie deinen Namen sagte, ich glaube, du bist ihre beste Freundin ..."

Tina schluchzte ein wenig. Das Spiel lief.

„Und, auch wenn ihr Plan nicht ganz ausgereift ist, es ist halt ihre ganz große Bitte an dich, und sie wäre auch sicher total enttäuscht, wenn du ihr diesen Wunsch nicht erfüllst!"

„Und was sag ich meiner Mutter?"

„Nichts, um Gottes willen, gar nichts! Treib dich einfach 'ne Stunde in der Stadt rum, geh 'nen Kaffee trinken oder spazieren und komm erst zur zweiten Stunde zur Schule, tu es ihr zuliebe."

„Okay!"

„Super, Tina, und bald ist das alles vorbei!"

„Ja!"

„Wirst du's tun, Tina?"

„Ja, klar, für Manu mach ich alles! Scheiß auf die Mathearbeit, ich geh da erst zur Zweiten hin!"

„Super, im Namen von Manu, vielen Dank, ich ...", der Buspassagier schaffte es, glaubwürdig so zu tun, als kämpfe er mit den Tränen, „... entschuldige, ich... ich glaube, Manu hat recht, du bist echt 'ne super Freundin!"

„Wann kann ich sie besuchen?"

„Erst nachdem ich mit meinem Vater bei ihrer Mutter war, außerdem schläft sie eh die ganze Zeit, vielleicht morgen, ich ruf dich an!

„Okay!"

„Also, ciao Tina!"

„Ciao Lukas!"

Herrlich! Das lief super! Eine weitere Zigarette rauchen, auf die Uhr sehen – sieben Uhr zwanzig – perfekte Zeit für den dritten Anruf: „Verbinden Sie mich bitte mit dem Wagenburg-Gymnasium!" „... ja, guten Tag, hier spricht Rumt, Doktor Rainer Rumt, Rumt wie Rum mit Tee, ich muß den Direktor sprechen, sagen Sie ihm, es sei außerordentlich dringend!"

Aus welcher Hirnregion hatte er denn spontan diesen Namen wieder hervorgekramt, und woher kam er? Er dachte intensiv darüber nach und gerade, als ihm das wunderbare Spanienspiel in allen Details wieder eingefallen war, hörte er die Stimme des Schulleiters am Telefon.

„Guten Morgen Herr Hoffmann, hier spricht Rumt, Doktor Rainer Rumt, Rumt wie Rum mit Tee. Ich habe Ihnen etwas sehr Wichtiges mitzuteilen!" Er machte jene wichtigpolitische Pause, die sein Vater immer mißbraucht hatte, um etwas vermeintlich Bedeutendes abzusondern. „Es geht um die Schülerinnen Manuela Mantel und um eine gewisse Tina, Nachname unbekannt, beides Schülerinnen jener zehnten Klasse, die heute in den ersten beiden Stunden eine Mathematikprüfung bei einer Lehrerin namens Schweizer ablegen müssen ... ja, ich warte!"

Er rauchte eine Zigarette, bis der Schulleiter sich schlau gemacht hatte. „Manuela Mantel und Tina Weingarten, genau... Klasse zehn b, das mag stimmen. Gut, Herr Hoffmann, lassen Sie mich die Wahrheit sagen: Mein Sohn Daniel hat mit den beiden Mädchen gestern abend einen Autounfall gehabt und ... nein, um Gottes willen, es ist nichts passiert, außer der Wagen, aber das regelt die Vollkasko ... nein, keine Verletzung, aber ...“ – wieder diese theatralische Pause – „....wie soll ich sagen, die jungen Menschen waren heute bei uns zum gemeinsamen Frühstück, und ich mache mir Sorgen um die Mädchen, die waren beide so, ja, verwirrt! ... wie soll ich sagen, die haben komische Dinge über ihre Menstruation erzählt, irgendwie sehr verwirrend! Sie müssen sehen, ich bin fünfundfünfzig Jahre alt und leitender Ingenieur einer Bremsen produzierenden Fachfirma, da redet man nicht täglich mit halbwüchsigen Mädchen über ihre Tage! ... nein, ich habe ihnen geraten, geht ins Krankenhaus, laßt euch durchchecken, vielleicht hat das ja andere Ursachen, so ein Unfall ist kein Pappenstiel, es gibt ja auch verborgene Verletzungen und Traumata und weiß der Herr was alles, ... aber nein, mit glasigem Blick haben beide darauf bestanden, daß sie in jedem Fall heute diese Mathematikarbeit mitschreiben, und eine von denen, ich glaube, es war diese Tina, möchte erst zur zweiten Stunde hingehen, um der Lehrerein zu beweisen, daß sie heute doppelt so schnell ist ... wenn ich es Ihnen doch sage! Und das finde ich schon alles sehr irritierend, und ich wollte Ihnen als Schulleiter den Tip geben: Reden Sie mit den beiden, holen Sie sie aus dem Klassenzimmer und rufen Sie am besten einen Krankenwagen und schicken die beiden ins Krankenhaus! ... natürlich, die Polizei war da – soll ich Ihnen das Aktenzeichen geben? Moment: vierundzwanzig – achtundvierzig – zwölf, Polizeiobermeister Küppler, Dienststelle Stuttgart fünf – Bad Cannstatt!“

Er würde das wahrscheinlich nicht überprüfen. Man konnte Menschen anlügen nach Strich und Faden; sobald ein Aktenzeichen dazu kam, waren sie imstande, alles zu glauben.

„... natürlich! ... ich danke Ihnen, ja! Und, Herr Hoffmann: Ich kann mir gut vorstellen, daß die Mädchen den Unfall komplett verdrängen und ihnen auch skurrile Dinge erzählen werden – gehen sie bitte behutsam vor! Am besten, man weist sie zwei, drei Tage ins Krankenhaus zur Beobachtung ein, bis sich ihr Nervenkostüm wieder etwas beruhigt hat! ... meine Nummer? Ich bin momentan geschäftlich viel unterwegs, aber ich kann ihnen meine geschäftliche Handynummer geben, Moment, die muß ich immer selbst nachschlagen ...“

Er mußte ein paar Seiten in seinem Notizblock zurückblättern, bis er die in Spanien ergatterte Mobilnummer von Rumt, Doktor Rainer Rumt, Rumt wie Rum mit Tee, gefunden hatte und gab sie bereitwillig weiter.

Am selben Abend fand sich im Rektorenzimmer des Wagenburg-Gymnasiums die perfekte Verwirrung zur Besprechung zusammen. Tina Weingarten, ihre Mutter, Manuela Mantel, ihr Vater, Evi Kleinknecht, Rektor Hoffmann, der Vertrauenslehrer Smudjowski sowie Frau Schweizer debattierten über die unerklärlichen Vorgänge des Vormittags. Während die Elternteile dem Schulleiter vorwarfen, mit dem gleich gerufenen Krankenwagen völlig überzogen reagiert, unnötige Kosten verursacht und die Mädchen verschreckt, traumatisiert und vor der Klasse blamiert zu haben, wehrte sich der Angegriffene, der ein abgekartetes Spiel der Mädchen vermutete, um der Mathematikarbeit zu entgehen – er kenne das aus Erfahrung. Diese wiederum stellten sich gerade wortreich als völlig unschuldige Opfer dar, als sich Schulleiter Hoffmann der Mobilnummer erinnerte, die ihm der Unbekannte namens Rumt am Morgen gegeben hatte.

„Moment, das klären wir auf!“ sagte Schulleiter Hoffmann, nahm den Hörer ab, stellte das Telefon auf „laut“ und wählte.

„Claudia Rumt?“

„Ja, guten Tag, hier spricht Schulleiter Hoffmann vom Wagenburg-Gymnasium in Stuttgart!“

„Wer bitte?“

„Hoffmann vom Wagenburg-Gymnasium in Stuttgart!“

„Hören Sie, können Sie bitte ein anderes Mal anrufen, ich ...ich ...“

„Wir möchten gerne mit Doktor Rainer Rumt sprechen!“

„Das geht nicht. Nicht mehr!“ Die Stimme klang gebrochen.

„Ich hatte heute morgen ein Gespräch mit ihm und ...“

„Wollen Sie mich auf den Arm nehmen?“ die Stimme schnappte schier über, „Rainer liegt seit Anfang Mai im Koma, und heute morgen um acht ist er ... ist er ... er ist tot! Also lassen sie mich in Ruhe!“

Der Schulleiter schaute erbleicht in die Runde. „Er ist tot! ... heute früh acht Uhr ... zwanzig Minuten davor habe ich noch mit ihm gesprochen! Was für eine schreckliche Geschichte!“

14

„Du hast echt noch nie was vom ‚Bibelcode' gehört?"

„Nein!"

„Michael Drosnins Buch: ‚Der Bibelcode' sagt dir gar nichts?"

„Nein, Mann!"

„Hammer!"

„Wieso?"

„Der Bibelcode ist echt der Hammer!"

„Bist jetzt gläubig oder was?"

„Nein oder vielmehr – weiß nicht, irgendwie schon, ja, aber nicht so kirchenmäßig, verstehst du?"

„Kein Wort!"

Der Buspassagier hatte den Namen des amerikanischen Autors in Lautschrift mitgeschrieben. Oft schon hatte er Dinge notiert, die über zwei, drei Seiten in seinem Notizblock keinerlei Sinn ergaben, und plötzlich – zack – fügte sich eine kleine Information dazu, manchmal nur so dahingesagt, womöglich noch eine Telefonnummer, und hinter den Hieroglyphen wurde ein Mosaik sichtbar, die Puzzelteile ergaben ein Bild, ein wunderbares Spiel tat sich auf. Der Bus rumpelte über Kopfsteinpflaster, und der Buspassagier mußte sich bemühen, leserlich zu schreiben. Wie immer lag zu seiner perfekten Tarnung das offene medizinische Fachbuch auf seinem freien Nebenplatz, und wie immer warf er scheinbar suchend Blicke hinein, während er gespannt zuhörte und schrieb.

„Also paß auf: Schon Isaak Newton, der Typ, der die Schwerkraft entdeckt hat, war davon überzeugt, daß die Bibel einen Code enthält, der die Zukunft enthüllt. Deshalb hat er damals extra Hebräisch gelernt!"

„Aha!" Der Bus schaukelte um eine Kurve, und der Zuhöre nutze sie, um ein paar Zentimeter vom Erzähler wegzukommen. Das Thema schien ihm hoch unangenehm zu sein und dem Zuhörer wäre offensichtlich ein Themenwechsel sehr gelegen gekommen, aber der Erzähler hatte ein Faß aufgemacht, der andere hatte ihn nicht rechtzeitig daran gehindert und mußte nun wohl oder übel geduldig abwarten, bis die ganze Information gemütlich aus ihm herausgetropft war.

„Aber erst in unserer Zeit wurde das Geheimnis gelüftet. Die haben quasi die ganzen fünf Bücher Mose aus dem alten Testament, also in der hebräischen Originalversion, ohne Satz- und Leerzeichen genommen, also, die ganzen Wörter aneinandergefügt ..."

„Aha."

„... und von dieser fortlaufenden Buchstabenschlange mit, was weiß ich, über dreihunderttausend Worten dann jeden vierten, zwölften oder fünfzehnten Buchstaben zusammengefaßt ..."

„Was soll das bringen?"

„Die haben damit einen Computer gefüttert und nach dieser Methode verborgene Namen, Worte und Phrasen gefunden."

Der Zuhörer warf dem Erzähler einen zweifelnden Blick von unten zu. Offensichtlich war er sich nicht mehr ganz sicher, ob sich hinter seinem Bekannten womöglich unerkannt ein religiöser Eiferer verbarg, der ihn gleich zu einer Taufe bei den Zeugen Jehovas oder zu einem unverbindlichen Kennenlernabend bei der Scientology-Church einladen würde.

„Diese Wörter sind quasi in einem Kreuzworträtsel versteckt. Die haben da zum Beispiel gefunden: Clinton und Präsident, Hitler und Nazi, zum Beispiel aber auch den genauen Tag, an dem Jitzhak Rabin ermodert wurde, samt

Namen seines Mörders! Und das alles auf einer Seite, mit ganz direktem Bezug, verstehst du?“

„Aha!“

„Du denkst jetzt vielleicht, das ist bloß so ’ne Spinnerei wie vieles ...“

„So ähnlich!“

„... aber das ist echt der Wahnsinn. Viele unabhängige Wissenschaftler haben das nachgeprüft und bestätigt: Die Bibel ist nicht nur ein Buch, nein, sie ist ein fünfdimensionales Computerprogramm!“

„Ach was!“ Der Zuhörer war zu diesem Erzählzeitpunkt geistig bereits komplett ausgestiegen und schaute gelangweilt und demonstrativ weg, was den Erzähler aber in seinem Mitteilungszwang nur zu ermuntern schien.

„Was heißt: ach was! Das ist doch der Knaller!“

Der Zuhörer hatte nun offensichtlich begriffen, daß es keinen anderen Weg gab, als sich dieser für ihn so offensichtlich anstrengenden unangenehmen Unterhaltung zu stellen, auf daß sie bald vorbei sei: „Weißt du, für mich ist das alles esoterischer Quatsch. Das ist garantiert reiner Zufall, den ein paar Spinner erforscht haben, die in ihrem Leben zu wenig gevögelt haben!“

„Eben nicht! Die haben eine Gegenprobe mit Tolstois Krieg und Frieden gemacht, und was kam raus? Was denkst du?“

„Weiß nicht!“

„Nichts! Gar nichts! Das funktioniert nur bei der Bibel und nur, wenn du keinen einzigen Buchstaben vom Urtext wegnimmst, ist doch der Hammer! Das funktioniert mit keinem anderen Buch der Welt! Das ist kein Zufall, verstehst du? Irgend jemand hat mit einer Computer-Rechnerleistung, die heute alle auf der Welt befindlichen Computer zusammen nicht annähernd bringen, die Bibel codiert! Vor dreitausend

Jahren! Mußt dir mal vorstellen, was da dazugehört, schließlich ist dieser Code nicht in einem Buchstabengewirr verborgen, sondern in der Bibel hinter echten Sätze und Geschichten und alles! Also: Was man oberflächlich in der Bibel lesen kann, sind quasi die Überschriften, und was dahinter steckt und allmählich erst erforscht werden kann, ist der codierte Inhalt!"

„Wer soll so was machen?"

„Gott!"

„Und warum?"

„Weil er uns helfen will!"

„Warum kommt er dann nicht runter und schenkt mir tausend Euro?"

„Mann, sei nicht so banal! Die haben den Bibelcode jetzt erst mal oberflächlich geknackt und von allen bekannten Wissenschaftlern und Politikern Einträge gefunden, die sich wie in einem Kreuzworträtsel überlagern!"

„Hmm."

„Dann haben sie die Wahrscheinlichkeit berechnet, daß das kein Zufall sein kann, sondern Absicht war."

„Hmm."

„Und was meinst du, was rauskam?"

„Weiß nicht!"

„Schätz! Wie hoch ist die mathematische Wahrscheinlichkeit, daß die Bibel mit Absicht codiert wurde? In Prozent?"

„Mann, woher soll ich das wissen?"

„Jetzt schätz halt mal!!"

„Zehn Prozent?"

„Neunundneunzig Komma neun neun acht!"

Der Erzähler erwartete einen Aufschrei des Erstaunens, aber nichts dergleichen passierte.

„Kapierst du das denn nicht, Mann? Fast hundert Prozent Sicherheit, daß ein göttliches Wesen mit galaktischer Computerleistung vor dreitausend Jahren die Bibel codiert hat, das ist der felsenfeste Gottesbeweis, da kannst du jede blutende Madonna und den ganzen Scheiß vergessen!"

„Hmm!"

„Aber es geht noch weiter!"

Genau das hatte sich der Zuhörer nicht gewünscht, aber offensichtlich bescherte ihm die Busfahrt noch ein paar Haltestellen lang quälendes Zuhören.

„Die haben auch festgestellt, daß in diesem Code unsere Zukunft in verschiedenen Variationen vorgesehen ist; weißt du, was das bedeutet?"

„Daniel, bitte, ich bin irgendwie müde und raff das heute nicht mehr so ganz!"

Das war eine wichtige Information, die der Buspassagier dankbar niederschrieb. Der gläubige Spinner hieß Daniel, und mit einem Namen kam man einem möglichen Spiel schon näher.

„Das heißt, daß Gott vor dreitausend Jahren die Zukunft in unzähligen Variationen voraussah. Also: Gott überläßt es uns, alle Entscheidungen zu treffen, und weiß immer genau, wie es nach welcher Entscheidung von uns weitergeht. Er treibt mit uns also so 'ne Art interaktives Spiel – vielmehr: läßt uns das Spiel machen und schaut zu, Hammer oder?" Der Zuhörer war dazu übergegangen, nur noch gelangweilt aus dem Fenster zu schauen und nicht einmal mehr zustimmende Laute von sich zu geben, was ihm momentan aber nicht weiterhalf.

„Und nun kratzen die ja erst eindimensional an dem Code rum. Wenn du dir aber dieses System auf die ganze Bibel ausgedehnt vorstellst, und diese Buchstabenschlange, also diese paar hunderttausend Wörter in alle Richtungen wiederholt in einen dreidimensionalen Würfel hinein denkst, weißt du, was da drin steckt? Weißt du's?"

„Nein, Daniel, und ehrlich gesagt, ich möchte ..."

„Darin steht dann alles über jeden einzelnen Menschen, der je auf dieser Welt gelebt hat und leben wird. Und plötzlich werden auch all diese Bibelsprüche verständlich, daß die Bibel das Buch des Lebens ist und daß unsere Namen hineingeschrieben sind! Hammer ...!"

„Daniel!" Der Zuhörer ergriff die Flucht nach vorne, „bitte, ich finde das sauinteressant, aber im Augenblick ist mir das alles zu viel, verstehst du?"

„Kein Problem!" der Erzähler zog die Hände zu einer abwehrenden Haltung nach oben. Er hatte ohnehin bereits alles gesagt, was er sagen wollte und wurde nun umgehend wieder unaufdringlicher, „komm halt mal vorbei, ich zeig dir die Bücher. Wenn du möchtest, leih ich dir den ‚Bibelcode' von Michael Drosnin gerne mal aus!"

„Au ja, super!"

„Das war sogar ein Bestseller, und ich wundere mich wirklich, daß diese Wahrheit bei der Menschheit nicht eingeschlagen hat wie ein Komet!"

„Hmmm!"

„Möchte wetten, daß das an der Informationsflut liegt, die uns zukackt und uns den Blick auf das Wichtige verstellt. Wir werden ganz geschickt verwirrt und abgelenkt, und wenn du mich fragst, dann sind das satanische Kräfte, die da dahinter ..."

„Daniel, echt jetzt, ich komm mal vorbei, und wir besprechen das bei einem schönen Bier, okay?"

„Ja, gern, ruf mich halt mal an!"

Mist. Auch wenn der Zuhörer wahrscheinlich niemals anrufen würde, und wenn, dann nur zum Biertrinken ohne mathematisches Religionsgelaber – Daniels Nummer war ihm offensichtlich bekannt, und die Chancen für den Buspassagier, aus dieser alttestamentarischen Wortflut ein Spiel zu formen, schwand dahin.

„Ich hab 'ne neue Handynummer, hast du die denn?

„Nee, gib mal ..."

Der Buspassagier verließ am Hauptbahnhof sehr zufrieden den Bus. In seinem Schreibwarenladen kaufte er dreizehn normale und einen größeren, gefütterten Briefumschlag. Gleich hinter dem Laden lag die Post, dort konnte er Briefmarken kaufen und die Briefe verschicken. Auf dem Weg dahin fiel sein Blick auf eine Buchhandlung, die er von einem spontanen Einfall gelenkt betrat. Das Buch „Der Bibelcode" lag inzwischen in einer günstigen Paperbackausgabe vor, und die paar Euros war ein gutes Spiel allemal wert: Er beschloß, das Buch zumindest diagonal zu lesen und dann diesen verspinnerten Daniel möglichst morgens um vier oder fünf mal anzurufen, sich als einer der Wissenschaftler auszugeben und ihn zu warnen, man habe dem Bibelcode entnommen, sein Leben sei verwirkt, wenn er nicht ab sofort rund um die Uhr eine Kopfbedeckung tragen würde. Und dann sofort auflegen. Sehr hübsche Idee!

Im Postgebäude zog er sich an einen Tisch zurück, holte Stift und Notizblock aus seinem Rucksack und öffnete das Stuttgarter Telefonbuch. Auf jeden der dreizehn DIN A5-Briefumschläge schrieb er einen willkürlich gefundenen Namen samt Adresse und notierte beides parallel und fein säuberlich untereinander auf einem ausgerissen Blatt.

Als er damit fertig war, holte er den Geldbeutel aus seinem Rucksack, den er heute früh im Bus unter der vorderen Sitzreihe gefunden hatte. Er holte zwei Kreditkarten, Scheckkarte,

Krankenkassenkarte, Führerschein, Personalausweis, Organspenderpaß, Parkkarte von Bosch, Bahncard, Videothekausweis, Fahrzeugschein, eine Karte, die den Besitzer als „Open-Water-Diver“ auswies, sowie die Jahreskarte des zoologisch-botanischen Gartens Wilhelma heraus, steckte die Ausweis-Papiere und Karten je einzeln in die vorbereiteten Umschläge und klebte sie zu, wozu er vorsichtshalber nicht seine Spucke, sondern das posttypisch-gelborangefarbene Befeuchtungsschwämmchen benutzte. Nachdem alle dreizehn Umschläge zugeklebt waren, schrieb er über die Liste der dreizehn Adressen: „All diese Freunde bewahren deine Dokumente sorgfältig auf: Ruf doch mal an! Und lies den Bibelcode von Michael Drosnin. Auf Seite 111 steht, weshalb DU deinen Geldbeutel im Bus liegen lassen mußtest und was es für dich und die Welt bedeutet: Wehe, Unglücklicher!“ Dann steckte er diese Liste samt den um sämtliche Karten erleichterten Geldbeutel in den gefütterten Umschlag. Er fluchte kurz, als ihm auffiel, daß er den Personalausweis bereits in einem Umschlag versenkt hatte und ihn nun für die korrekte Adresse wieder benötigte, doch der betreffende Umschlag war vom Postschwämmchen derart aufgeweicht, daß er ihn ohne nennenswerte Beschädigung noch einmal öffnen konnte. Er pinselte die Empfängeradresse fein säuberlich mit einem großen Edding auf den gefütterten Umschlag, steckte den Ausweis wieder in seinen Umschlag, der an eine Frau Karin Zeller gerichtet war, klebte ihn wieder zu, beschloß, an einen Schalter mit Dame zu gehen und höflich lächelnd darum zu bitten, diesen Umschlag doch mit Tesafilm zu sichern, weil es ein ganz persönlicher Brief sei, der drin liege, und klebte dann den gefütterten Umschlag zu. Im Geldbeutel war Geld gewesen, nicht einmal wenig, die Scheine machten ihn ordentlich dick, aber den Buspassagier interessierte es gar nicht, er hatte sich nicht einmal die Mühe gemacht, es zu zählen. Er war der Schicksalsmacher, das Orakel, und ob sich sein Einwirken für die Betroffenen später in Glück oder Pech ergoß, interessierte ihn zwar manchmal, durfte ihn aber nicht interessieren, und so zwang er jeden Gedanken, der in diese Richtung gehen wollte, immer sofort brutal nieder.

Er gab die Briefe am Schalter ab, ließ sie frankieren, den einen zusätzlich zukleben, lächelte, erhielt ein Lächeln zurück und verließ die Post. Wie immer gegen siebzehn Uhr überlegte er intensiv, ob er noch ein, zwei Bustickets sammeln oder sich mit dem ersten Bier auf den Abend eintrinken sollte. Und wie immer drängte sich ihm die Frage auf, die ihn seit November nicht mehr losgelassen hatte:

Wo war eigentlich die Busfahrerin abgeblieben?

„Irgendwie wird die Geschichte jetzt skurril!" Der Azubi blickte finster.

„Wie meinst du das? Und warum krieg ich keine Zigarette mehr?"

„Weil Sie schon bestimmt zehn geraucht haben und ich mir in diesen Cafés nie sicher bin, ob nicht irgendein Sensor die abgesaugte Rauchmenge mit der Anzahl der freigegebenen Zigaretten vergleicht und automatisch die Polizei ruft!"

„Sollen die doch – her mit der Kippe!"

„Ich sag's ja: Sie sind eigentlich gar nicht so angepaßt, wie sie immer tun!"

„Ach!" spottete der Pfleger, „ich tue angepaßt? Ist ja interessant!"

„Nein, Quatsch, war nur so dahergesagt!" Die Geschichte war so interessant, dem Azubi machte das Zuhören und dem Pfleger das Erzählen so viel Spaß, daß beide hochbemüht waren, jedem Konflikt auszuweichen, der den Fluß der Geschichte hemmen könnte.

„Was soll das mit dem Bibelcode?"

„Er ist ihm zufällig begegnet!"

„Hat das denn was mit diesen Rechnern am Rollstuhl zu tun?"

Der Pfleger war ob dieser Frage sehr erstaunt: „Wie kommst du denn darauf?"

„Naja, ich hab mal so einen Krimi gesehen, bei dem ein Superkriminalist eine verschlüsselte Botschaft in den Rechner jagt und sie knacken will – das war irgendwie ähnlich!"

„Nicht schlecht, Junge, nicht schlecht!"

„Also, ist der Alte bei dieser Busfahrt zum Sektierer geworden?"

„Überhaupt nicht!" widersprach der Pfleger empört. „Es hat noch lange gedauert, bis er diesen Spaß ernst genommen hat. Und auch heute ist er kein Sektierer, er ist nur ..."

Der Pfleger stockte in seinem Satz.

„Was?"

Als keine Antwort kam, schob der Azubi nach:

„Verrückt?"

„Du hast doch keine Ahnung!"

Das konnte der Azubi nicht auf sich sitzen lassen, seine Stimme wurde schrill und aggresiv:

„Ich bitte Sie! Der Alte redet kaum was – und dann erzählt er Ihnen plötzlich mir nichts dir nichts seinen ganzen Lebensroman! Er sitzt nur apathisch in seinem Rollstuhl und glotzt auf zwei Bildschirme, und zweimal am Tag fährt er im Bus immer die gleiche Strecke ab – wenn Sie das normal finden, bitte, dann hab halt ich ein Rad ab!"

Der Pfleger antwortete sanft und glättete so die entstandene aufgeregte Stimmung.

„Ich sag ja nicht, daß er normal ist – aber eben auch nicht verrückt, verstehst du? Es ist irgendwas dazwischen, wobei er verrückter Weise weniger verrückt ist und viel mehr normal als man denkt, weil..."

Der Azubi schaute seinen Ausbilder mit einem sehr skeptischen Unterblick an. Er fand, daß der Pfleger sich argumentativ verrannt hatte und grätschte verbal dazwischen: „Er ist dem Bibelcode verfallen. Oder inzwischen größenwahnsinnig. Oder Daniel macht sich bloß seinen Spaß mit dem Alten!“

„Daniel ist nur ein zufälliges Rädchen in diesem Spiel; Daniel ist zufällig im Bus und wird so zum Opfer des Buspassagiers!“

„Und wie wäre es, wenn der Buspassagier das Opfer von Daniel ist?“

„Das ist völlig irrational, abstrus und abwegig!“

„Und was, wenn Daniel die Schlüsselfigur in der ganzen Geschichte ist?“

„Ich dachte, die Schlüsselfigur ist dein anonymer Zeitungsleser aus Barcelona?“

„Wer sagt, daß er und Daniel nichts miteinander zu tun haben?“

„Komm!“ der Pfleger schüttelte unwirsch den Kopf, „und der Buspassagier ist eine verkleidete Frau, und du bist eigentlich Daniels Enkel und...“ der Blick, den er daraufhin von seinem Azubi erhielt, war so energiegeladen, daß ihm das Wort im Mund verstummte. Ohne zu wissen, warum er es tat, lenkte der Pfleger nach einem kurzen Augenblick automatisch ein: „...klar, man kann spekulieren, alles ist möglich und so weiter, aber das ergibt einfach keinen Sinn. Außerdem“, sein letzter Gedanke hatte den Pfleger wieder ganz sicher gemacht, „hat der Alte MIR die ganze Geschichte erzählt, und ich hätte garantiert gespürt, wenn es weitere Querverbindungen gegeben hätte.“ Seine Sprachmelodie führte zum Schluß des Satzes in den tiefen Keller absoluter Gewißheit. Der Azubi hatte es wahrgenommen, denn er verließ den Gedankenweg, den er eingeschlagen hatte, und kam zum Buspassagier zurück.

„Also, ist der Alte nun krank oder verrückt?“

„Nichts von alledem“, widersprach der Pfleger heftig, „er ist ein Getriebener. Er glaubt an das Gute und denkt, es ergibt einen Sinn, Bus zu fahren.“

„Es ist sinnvoll, Bus zu fahren, wenn ich zum Bahnhof gelangen will und deshalb den Bus zum Bahnhof besteige, dann ist das sinnvoll. Aber das sinnlose tägliche Busfahren vom Alten, das ist, entschuldige, bescheuert, krank, sonst nichts.“

„Für ihn hat es einen Sinn.“

„Und Sisyphos war ein glücklicher Mensch!“

„Du kannst die beiden nicht vergleichen, Junge: Sisyphos mußte eine unsinnige Tätigkeit tun, weil Hades, der Gott der Unterwelt, ihn dazu verdammt hatte. Aber unser Alter zwingt sich selbst dazu und denkt, es ist gut!!“

„Wozu? Was für einen Sinn soll das ergeben?“

Der Azubi wartete ein paar Sekunden des Schweigens ab und fuhr dann fort: „Okay, kapiert, diese Frage hat grad noch keine Startgenehmigung! Was halten Sie dann von dieser: Weiß man denn wirklich gar nicht, wie es eigentlich mit Verena weitergegangen ist?“

An dieser Stelle hätte dem Pfleger auffallen können oder müssen, daß sein Azubi scheinbar unsinnige Fragen stellt.

„Hei!“ hätte er statt einer Antwort gegenfragen können, „du interessierst dich wirklich auffallend stark für die absoluten Randfiguren dieser Geschichte! Stets fragst du nach Verena, nach Daniel oder dem mysteriösen Zeitungsleser im Café in Barcelona. Kannst du mir mal verraten, was das soll? Verfolgst du eine Strategie damit? Willst du mich aus dem Konzept bringen, oder steckt was anderes dahinter? Weißt du womöglich etwas über die Sache und spielst hier den Unbedarften? Spuck es aus, aber sofort!

Wer weiß, wie die Antwort des Azubis ausgefallen wäre. Wer weiß, was diese Antwort dann mit dem Pfleger und seiner heimlichen Zuneigung zum Buspassagier und seiner offentsichtlichen Affinität zum „Bibelcode“, die im Wachsen begriffen war, gemacht hätte. Aber der Pfleger öffnete diese Türe nicht, er ergriff nicht die Klinke, nein er ahnte nicht einmal, daß es eine Pforte gab! Statt dessen zog er gereizt an seiner Zigarette, blickte gedankenverloren aus dem Fenster und nuschelte: „Was ich dir erzählen kann, ist, wie das mit dem Alten und seiner Busfahrerin vor zweiundvierzig Jahren weitergegangen ist, aber von Verena weiß man nicht viel!“

Ihr sollt beides erfahren.

16

Der Frühsommer war nach Barcelona gekommen. Für diese Stadt bedeutete das, daß sämtliche Aktivitäten ab sofort wieder definitiv ins Freie verlagert wurden. Auf der Rambla herrschte wieder das volle Treiben, das den Winter über etwas reduziert stattgefunden hatte. Überall standen die Blumenhändler und die Vogelhändler mit viel zu vielen Vögeln, die viel zu viel Geschrei machten und in viel zu kleinen Käfigen zusammengepfercht waren, so daß für sie jede deutsche Legehenne ein beneidenswertes Geschöpf war. Kitschporträtisten und Schauspieler säumten rechts und links die Promenade. Die Schauspieler standen verkleidet und angemalt auf Holzkisten, Stühlen, Tonnen und anderen Erhöhungen und bewiesen ihre Schauspielkunst dadurch, daß sie sich überhaupt nicht bewegten. Regungslos standen sie da, Dschingis Khan, Kleopatra, zwei Vietcongkämpfer, ein grauer Radler auf grauem Tandem mit einem grauen Skelett als Mitfahrer hinten sitzend, ein gänzlich weiß angemalter Mensch mit weißem Zylinder auf einer weißen Keramiktoilette, der sogar sein Pupskissen mit weißer Farbe überzogen hatte, sowie Winnetou. Standen einfach reglos auf ihren Erhöhungen, bis sich ein Tourist erbarmte und eine Münze in ihre Sammelbüchse, ihren Karton oder Hut warf. Dann verbogen sie sich wenige Sekunden lang: Dschingis Khan schwang das Schwert, Kleopatra verneigte sich edel, die Vietcongkämpfer simulierten einen Nahkampf in Zeitlupe, der graue Radler auf grauem Tandem radelte ein paar Pedalstöße lang, wobei das graue Skelett hinten ins Wackeln geriet, der weiß Angemalte setzte sich genüßlich auf sein weißes Pupskissen auf der weißen Toilette, und Winnetou machte einen Kriegstanz. Dann stoppte die Bewegung nach kurzen

Augenblicken abrupt, und die Schauspieler vereisten wieder. Verena schlenderte den Boulevard auf und ab, kaufte sich hie und da eine kurze Schauspielerbewegung ein und bog dann oben an der Rambla, kurz vor dem Placa Catalunja, rechts ab. Nach wenigen Schritten stand sie vor dem Sala Güell, in dem sich das Dalimuseum befand. Vorsichtig blickte sie rechts in das Eingangszimmer hinein. Wie immer wollte sie so vorab feststellen, ob der Raum leer war und an der Kasse ihre Studentin saß. Komischerweise hatte sie mit dieser niemals geredet, anfangs womöglich vielleicht ein paar Worte, aber Verena konnte sich beim besten Willen nicht daran erinnern. Wie diese kleinen Vögel, dachte sie dabei manchmal, die den Krokodilen die Speisereste aus den Zähnen klauben und auch nicht mit den Krokodilen sprechen. Und trotzdem haben sie die Symbiose hinbekommen: Das Krokodil frißt den Vogel nicht, der Vogel reinigt dem Krokodil den Mundraum und wird satt dabei; Verena mußte keinen Eintritt bezahlen, das wäre bei nahezu täglichen Besuchen und acht Euro fürs Ticket ordentlich ins Geld gegangen. Sie kam Tag für Tag ins Museum. Zum einen brauchte sie die tägliche Routine, an die sie sich während der Arbeit beim KONZERN gewöhnt hatte und die sie nicht ganz verlieren wollte, denn eine Faser ihres Wesens glaubte immer noch an den guten Ausgang, an das „Happy-End". Und außerdem waren die Bilder und Skulpturen Dalis die einzigen haptischen Dinge, von denen sich Verena noch unter der Oberfläche ansprechen ließ. Sie gab der Studentin immer wortlos zwei Euro Trinkgeld. Sie sahen sich kurz an, Verena legte ihre Münze stumm auf den Tresen und unterkroch die Drehsperre, die relativ hoch angebracht war. Waren andere Menschen im Raum, so drehte Verena auf den Zehenspitzen um und kam einfach später wieder, so hatte sich das sprachlos von selbst geregelt.

Auch der Besuch des Dalimuseums war bei Verena ritualisiert: Als erstes ging sie in den unteren Stock zu den sechs Kalenderbildern, die ihr vorkamen, als habe Dali sie extra für Verena gemalt: jedes einzelne Blatt zeigt einen verwundeten Baummenschen. Mal ist der Mensch stärker wahrzunehmen, mal die Rindenstruktur des Baumes, mal die Äste. Ein Baummensch reitet auf einem Pferd, einer verbeugt sich grotesk nach hinten vor einem Engel am Hafen, einer schreitet durch eine Schlucht, einer hat die typische Dali-Holzkrücke am Kopf. Was sie alle eint und mit Verena verband: Sie sind alle auf der Suche nach einer Antwort, das schreit aus jedem Kalenderblatt heraus, und alle sind sie verletzt; irgendwo ist bei jedem Baummenschen die Rinde brüchig oder großflächig aufgerissen und natürlich haben die Ameisen, die die Baummenschen auf den Kalenderblättern piesacken, die Wunden entdeckt und halten sich genau dort auf, wo es weh tut.

Dann ging Verena zur Skulptur in den oberen Stock: Sie hieß „Gala lehnt sich aus dem Fenster", und Verena war schon so weit, dieses Kunstwerk derart stark mit sich selbst und ihrer eigenen Situation zu identifizieren, daß sie auf dem kleinen Metallschild unten an der Plastik inzwischen statt „Gala" schon „Verena" las.

„Diese fast zwei Meter hohe, metallene Skulptur zeigt genau mich!" dachte Verena beim Betrachten immer, „das bin ich, wie ich mich aus dem Fenster lehne. Ich denke, es sei das Fenster, so wie man denkt, das Leben sei gerecht, aber in Wahrheit ist es gar kein Fenster, es ist lediglich ein Querträger, auf den ich mich da stütze! Die Mauer darunter, der man unterstellt, sie halte das Fenster, aus dem ich mich hinauslehne, sicher und fest, ist lediglich eine Illusion! Unter dem unteren Fensterrahmen fehlt die Mauer, und auch rechts und links und über dem Rahmen ist nichts davon da! Ich lehne mich nicht aus dem Fenster, sondern das Fenster läßt sich von mir festhalten – so ist das Leben, es ist alles Lug und Trug!" Jede Sicherheit, die Verena einst verspürt hatte, wurde von dieser Dali-Skulptur als Täuschung entlarvt. Offensichtlich war Verenas Lebensfenster nie ein Fenster gewesen, sondern ein schwebender Rahmen vor einem üblen Abgrund und sie hatte ihn erst wahrgenommen, als das Schicksal sie schon hinabgestoßen hatte, durch das haltlose Fenster hindurch, und das Schicksal hatte nicht mehr dafür benötigt als einen ominösen Anruf aus Deutschland von einem seltsamen Doktor Kleinert.

Verena erinnerte sich beim Betrachten der Skulptur daran, daß sie nicht immer im Gelee gefangen gewesen war, sondern zweimal in diesen schlimmen Monaten den Mut gehabt hatte, nach Deutschland zu telefonieren. Das erste Mal war es, als sie sich zur Firma SSC hatte durchstellen lassen und Doktor Kleinert verlangte und dann erfahren mußte, daß es denjenigen, der sie ins Unglück gestürzt hatte, weder gibt noch gab. Das hatte ihr damals für Monate den Rest gegeben: So zynisch war das Schicksal. Es gab sich nicht damit zufrieden, sie in den Abgrund gestoßen zu haben mitsamt ihrem Fensterrahmen, nein, es verschwieg ihr darüber hinaus auch noch böse grinsend, wer ihm dabei geholfen hatte.

Verena schüttelte sich und begab sich wieder ins untere Geschoß um – wie immer zum Schluß ihres täglichen Museumsbesuches – die letzten drei Bilder eindringlich anzuschauen, die Dali extra für sie gemalt hatte. Da war diese Symbiose aus Pferd und junger Frau, die Verena darstellte. Die Frau ist nackt und ihr Gesicht ist blutrot, durch diese zerrissene Person und aus ihr heraus siehst man ein schreiendes Pferd durchschimmern. Darin erkannte sie sich immer wieder und ganz klar: Die junge Frau, das war sie, in ihrer Vormärzzeit. Und das schreiende Pferd, das war sie auch, in der Zeit danach, und was das Bild nicht zeigte, war, ob sie sich wieder zurück in Verena verwandeln würde oder eben ganz in das schreiende Pferd. Dieselbe klare Unklarheit drückte ein anderes Bild aus, das etwas weiter rechts hing. Hier war Verena so dargestellt: halb als Pferd und halb als Schwan, wobei man nicht feststellen konnte, ob zuerst das Pferd da war, auf dessen derben Hintern nun ein feiner Schwanenhals wächst, oder ob es der edle Schwan war, der allmählich von diesem groben Pferd durchwirkt und von innen zerstört wird.

Im letzten Bild, das mit Verena sprach, zeigt ihr ein türkis umrandetes Pferd einfach sein ausladendes Hinterteil, und im Spiegel des Glases, das als Schutz vor dem Gemälde war, erkannte Verena, daß sich der schöne Schwan, der in ihr steckte, wegen des Alkoholmißbrauchs immer mehr zum Pferd wandelte.

Verena fühlte sich wie ein Vogel, den schwere Ketten am Boden festbinden, so daß er nicht nur nicht fliegen konnte, sondern sogar auf dem Bauch lag und Schmerzen in den Flügeln hatte. Und der Vater hatte die Ketten an ihrem Bein befestigt.

Womöglich, dachte Verena im Hinausgehen, war der ominöse Doktor Kleinert ja ein Voodopriester gewesen und hatte sie mit einem Fluch belegt. Diese Mutmaßung hatte zumindest Pierre geäußert, den sie im Februar gegen jede Überzeugung und gegen jedes Bauchgefühl nachts vom Placa Reial mit zu sich nach Hause genommen hatte.

Es war zumindest eine denkbare Möglichkeit: Ein ihrer Schwester zugeneigter Voodopriester bestrafte sie dafür, daß sie ihre Schwester schlecht behandelt hatte, nachdem sie selbst wiederum von dieser schlecht behandelt worden war. Und einmal hatte Verena spontan das berauschende Gefühl gehabt, daß ein klärendes Gespräch mit ihrer Schwester die Rettung sein könnte, und das war dann auch ihr zweiter Telefonversuch nach Deutschland gewesen. Das Gefühl, jetzt ihr Leben in die Hand zu nehmen, aus dem Geleebad aufzustehen und somit dem Vater endgültig zu widerstehen und nicht liegenzubleiben – das kleine Mädchen damals wollte immer wegrennen – das hatte sie dazu getrieben, den Placa Reial umgehend zu verlassen und Richtung Colon zu gehen, wo sich ihrer Erinnerung nach etliche Münztelefone befanden. Ihr Plan war, zunächst ein paar alte Bekannte in der alten Heimatstadt anzurufen, deren Nummern sie noch in ihrem Notizbuch hatte, das sie immer bei sich trug, und die teilweise sogar noch in ihrem Kopf gespeichert waren. Irgendeiner von denen hätte ihr sicher sagen können, wo ihre Schwester abgeblieben war, und dann wollte sie dort anrufen und mit ihr reden, und Verena hoffte, daß so die ersehnte Wende in ihr Leben kommen würde. Sie ahnte, daß es vielleicht nur diesen einen Moment in den langen Tagen seit März des vergangenen Jahres gab, in dem sie so viel Kraft aufbringen konnte, um sich aus dem Schlamassel zu holen, und das machte sie immer aufgeregter, und sie rannte immer schneller, und als sie kurz vor den Telefonzellen angekommen war und hektisch sowohl nach Kleingeld als auch nach ihrer Brandyflasche fingerte, um sich ordentlich Mut anzutrinken, und als sie gerade fest vorhatte, das heute durchzuziehen und die Flasche dabei immer noch in der Jeanstasche verhakt war und sie etwas heftiger zog – da rutschte sie unglücklich aus, und das Kleingeld schepperte auf den Boden, und die Brandyflasche zerknallte laut auf den Betonplatten der Rambla, und als genau in dieser Sekunde eine Horde bayrischer Männer aufdonnernd zu lachen begann und einer sagte: „Schau dir diese abgewrackte

Schlampe an!“ – da nahm Verena all dies als Zeichen und ließ sich resigniert vom Placa Reial in seinen alkoholschwangeren Schoß zurückziehen.

An diesem Abend wußte sie, daß sie nun nicht einmal mehr die Kraft dazu haben würde, den Mann zu hassen, der sie mit seinem Anruf zerstört und der ihr früheres Leben genommen hatte. Und auch den nicht, der ihr die Kindheit genommen hatte. Warum eigentlich nur ihr? Was hatte Verena getan, daß Männer nur dazu da waren, sie zu strafen, ihr die Kraft zu rauben, sie in Gelee bewegungsunfähig zu machen oder sie auszulachen? Deshalb war sie damals geflohen, in diese spanische Stadt, und es hätte auch jede andere sein können, weg vom Vater, vier Jahre nach dieser Geschichte auf dem Rummelplatz, sie war gerade achtzehn geworden. Und obwohl er seither weg war, lag sie doch immer noch in diesem verdammten, verhaßten Geleebett, das ihr der eigene Vater hergerichtet hatte, der jetzt in der Hölle schmorte.

17

Der erste Frühlingstag mit seinen vorsichtigen Sonnenstrahlen ließ die Hoffnung auf den nahenden Sommer anwachsen, und so war die Entscheidung, heute sein erstes Bier im Freien zu trinken, schnell gefällt. Er trug einen dicken Kragenpulli unter der Jeansjacke und würde schon ein paar Minuten draußen aushalten. Weil er nicht wußte, ob der Biergarten im Schloßpark schon geöffnet hatte und damit ihm die mögliche Enttäuschung, nach etlichen hundert Metern Fußmarsch vor einer geschlossenen Theke zu stehen, nicht schon vorab die Stimmung vermiesen konnte, entschied sich der Buspassagier gegen das Risiko und ging zum Palast der Republik. Diese Kneipe hatte ihren wunderbaren Namen von Erichs Lampenladen in Berlin geklaut und war sinnigerweise ein ehemaliges Klohäuschen, das da verkehrsumbraust auf einer Art Verkehrsinsel lag, und wo der Buspassagier gerne den Abend einläutete und bisweilen auch wieder ausklingen ließ. Er kauerte sich mit seinem Bier draußen auf dem Rand eines großen Pflanzkübels nieder, trank den ersten Schluck und holte das Buch aus der Tasche. „Komisch", dachte er, „was ich für einen Mist lese! Was tut man nicht alles für ein gutes Spiel ..."

Also klemmte er seinen Stift hinters Ohr, legte den Notizblock auf dem rechten Schenkel bereit, um all die Informationen unterstreichen oder herausschreiben zu können, die für ein witziges Spiel mit Daniel, dem Religionsspinner, entscheidend sein könnten, und begann, das Buch zu lesen. Erst beiläufig und gelangweilt, dann immer interessierter, bis ihn die Materie in immer gespannteres und atemloseres Lesen hineingezogen hatte. Hätte der Buchautor in irgendeiner Form auch nur einen Hauch von Missionierungsgedanken hinterlassen, wäre das nicht passiert, denn der Buspassagier reagierte höchst empfindlich darauf, wenn ihn jemand oder etwas indoktrinieren wollte; er spürte dies immer und überall und inzwischen sogar gegen den Wind. Aber der Verfasser dieses Buches erklärte sich mehrmals als nicht gläubig, er sei lediglich ein investigativer Journalist. Und obwohl der Buspassagier so etwas sonst immer als besonders intelligenten Verkaufstrick abgeurteilt hätte, diesem Autor nahm er es intuitiv ab und war beeindruckt. Aber auch der Stoff hinterließ bei ihm einen bleibenden Eindruck, denn Daniel, der Spinner, hatte den Inhalt doch ganz passend zusammengefaßt: In der Tat schien die Bibel, dieses Buch, das ihn noch nie in irgendeiner Form interessiert hatte, einen einzigartigen Code zu beinhalten, die Beweise, die Michal Drosnin gesammelt hatte, schienen ihm überzeugend und stichhaltig zu sein. Wie lange er schon regungslos dasaß, merkte der Buspassagier erst, als die Kälte endgültig und gnadenlos durch seinen Winterpulli gekrochen war und er fast schon hundert Seiten gelesen hatte. Er schüttelte heftig den Kopf, als wolle er die Erkenntnisse des Buches von sich abschütteln, steckte es in seinen Rucksack und ging ins ehemalige Klohäuschen, um mit einer heißen Latte Macchiato der Kälte einen Gegenentwurf zu bieten. Während er an seinem Kaffee schlürfte, fiel ihm auf, daß er beim Lesen vom Wahrheitsgehalt des Buches überzeugt gewesen war, nein, überzeugt gewesen sein mußte, weil die Hin- und Beweisführung durch den Autor keinen Platz für Zweifel offen ließ. Und trotzdem war sein ganzer Geist momentan mit Vollgas auf allen Motoren damit beschäftigt, ihn das Ganze als esoterischen Humbug einstufen zu lassen. Warum nur, dachte er, und überlegte sich Folgendes: Er saß gerade an einem Holztresen und hatte dabei keinerlei Zweifel daran, nicht an einem Holztresen zu sitzen. Natürlich hätte man dies alles auch noch beweisen können:

Eine DNA-Probe und zwei, drei Zeugen stellen in Anwesenheit eines Notars erst mal die Identität des Buspassagiers fest. Eine von Polizeibeamten gesicherte Materialprobe des Tresens wird in einem chemischen Labor analysiert und eindeutig als „Holz“ bestimmt. Rechnungskopien weisen auf den Schreiner hin, der bestätigt an Eides statt, diesen Tresen gebaut zu haben und so weiter. Wie weit ließe sich dieses Spiel zurücktreiben? Wahrscheinlich könnte man irgendwann in einem Ortstermin sogar an dem Platz im Wald stehen, an dem der Tresen einst als Baum sein Leben fristete. Ging es noch weiter zurück? Natürlich: Ein Botanikprofessor der TU München-Freising/Weihenstephan könnte mit knapp hundertprozentiger Sicherheit nachweisen, daß der Baum nicht durch Zauberei, sondern durch Keimung aus einem Samenkorn entstanden war. Sein Mutterbaum war hundert Jahre alt und auch dieser hatte wiederum einen hundert Jahre alten Mutterbaum und so weiter und so weiter. Und nun kam der Knackpunkt: Wo kam der erste Samen her? Der Buspassagier schaute sich in der Kneipe um, als fürchtete er, man könne ihm seine Gedanken ansehen, denn ein bißchen schämte er sich schon dafür, Gedanken in infantiler Form zu wälzen, die Geistesgrößen vergangener Jahrhunderte bereits literarisch durchgekaut hatten, die er teilweise auch gelesen und sogar verstanden hatte, von denen er sich aber niemals hatte berühren lassen. „Genau, das war es, das charakterisiert mich bestens“, dachte er, während er dem Mädel am Tresen mit einer kleinen Bewegung bedeutete, sie möge ihm ein weiteres Bier bringen: „Ich berühre sehr gern, aber ich lasse mich nicht gerne berühren!“

Er streichelte gedankenverloren und zärtlich über den Tresen. Als er sich dabei erwischte, erschrak er und überlegte, ob er denn nun plötzlich gläubig geworden war oder nicht, ob er es womöglich schon immer gewesen war oder eben nicht. All dies führte zu keinerlei Gefühlen in ihm. Er hielt es sogar für etwas wahrscheinlicher, daß es einen Gott gab, als daß es einfach das Nichts war, das die Erde und die Sterne und das Universum und die Menschen und die Tiere und die Pflanzen entstehen ließ, aber es war ihm schlicht egal. Im übrigen scheitert auch jeder Glaube an der schlußendlichen Frage: Und wer hat Gott gemacht? Allerdings Gott müßte nur eine Dimension mehr besitzen als wir, dann wäre er frei von Zeit und Raum, dann fiele es ihm leicht, einfach schon immer da gewesen zu sein.

Natürlich spürte der Buspassagier auch, weshalb ihn diese Frage plötzlich so beschäftigte: Sein Spiel war bislang wertfrei gewesen, er hatte Schicksale bewegt und die Konsequenzen ausgeblendet. Er könnte einen gefundenen Geldbeutel ganz einfach beim Fundamt abgeben, das wäre – nach gesellschaftlichen Wertmaßstäben gemessen – die gute Version.

Die halbschlechte: vorher das Bargeld rausholen. Die ganz schlechte: die ums Bargeld entschlackte Börse gleich ganz wegwerfen. Alle drei Möglichkeiten waren nicht die seinen. Er zwang die Menschen nicht, ihren Geldbeutel zu verlieren und würde auch nie jemandem für ein Spiel die Börse aus der Tasche ziehen. Auch den Ringordner der Studentin hatte er dieser nicht aus der Tasche gezogen; sie hatte ihn auf der hinteren Busbank liegenlassen! Wenn jemand so sein Schicksal herausforderte und nicht auf seine Tasche oder sein Portemonnaie achtete, und der Buspassagier bekam es mit, dann führte er dieses Schicksal fort. Weder gnadenlos noch gnädig, einfach wertneutral. Ob das Ergebnis für den oder die Schicksalsgeschlagenen hernach leichter oder schwerer zu ertragen war – das interessierte ihn nicht. So hatte er bisher seine Rolle in dieser Welt gesehen. Nur: Falls es nun aber doch eine große übergeordnete Schicksalsmacht geben sollte, ob man sie nun „Gott“ oder „Großer Supercomputer“ nennen mochte, dann stellte sich plötzlich die Frage: War der Buspassagier in deren Schicksalspläne mit eingebunden? War womöglich alles und somit auch er Teil eines großen Masterplanes? Die bevorzugte kleine Schwesternschlampe, die seinen Streit mit dem Vater angelegt und letztendlich verursacht hatte? Der Onkel, der den Vater an ihrer Konfirmation besoffen machte und damit den Streit veranlaßt hatte? Waren das alles Bausteine in einem mehrdimensionalen, göttlichen Mosaik? War so der Busvertrag entstanden, damit der Buspassagier überhaupt in den Schicksalszusammenhang gestellt werden konnte, in dem er arbeitete?

Er schüttelte wieder den Kopf, und da das Mädel sein Bier vergessen hatte, beschloß er, ein bißchen durch die Nacht zu laufen. Irgendwie zweifelte er gerade, er wußte nicht einmal, woran, aber die kalte Märzluft kühlte seinen heißen Kopf etwas herunter, und als er ums Eck bog und ihm das Programmkino ins Auge stach, betrat er es spontan. Der Film hieß „Muxmäuschenstill“, und der Buspassagier löste eine Karte, ohne auch nur im geringsten zu wissen, worum es in diesem Film ging. Der Saal war recht leer, der Buspassagier richtete es sich gemütlich auf einem mittleren Platz in der mittleren Reihe ein, öffnete vorsorglich seine Chipstüte und die mit den Weingummis, ließ sich ein paar Zentimeter tiefer in den gepolsterten Kinositz fallen, trank einen Schluck Bier und blickte auf die Leinwand. Dort lief die auf ihre zehn Witze zusammengeschnittene Vorschau eines dämlichen Streifens, den er schon nach wenigen Sekunden zutiefst verachtete. Suchend blickten seine Augen auf dem kleinen Ablagebrett vor sich hin und her. Zunächst sah er nur seine beiden offenen Tüten und sein Bier in der ausgesägten Vertiefung umfallsicher dastehen, aber dann entdeckte er das kleine Vorschau-Faltblatt des Kinos, das er dankbar ergriff um darin zur Abwechslung zu schmökern. Rasch entdeckte er den Text zum Film, den er gleich anschauen würde und nahm die Gelegenheit wahr zu lesen, was ihn gleich erwartete: „Mux hat eine Vision: Der selbsternannte Weltverbesserer will seinen Mitmenschen wieder Ideale und Verantwortungsbewußtsein beibringen – und bläst zum Kampf gegen Fehltritte aller Art: Big Mux is watching you! Mit makellos gebügeltem Hemd verfolgt der Saubermann Schwarzfahrer und Schwimmbad-Pinkler, Falschparker und Graffiti-Sprayer."

Konnte das wahr sein? Um sich von seinen Gedanken abzulenken, läßt er sich ins Kino fallen und dort gibt es zufällig einen Film, der sein Leben beschreibt, wie es denn wäre, wenn er es falsch machen würde? Der ihm filmisch zeigt, was passiert, wenn man sich auf „Glück" und „Unglück" einläßt? Wenn man das Schicksalslenken mit moralischen Gedanken unterfüttert? Der Buspassagier dachte an Barcelona und seine Erkenntnisse aus dem Hundehaufen: Nein, dieser Film hatte mit seiner Arbeit nichts zu tun, ein Vergleich schied aus, die Prinzipien waren zu unterschiedlich. Er war keiner, der den Hundebesitzer jagt, weil dessen Vierbeiner auf den Flanierweg kackt. Im Gegenteil! Er, der Buspassagier, würde den Hundebesitzer viel eher dazu bringen wollen, daß seine Töle genau dahin macht! Während dieser Mux, so spekulierte er nach dem Vorankündigungstext, seine Arbeit daraus ableiten würde, daß jemand in den Hundekot treten könnte, war dem Buspassagier dies egal: ob der Hundehaufen zum Glück oder Pech eines Mitmenschen wird – wurst! „Also", schlußfolgerte der Buspassagier, „also gibt mir dieser Film keine Antwort. Also sind alle meine esoterischen Gedanken von vorhin Humbug, denn wenn es eine große Macht gäbe, die mich lenkt, dann hätte sie mich auch in einen Film lenken können, der Antworten gibt!" Er nahm den letzten Schluck seines viel zu hastig ausgetrunkenen Biers. Der Film hatte begonnen, und er verließ das Lichtspieltheater unter dem Gemurre der anderen, um sich an der Kasse eine weitere Flasche Bier zu holen. Damit bewaffnet kehrte er unter erneutem Gemurre an seinen Platz zurück, trank und sah und sah und trank. Der Film bewegte ihn kaum, er fand ihn auch nicht sonderlich gut, aber dann blitzte in ihm ein Verdacht auf: Was, wenn die große Schicksalmacht ihm bewußt Antworten vorenthalten wollte? Was machte dieser Film mit ihm? Nichts, er änderte nichts. Aber womöglich war genau das der große Plan, daß sich für ihn nichts ändern sollte? Der Buspassagier war nun endgültig in der „Ich weiß, daß ich weiß, daß ich weiß"-Falle, verließ den Film nach einer guten halben Stunde und eilte von einem drängenden Bedürfnis getrieben aufs Klo hinaus. Das Kino war so eng, daß alle anderen aufstehen mußten, um ihn hinauszulassen, und er war an diesem Abend in seiner Sitzreihe definitiv der Meistgehaßte. Auf dem Klo entspannte er, schwer atmend, seine unter hohem Druck stehende Blase. Er stützte sich beim Pinkeln mit der Stirn an den Fliesen ab, so wie er es immer tat, wenn er allein im Klo war. Dabei fiel sein Blick auf eine leer gerauchte Zigarettenpackung, und er registrierte den großen Warnhinweis darauf: „Rauchen kann zu einem schmerzhaften Tod führen".

Dann spann er diesen Gedanken als Radiocomic weiter. Sicher steht bald auf einem Staubsauger drauf: „Unbekleidetes Staubsaugen kann im Stolperfall zu unerwünschter Penisverlängerung führen!"

Und bevor Gott Menschen auf die Erde schickt, wird er auch sie mit Warnhinweisen versehen. Bei Männern: „Dieses völlig unfertige Wesen kann sie trotz anfänglichem Charme später mit Rauchen, Saufen, Sportschau und Skat in den Wahnsinn treiben!"

Und bei Frauen: „Für streßfreien Genuß innerhalb von zwei Jahren aufbrauchen!"

Das war schon eine ganze Witztrilogie! Wahrscheinlich konnte er als U-Boot auch noch den alten Witz mit durchschleusen, wo der Kunde die Zigarettenschachtel in der Hand hält, liest: „Rauchen kann Impotenz verursachen", sie entschieden zurückgibt und sagt: „Nein, die nicht! Geben Sie mir eine, die Krebs macht!"

Mit einem neuen Bier kämpfte er sich wieder auf seinen Platz vor und sah sich den Rest des Filmes an. Daß dieser Mux zum Schluß an seinem moralischen Wahn draufging und von einem Autofahrer überfahren wurde, der mit seinem Wagen zu schnell unterwegs war, wunderte ihn gar nicht. Er ahnte, daß der Film nun bald zu Ende war, und als er aufstand und an diesem Abend zum fünften Mal alle anderen zum Aufstehen zwang, trat einer nach ihm, ohne ihn zu treffen. Der Buspassagier verließ als erster das Kino und beschloß, diesen Film als Bestätigung für sein wertfreies Arbeiten zu nehmen und ansonsten die seltsamen Momente des bisherigen Tages insgesamt zu vergessen und abzuhaken.

Es war mittlerweile dreiundzwanzig Uhr geworden und er konnte sich Richtung Theodor-Heuss-Straße bewegen.

Bevor er seine Stammbar betrat, notierte er seine Radiogags in seinem Notizbuch. Im Rucksack fiel sein Blick wieder auf das Buch von Michael Drosnin. Zeitgleich bemerkte er, daß sich an diesem Tag ungewöhnlich viele seiner Gedanken um Religiosität gedreht hatten, Gott inzwischen sogar in seinen Radiogags auftauchte, und er beschloß, das Buch nicht mehr weiterzulesen.

„Wen haben wir denn da?" fragte die Frau am Tresen, neben der er unvermittelt zu stehen kam. Er brauchte ein paar Sekunden, um zu erkennen, daß es die Busfahrerin war.

„Die Busfahrerin!? Das ist ja mal eine Überraschung! Wo bist du denn so lange abgeblieben?"

Mist. Er hatte es zwar trotz der großen Überraschung, sie hier zu sehen, geschafft, verhältnismäßig ruhig zu bleiben, und obwohl er das Gefühl hatte, daß ihm das Blut dabei übel in den Kopf geschossen war, war er sich doch recht sicher, daß sie das im Dämmerlicht nicht bemerken konnte, aber seine Frage signalisierte eindeutig, daß er sich all die Monate mit ihr beschäftigt hatte.

„Ich war in Asien!"

„Wie, die ganze Zeit?"

„Wie meinst du denn das?"

„Das letzte Mal habe ich dich im November gesehen!"

Mist, auch das war entlarvend, und diesmal hatte sie es bemerkt, denn sie grinste plötzlich.

„Wenn du mich nicht mehr siehst, muß ich automatisch weg sein oder was?"

„Nein, mir ist das egal, ich erinnere mich nur zufällig daran, daß ..."

„Fünfzehnter Dezember bis fünfter März!"

„Du bist vorgestern erst heimgekommen?"

„Ja!"

„Und wo in Asien?"

„Kennst dich aus?"

„Was heißt auskennen, ich war mal in Malaysia, Indonesien, Thailand – das übliche!"

„Dann hast du ja schon recht viel gesehen. Ich war diesmal witzigerweise nur in Thailand, einfach entspannen, nicht so viel Abenteuer."

„Und warst du allein?

„Wieso fragst du das?"

Sie schaffte es, ihm mit scheinbar belanglosen Gegenfragen immer die kleine Rolle zuzuspielen, was ihn mächtig ärgerte.

„Ich frag nur so – als Frau allein in Asien, ich weiß nicht!"

„Wieso nicht?"

„Na ja, ist ja doch ein Risiko, oder? Ich meine, Frauen reisen wirklich selten allein, entweder in einer Gruppe, mit Freundin oder mit ...“

Sie schwieg seine Frage einfach weg und nippte am Strohhalm ihres Sektes, den man mittlerweile nicht mehr im Glas, sondern aus der Piccoloflasche mit Halm trank, und er nutzte die kleine Gesprächspause, um sich ein Bier zu bestellen. Er konnte es sich zwar kaum vorstellen, aber offensichtlich war sie allein hier, oder der freie Platz neben ihr, den er eingenommen hatte, gehörte irgendeinem Klogänger, den sie ihm gleich vorstellen würde und der ihn dann mit einem: „Hallo, wie geht's?“ freundlich brutal von diesem Platz vertreiben würde.

Er hatte sein Bier erhalten, sie nickte ihm zu und deutete dabei ein Zuprosten an, und er schnappte sich diesen Faden, um wieder anzubandeln.

„Und? Fährst jetzt wieder den Zweiundvierziger?“

„Klar. Erstens setzen die niemanden um, der sich nicht beklagt und mit dem es keine Schwierigkeiten gibt, und außerdem hat's auf dem Zweiundvierziger die interessantesten Passagiere!“

Wie meinte sie das? Er versuchte, mit einem Seitenblick in ihre Augen zu sehen, aber sie blickte weg und saugte an ihrem Sekt. Er musterte sie verstohlen und war hin und weg von ihr. Zwar hatte er auch im Bus immer wieder ihre Attraktivität bemerkt, aber nun, wie sie neben ihm auf einem Barhocker saß, die Beine verschränkt, so daß der kurze Rock noch etwas nach oben rutschte, wunderschöne, ewig lange, braungebrannte Beine, die in straffer, feinporiger Haut steckten. Ihre Füße waren makellos, sie steckten trotz der noch etwas kühlen Witterung in Flip-Flops, so daß sich der Buspassagier kurz für seinen dicken Winterpulli schämte. Er konnte ihre Füße ausgiebig betrachten, sie waren sehr gepflegt, die Fußnägel sauber lackiert, ein kleiner silbernen Fußring, garantiert aus Thailand, zierte ihren Zeigezehen – das Wort mußte er sich merken, das ließ sich garantiert mal fürs Radio verwenden –, und ihre Fersen waren wunderschön. Nichts fand der Buspassagier abstoßender als verkrustete, trockene, dick-rissige Elefantenhaut an einer Frauenferse, aber diese Exemplare hier schienen ganz weich zu sein. Garantiert cremte sie ihre Füße regelmäßig ein, das war das A und O, aber die wenigsten Frauen wußten es oder schienen es zu wissen oder beachteten es. Zwischen Rockbund und T-Shirt klafften die üblichen drei, vier offenen Bauch-Zentimeter, und bevor sein Blick auf ihrem wunderbaren Busen verharren konnte, der sich unter dem gelben T-Shirt spannte, als wollte er es zerreißen, hatte sie seinen Blick wieder eingefangen und schaute ihm tief in die Augen. Solche Augen hatte der Buspassagier noch nie gesehen, und er spürte deutlich, was er schon vor einem Vierteljahr beim Heimlaufen geahnt hatte: Es konnte durchaus sein, daß es komplett um ihn geschehen war. Die Frau war in seinem Alter, also über dreißig, könnte sein, dachte er instinktiv, daß er sie vor fünfzehn Jahren nicht einmal bemerkt hätte. Ihm fiel auf, wie man im Maße des eigenen Verfalls den des anderen nicht mehr wahrnimmt; sie hatte Fältchen an den Augen, die ihr Alter verrieten, sie hatte eine Lücke zwischen den beiden großen vorderen Schneidezähnen und sie hatte keine völlig gerade Nase, aber all dies machte sie für ihn um so anziehender.

„Und, was machst du so?“ fragte sie, saugte am Strohhalm und blickte ihn leicht von unten an.

„Wie?“

„Was du so machst, außer Bus fahren?“

„Dies und das!“

„Geht’s noch konkreter?“

„Na ja, das ist eine komplizierte Geschichte!“

„So kompliziert wird das doch nicht sein? Ich fahre Bus, und verdiene mein Geld damit. Und du fährst auch Bus, und womit verdienst du dein Geld?“

„Siehst du, jetzt sind wir schon mitten drin in der komplizierten Geschichte – ich verdiene mein Geld auch beim Bus fahren.“

„Bist du ein Bus-Spion? So eine Art Testeinkäufer im Supermarkt?“

„Nein, gar nicht, es ist völlig harmlos, aber irgendwie auch kompliziert, und ich will es jetzt eigentlich lieber nicht erzählen, ein andermal vielleicht.“

„Sie schaute ihn provozierend an: „Hat dir das mal einer geraten?“

„Was?“

„Ein Geheimnis um dich rum zu basteln, um attraktiv zu wirken?“

„Wirke ich denn ohne Geheimnis nicht attraktiv?“

Das war ihre Methode, er hatte sie begriffen und den Spieß sofort umgedreht. Sie lachte und antwortete: „Nein, tröste dich, ich kenne einen, der ist noch viel häßlicher als du!“

„Muß mein Zwillingsbruder sein!“

Sie schaute ihn überrascht und ernst an: „Hast du einen?“

„Nein – du?“

„Nein, ich habe keinen Bruder!“

„Hast du denn eine Schwester?“

„Ich möchte nicht darüber reden!“

„Aha, du möchtest nicht über deine Schwester reden, aber ich soll sofort über meine Busfahrten auspacken?“

„Ich bitte dich: Eine Schwester ist ja wohl auch viel persönlicher als eine Busfahrt!“

„Völliger Blödsinn!“

„Warum Blödsinn?“

Der Buspassagier fürchtete, daß sich nun im Gespräch eine Kontroverse auftun könnte und war sich über deren Auswirkung nicht ganz im klaren. Zum einen sollte zu Beginn einer Begegnung immer große oder möglichst sogar ausschließliche Harmonie herrschen, sonst richten sich womöglich innere Widerborsten auf, die man ein Leben lang nicht mehr wegkriegt. Aber diese Frau war ein echtes Gegenüber, und wenn er keine gewisse Stärke zeigte, könnte er sie womöglich langweilen. Sie war keine, die lockerließ, er mußte kontrollierten Meinungsgegendruck aufbauen. Auch dieses Wort gefiel ihm gut, und am liebsten hätte er es sich sofort in seinen Notizkalender geschrieben. Während sie ihn scharf ansah und er seine Antwort an sie vorbereitete, fixierte er noch kurz im Zwischenspeicher hinter dem Stammhirn seine beiden neuen Worte: Zeigezehen und Meinungsgegendruck.

„Weil eine Busfahrt viel persönlicher sein kann, als eine Schwester! Es gibt nichts Persönlicheres als eine Fahrt im Bus!"

Sie schaute ihn bloß leer an. Da hatte er nun irgendeine hohle These aufgestellt, von der er selbst nicht wußte, wie sie in seinen Kopf geraten war und mußte nun sehen, wie er sich einigermaßen intellektuell wieder herauswand.

„Schau, meine Schwester ist eine kleine, alberne Ziege, die berührt mich überhaupt nicht. Aber eine Busfahrt kann mich ziemlich berühren, natürlich immer davon abhängig, wer den Bus lenkt!"

Sie lächelte und öffnete ihm so die Tür aus seiner Thesenfalle.

„Meine Schwester zum Beispiel ist nicht in der Lage, einen Meinungsgegendruck aufzubauen ...", er überprüfte mit einem kurzen Blick, wie und ob sein neues Wort angekommen war, „... und das ist beispielsweise bei dir völlig anders!"

„Bist du eigentlich Schriftsteller?"

„Wieso?“

„Weil du so gern mit Wortneuschöpfungen rumhantierst. Außerdem kann ja nur ein Schriftsteller schwachsinnig den ganzen Tag im Bus rumfahren und behaupten, er verdiene sein Geld damit, und außerdem kritzelst du die ganze Zeit in deinem Notizbuch rum!“

„Ich glaube eher, daß du der Bus-Spion bist!“ gab er den Ball von vorhin zurück: „Woher willst du denn wissen, daß ich den ganzen Tag mit dem Bus rumfahre?“

„Hast du doch eben gesagt!“

„Hab ich nicht!“

„Hast du nicht, ehrlich? Magst du was trinken?“

„Ja, gerne, noch so ein Bier!“

Sie drehte ihren Oberkörper von ihm weg zur Bar hin, und die Spannung, die diese Verdrehung in ihrem Körper machte, empfand der Buspassagier als unglaublich erotisch. Er blickte auf ihre linke Schulter, und der klare Verlauf der Muskeln unter der Haut verursachte ihm einen Ansatz von Erektion, was er so voreilig schon lange nicht mehr erlebt hatte. Dummerweise klemmte sein Penis irgendwo unten in der Unterhose, was die Spannung unangenehm machte und kurz war er versucht, mit einer schnellen Bewegung in die Hose zu fahren und seinen Freund mit dem Gesicht nach oben zu bringen, aber da hatte sie auch schon das Bier in der Hand, reichte es ihm und seine Konzentration auf das weitere Gespräch löste das Problem auf biologische Weise. „Also, was schreibst du denn immer in deinen Block hinein?“

„Ich notiere mir Dinge!“

„Ach!“ spottete sie, „das hätte ich jetzt als letztes gedacht! Hört mal alle her: Er notiert Dinge in einen Notizblock! Das ist einmalig auf dieser Welt!“

Sie hatte den letzten Satz wirklich laut in die Runde gerufen, und ein paar Typen, die sie ohnehin die ganze Zeit schon angelinst hatten, nahmen ihren Kontaktaufbau dankend an, prosteten ihr zu, obwohl sie wegen der lauten Musik inhaltlich nichts verstanden haben konnten. Aber das waren Typen, die auch ohne laute Musik nichts kapierten. Der Buspassagier stellte den Kontakt zu ihr wieder auf eine exklusive Ebene, indem er seinen Stuhl etwas näher an sie heranzog und sich vorbereitete, seine Waffe zu ziehen: „Ich schreibe – fürs Radio!"

Er trank einen Schluck aus der Flasche und verschaffte seinen Worten somit die angemessene Pause.

„Fürs Radio? Was denn?"

„Gimmicks! Comics! Satire! So Zeug!"

„Ist ja interessant!"

Er kannte die Wirkung dieser Offenbarung und war nun wieder ganz auf der Höhe seiner diplomatischen Fähigkeiten. Nun sofort interessiert auf sie zurückschwenken, sie würde schon noch alles über seine Arbeit erfahren, und so viel war es schließlich auch nicht!

„Und du? Warum fährt eine Frau wie du im Bus?"

„Warum wundert dich das? Du fährst doch auch Bus!"

„Ja, aber nicht beruflich!"

„Hast du aber vorher behauptet!"

„Ja, klar, du weißt doch, was ich meine!"

„Nein, das mußt du mir schon sagen!"

Diese Frau war ein harter Brocken.

„Okay, ich sag es dir, aber nur unter einer Bedingung!"

„Und die wäre?"

„Nichts von dem, was ich gleich dazu sage, wird gegen mich verwendet, auch nicht subtil, und ich kriege keine Chauvi-Vorwürfe!"

„Das waren jetzt aber zwei Bedingungen!"

„In Ordnung: Ich sage es dir nur unter diesen zwei Bedingungen!"

„Abgemacht!"

„Hand drauf!"

Sie reichte ihm ihre Hand, und er hielt sie länger fest als nötig.

„Warum arbeitet eine Frau als Busfahrerin, die mit ihrer Klugheit eine Firma leiten und mit ihrer Schönheit jeden Monat Playmate vom Playboy sein könnte?"

Jeder Mensch hört gerne Komplimente, dachte sich der Buspassagier und versuchte zu ergründen, weshalb man eigentlich so blöd war. Entweder die Komplimente waren schamlos übertrieben, das wußte man aber selbst: erzähl einem dicken Typ mit schiefem Mund und krummer Nase, er sei sehr anziehend und attraktiv – er weiß, daß du lügst und wird sich trotzdem freuen. Wenn du nicht lügst, weil du einem klugen und schönen Menschen sagst, er sei klug und schön – wird er dich ebenfalls anstrahlen.

Sie strahlte ihn an: „Du bist süß! Danke fürs Kompliment!"

„War doch gar kein Kompliment! Komplimente sind doch nichts anderes als diplomatisch kontrollierte Lügen, ich bin ein Hohepriester der Wahrheit!"

„Mach halblang!"

„Und?"

„Was und?"

„Wie kommt eine Frau wie du in den Bus?"

Sie schaffte in ihrem Röhrchen einen so kräftigen Unterdruck, daß der Sekt mit einem großen Schwapp in ihren Mund drückte und sie sich fast verschluckt hätte! „Du, ich hab nach dem Abi erst studiert, Philosophie und Rhetorik in Tübingen, aber ..."

Das war eines jener „aber", das kein Nachfragen erforderte, sondern den Restsatz nach einer kleinen Pause automatisch nach sich zog, und so schwieg er, bis sie fortfuhr: „... aber dann habe ich den Busführerschein gemacht, mein Stiefvater arbeitet bei der US-Army, da konnte ich das umsonst erledigen, das habe ich einmal in den Semesterferien hinter mich gebracht und dann ...", sie stockte kurz und fuhr dann rasch und mit einem klaren Punkt am Schluß fort, „... dann ist was in unserer Familie passiert, und dann hab ich das Studium bis auf weiteres abgebrochen, und fahre jetzt erst mal Bus!"

Klarer konnte sie durch ihre Körpersprache nicht ausdrücken, daß sie nun über dieses Thema nicht weiter reden wollte. Der Buspassagier war mit dem Verlauf des Gesprächs sehr zufrieden. Ohnehin ging es in dieser Frühphase einer Begegnung kaum um konkrete Inhalte, sondern vielmehr um das, was man fühlte, und das war positiv. Ihm gefiel diese Frau sehr gut, und sie fand ihn offensichtlich nicht ausgesprochen unsympathisch – mehr war nicht zu wollen fürs erste!

„Fürs Radio, ist ja interessant!" nahm sie unvermittelt den Faden von vorhin wieder auf, „sprichst du auch, oder ..."

„Nein, ich schreibe nur!"

„Und für wen?"

„Kennst du die Morningshow von der Hundertzwölf Komma Vier?"

„Ja klar! Die ist gut!"

„Die Gags sind von mir!"

„Alle?"

„Sagen wir mal: die guten!"

„Sag doch mal!"

„Wie jetzt?"

„Erzähl doch mal einen Gag der letzten Tage, der von dir gesendet wurde!"

„Hmmm ...", dachte er spielerisch angestrengt nach, „... was war denn gleich ... ja, ich hatte was zum Kopftuchstreit geschrieben, weil muslimische Lehrerinnen nicht mit Kopftuch im Unterricht erscheinen sollen."

Er zündete sich eine Zigarette an, nahm einen tiefen Zug, hielt das berauschende Gift sekundenlang tief in der Lunge fest, heftete seine Augen auf die Busfahrerin und drehte dabei den Kopf nach oben, damit der Rauch an ihr vorbeizischen konnte, stieß ihn dann hastig aus und sprach weiter: „Also, der ging so: Wenn das Kopftuch verboten wird als Symbol für radikalen fundamentalistischen Islamismus, okay! Dann muß aber auch verboten werden: auf der Hutablage die umhäkelte Klorolle! Als Symbol für radikales Sonntagsfahren auch unter der Woche!"

Sie lachte laut auf, griff wie selbstverständlich in jene Tasche seiner Jeansjacke, wo sie das Verschwinden seiner Zigarettenschachtel registriert hatte, holte sich, ohne zu fragen, eine Zigarette heraus und steckte sie zwischen ihre sinnlichen Lippen. Er fingerte rasch in seiner vorderen Jeanstasche nach dem Feuerzeug, und als er ihr Feuer gab, legte sie dazu unnötigerweise ihre Hand auf seinen Arm. Selten in seinem Leben hatte sich der Buspassagier so glücklich gefühlt. Einzig irritiert war er durch diesen komischen Kerl, der hinter der Busfahrerin stand und immer wieder hersah. Für einen, der sie nur anmachen wollte, war er zu aufdringlich, und für einen, der zu ihr gehörte, zu zurückhaltend.

„Den hab ich gehört!" sagte sie, „ich habe sehr gelacht, im Bus!"

„Fährst du morgen wieder?"

„Klar."

„Dann sehen wir uns – wie heißt du eigentlich?"

„Busfahrerin. Und du?"

„Buspassagier!"

Er drückte seine Zigarette im Aschenbecher aus.

„Was ich dir schon immer sagen wollte: Du kannst dir auch ein Monatsticket kaufen, das kommt dich viel günstiger als das Einzelticket. Außerdem kannst du mit einem Fahrschein eineinhalb Stunden lang in eine Richtung fahren, du mußt nicht in jedem neuen Bus ein neues Ticket kaufen!"

Dieser Gesprächsverlauf gefiel ihm nun gar nicht, er wollte nicht über seinen Verdienst und den Busvertrag mit seinem Vater sprechen, das war zu früh, und er hatte seine schlechten Erfahrungen damit im Nacken. Um schnell das Thema zu wechseln, griff er zum nächstbesten Gedanken, der gerade wie ein Blatt auf seinem Hirnfluß trieb.

„Weißt du übrigens, daß die Busfahrer in Barcelona praktisch immer einen Kumpel dabei haben, der vorne bei ihnen steht und ihnen die Langeweile vertreibt?"

Er hatte sie nicht angeschaut, weil er beim Sprechen nach einer neuen Zigarette fingerte, daher konnte er die Veränderung in ihrem Gesicht nicht wahrnehmen und fragte unverdrossen weiter: „Warst du mal da?" Als sie wieder nichts antwortete und er sie wieder nicht ansah und deshalb wieder nichts bemerkte, wiederholte er seine Frage: „Barcelona? Warst da mal?"

„Wie kommst du jetzt darauf?"

Ihre plötzliche Tonlosigkeit überraschte ihn, und er sah rasch zu ihr hin. Sie schien verändert, ihr Gesicht hatte etwas Hartes, Abweisendes bekommen!

„Ich war da mal", faßte er nach, „letztes Jahr im März. Was ist mit Barcelona? Was hast du?"

„Ich habe dort sehr schlechte Erfahrungen gemacht. Aber das ist lange her ... und jetzt ist es verdammt spät, ich muß gehen!"

Damit griff sie mit einem schnellen Griff zu dem Typen, der dem Buspassagier den ganzen Abend schon komisch vorkam, zog ihn zu sich heran, drückte ihm einen Kuß auf den Mund und sagte: „Peterchen, laß uns gehen!"

Dem Buspassagier fehlten die Worte. Kurz überlegte er, was er sagen könnte, aber es wäre nichts Überzeugendes dabei herausgekommen, zumindest nichts, womit er seine innere Betroffenheit hätte verstecken können. Deshalb drehte er sich um und verließ die Kneipe. Er mußte in Krisensituationen immer alleine sein und durfte nicht beobachtet werden. Während er den knappen Kilometer zum Palast der Republik zurücklief, war er überrascht, wie stark die Enttäuschung und wie schwach die Verletzung in ihm war. Verletzung setzt einfach eine längere Zeit des Kennens voraus. Wenn man sich länger kennt, wird man sich eher verletzen als enttäuschen können. Wenn man sich erst kurze Zeit kennt, verhält es sich umgekehrt. Am Palast angekommen, trank er noch so lange, bis er sein achtes Bier des Abends intus hatte. Dann zog er seinen Notizblock, notierte die Inhalte aus dem Zwischenspeicher seines Kopfes und entdeckte dabei Daniels Nummer. Ohne groß nachzudenken rief er ihn an. Es war schon weit nach ein Uhr, und dieser Religionsspinner dürfte schon schlafen und ordentlich erschrecken.

„Ja, Daniel hier, hallo?“ antwortete eine überraschend frische Stimme. Der Buspassagier war perplex und benötigte eine Sekunde zum Nachdenken, die Daniel mit einem fröhlichen „Hallo?“ ausfüllte.

Der Buspassagier hatte sich wieder gefaßt.

„Daniel?“

„Ja?“

„Hier spricht ein Freund!“

„Wer?“

„Ein Freund. Daniel, hör genau zu: Wir haben dem Bibelcode entnommen, daß es für dein weiteres Leben von großer Bedeutung ist, daß du ab sofort immer – und zwar wirklich immer – mit einer Kopfbedeckung herumläufst, weil das für die Zukunft dieser Welt sehr wichtig ist, hast du das verstanden, Daniel?“

Am anderen Ende war eine kleine Pause entstanden: „Bist du das?“ fragte Daniel nach.

„Ich bin ein Freund, mehr darf ich nicht sagen!“

„Ich meine, bist du der Typ, der im Bus hinter uns saß und unser Gespräch über den Bibelcode mitgeschrieben hat?“

Der Buspassagier wußte nicht, wie ihm geschah.

„Du bist es doch!“ freute sich Daniel, „du hast unser ganzes Gespräch mitgeschrieben und so getan, als schreibst du was aus deinem Buch heraus, stimmt's? Das warst du doch, oder?“

„Ja“, sagte der Buspassagier.

„Ich hab auf deinen Anruf gewartet!“

„Was soll das denn alles bedeuten?“

Der Pfleger schaute den Fragenden mit einem unglaublich satten Blick an: Nun hatte er ihn da, wo er ihn bei dieser Erzählung haben wollte – in der totalen Abhängigkeit. Nun war der Azubi an der Stelle des Films angelangt, an der man nicht mehr aufstehen kann, selbst wenn die Blase noch so drückt, und der Pfleger war der Filmvorführer. Zum Leidwesen des Pflegers aber hielt dieses Gefühl nicht lange bei ihm an, denn erst jetzt sah er das triumphale Leuchten in den Augen des Azubi.

„Ich hab's doch gesagt!“

„Was hast du gesagt?“

„Daß sich Daniel zur Schlüsselfigur entwickelt! Das hab ich gesagt!“

„Das kannst du noch hundertmal sagen, und es bleib immer noch Unsinn: Daniel setzt den Alten auf den Bibelcode, das ist wahr. Das ist aber schon alles, nicht mehr und nicht weniger.

„Ich tippe auf mehr, Chef, viel mehr!“

Der Pfleger winkte genervt ab, was den Azubi schnell zu einer anderen Frage veranlaßte:

„Aber eines ist doch ganz komisch; warum reagiert die Busfahrerin so seltsam auf Spanien? Das ergibt doch alles keinen Sinn?“

„Wir haben noch ...“, der Pfleger dehnte die Worte genüßlich aus und schaute dabei ausgiebig auf seine Armbanduhr, so, als sei er ein ABC-Schütze, der eben erst das Uhrlesen gelernt hat „... etwa ... knapp fünfzehn Minuten, das reicht!“

„Wofür?“

„Um dir den Sinn noch preiszugeben!“

„Also los, worauf warten Sie dann noch? Wollen Sie etwa noch eine Zigarette?“

„Die würde gut zu dem Cappuccino passen, den du mir gleich noch bestellen darfst!“

„Das ist dann der dritte Kaffee und die vierhundertste Zigarette!“ spottete der Azubi und reichte seine Schachtel über den Tisch, „Sie werden noch mal dran sterben!“

„Werde ich nicht!“

„Sind Sie da ganz sicher? Bei der Menge Teer, die Sie inhalieren?“

„Ich bin mir da ganz sicher!“

Der Azubi war etwas irritiert von der Festigkeit, mit der der Pfleger sprach und die in diesem Gesprächssegment keinerlei humorvolle Deutung zuließ. Also fragte er plötzlich auch ganz ernst: „Sie sind sicher, Sie werden nicht an den Folgen von Kaffee- oder Zigarettenmißbrauch sterben?“

„Ganz sicher!“

„Wie können Sie so sicher sein?“

„Der Alte hat nachgeschaut!“

18

Vier lange Wochen hatte der Buspassagier gebraucht, um die Busfahrerin aktiv zu vergessen, respektive den Traum, in den er sich mit ihr hineingeträumt hatte. Absichtsvoll hatte er zum ersten Mal seinen Monatslohn ausschließlich auf Busstrecken im Randgebiet der Stadt erfahren und seine Abende konsequent im Bohnenviertel verbracht, was eigentlich gar nie seine Gegend gewesen war, aber hier fühlte er sich vor ihr, ihren langen Beinen, ihren schönen Augen und ihrem dämlichen „Peterchen“ sicher. In für ihn völlig neuen Kneipen gab er sich intellektueller Jazzmusik hin und kam sich manchmal so vor, als sei er neu in dieser Stadt. Daß ihn die letzte libidinöse Geschichte stark mitgenommen hatte, merkte er daran, daß ihm das Drechseln von Radiogags plötzlich gar nicht mehr leicht von der Hand ging, bisweilen wurden seine Gags vom Comedychef sogar mit einem „... im Ansatz gut ... da steckt viel Komisches drin ... geh doch einfach noch mal drüber und bring's auf den Lachpunkt!“ abgelehnt, was er nicht kannte und was ihn zutiefst beunruhigte und verunsicherte. Zudem hatte er sich auch noch eine lästige Frühlingsgrippe eingefangen, so eine, die neu für ihn war. Die Verschleimung saß diesmal so tief, daß sie quasi gar nicht abzuhusten war; man hustete sich heiser und hatte danach immer noch kurz oberhalb des Magens den Schleim sitzen. Was war das denn? Sonst immer hatte sich ihm sogar eine Erkältung von ihrer zufriedenstellenden Seiten gezeigt, dann, wenn sich der Schnupfen mal dahin entwickelt hatte, daß man mit einmal Schnäuzen eine richtig satte Portion Nasensaft ins Papiertaschentuch kriegte, oder wenn man nach einem tiefen Husten das Gefühl haben durfte, seine Bronchien von gut zweihundert Gramm Schleim befreit zu haben, das hatte dem Buspassagier stets gut gefallen. Er war einer, der zu seinem Körper stand und zu allem, was sein Körper machte. Diese Erkältung war unbefriedigend, und dieser April war einfach nicht sein Monat gewesen, ganz und gar nicht. Er hatte ihm auch nur ein einziges Busspiel ermöglicht, was wahrscheinlich den absoluten Negativrekord darstellte:

Eine Frau hatte auf der Busfahrt ihrer Freundin von der kommenden Scheidung berichtet und darüber, wie sie ihren Mann zu überlisten gedachte.

Sie hatte sich von einer Freundin pro forma als Hauptmieterin einer Fünf-Zimmer-Wohnung eintragen lassen, in der sie nicht wohnte und nicht zu wohnen gedachte, und von einem Freund einen Arbeitsvertrag bei einer Werbeagentur geben lassen, der ihr ab dem Monat nach dem Scheidungsprozeß ein horrendes monatliches Honorar sicherte. Lachend erzählte sie, daß sie dort nicht arbeiten werde und dieses Geld nie sehen würde, damit aber vor Gericht alle Trümpfe in der Hand halte, um ihrem Mann die beiden Kinder abzuluchsen.

Sie schaffte es tatsächlich beim Tratschen, den Namen des Freundes und den der Werbeagentur zu nennen, die Straße der Scheinwohnung und den Arbeitgeber ihres Mannes.

Gut, das ließ sich schnell notieren und anonym an den Empfänger weiterleiten, aber so richtig spektakulär war dieses Spiel nicht. Unter dem Eindruck solch negativer Gedankenlast betrat der Buspassagier am letzten Tag des April den letzten Bus seiner heutigen Schicht, der ihn vom Max-Eyth-See in die Stadt bringen sollte, als ihn eine Stimme aus seiner Trance riß:

„Na, da schau einer an! Der Buspassagier!“

Es war die Busfahrerin!

„Was machst denn du auf dieser Strecke?“ fragte er verdutzt.

„Urlaubsvertretung!“ sagte sie und drückte hintereinander auf zwei Knöpfe, was zischend zuerst die vordere und dann die hintere Türe zuschnappen ließ. Sie warf einen raschen, prüfenden Blick in den Rückspiegel, um sich busfahrertypisch zu versichern, daß sich zu diesem Zeitpunkt mindestens ein Fahrgast noch nicht hingesetzt haben konnte, setzte den Bus in Bewegung und drückte so eine alte Dame in den Schoß eines Schülers, dem dies alles offensichtlich sehr unangenehm war.

„Ist schon Euer Spiel, oder?“ fragte er.

„Was?“

„Immer einem das Gleichgewicht nehmen!“

Er mußte sich selbst ordentlich an der silbernen Metallstange festhalten, um von ihrer fulminanten Anfahrt nicht umgestoßen zu werden.

„Der knapp kalkulierte Fahrplan zwingt uns dazu!“ flunkerte sie und wechselte unvermittelt das Thema: „Und? Was war mit dir? Warst du in Asien oder beleidigt?“

Sie hatte eine umwerfend direkte und offene Art, der Buspassagier zwang sich, möglichst cool zu bleiben.

„Weder noch! Ich hatte viel zu tun!“

„Aber nicht fürs Radio?“

„Doch!“ log er.

„Stimmt nicht!“ behauptete sie, „erstens habe ich bei denen in den letzten vier Wochen so gut wie nichts wirklich Witziges mehr gehört, so daß ich schon kurz davor war, den Sender zu wechseln, und außerdem behauptest du doch immer, du schreibst deine Gags im Bus!“

„Was heißt denn da immer? Wie oft haben wir uns gesehen? „Dreimal, seit wir miteinander reden, und davor dutzend Male!“ sagte sie, und er hätte es bemerken können, wie gut sie es wußte. Doch sein Konter kam zu schnell, als daß sein Gehirn noch Zeit gehabt hätte, sein Sprachzentrum von der Entdeckung zu informieren. „Außerdem muß ich doch nicht immer auf deiner Linie fahren oder?“ entgegnete er.

„Wer ist da jetzt beleidigt?“

Sie lachte. Es machte ihr offensichtlich Spaß, ihn in die Defensive zu drängen.

„Ich kann gar nicht beleidigt sein“, widersprach sie, „ich war ja in Asien, und meine Frage hieß: Asien oder beleidigt!“

„Ich war auch in Asien!“

„Aber bei mir ist es nachweislich kürzer her!“

Nun waren sie an einem Gesprächspunkt angelangt, den der Buspassagier kannte, per se haßte und gelegentlich sogar fürchtete, denn dieser Punkt hatte die Macht, eine Stille zu erzwingen, eine Pause der Besinnung, aus der heraus man irgend etwas tun mußte, entweder einen harmonischen Themenwechsel finden oder sagen: „Gut, dann setz ich mich mal hin!“ oder so, und weil er im Augenblick nicht abschätzen konnte, welche negativen Folgen das haben könnte, führte er das Gespräch lieber weiter, auch wenn es dadurch null und nichtig wurde, peinlich und albern.

„In der Kürze liegt die Würze!“

So etwas zum Beispiel! Warum sonderte er derartige Plattitüden ab? Bescheuert! Wenn so ein Gespräch in der mentalen Nullrunde die peinliche Pause wenigstens hätte verhindern können, aber nein! So kam sie eben zeitverzögert, aber deshalb leider nicht minder peinlich! Während er innerlich krampfhaft nach einem überleitenden Thema hangelte, setzte sie einen frivolen Gedanken nach:

„Ob lang oder kurz, ist völlig egal. Es kommt darauf an, was dahinter steckt!“

„Über kurz oder lang kommt es nur drauf an, daß dahinter nicht nichts kommt!

„Hauptsache, es kommt!“

„Komm: Mach halblang!“

Glücklicherweise zwang eine Haltestelle zur Gesprächspause, und beide hatten danach die Chance, wieder auf anderer Gesprächsebene einzusteigen.

„Fährst du jetzt immer den Vierundfünfziger?“

„Ne, nur für zwei Wochen, Urlaubsvertretung! Hab ich doch gesagt – hörst du denn eigentlich gar nie zu?“

„Das ist jetzt wieder eine typische feminine Pauschalierung!“

„Eine was?“

„Feminine Pauschalierung – auf so was würde ein Mann nie kommen!“

„Da gibt’s noch mehr!“

„Nein! Ich meine, du hast mir gesagt, du machst Urlaubsvertretung, aber du hast mit keinem Wort erwähnt, für welche Zeit! Was weiß ich, wie lange man bei Euch Urlaub kriegt, und was weiß ich, ob man danach womöglich auf der Linie weiterfährt?“

„Reg dich doch nicht so auf! Schön, dich wieder zu sehen!“

Derartige Schlenker brachten wirklich nur Frauen hin, der Buspassagier war beeindruckt und schwieg. Sie fuhren schweigend ein paar Straßenzüge entlang, und der Buspassagier merkte, daß er innerhalb kürzester Zeit wieder in die wohlige Zufriedenheit abgetaucht war, die sie in ihm erzeugte und der er die letzten vier Wochen mühevoll abgeschworen hatte. Er zwang sich, an Peterchen zu denken, und das half ihm auch sehr rasch, wieder auf Normaltemperatur abzukühlen. Er wollte sich eben verabschieden und demonstrativ in die letzte Reihe setzen, als die Busfahrerin das Gespräch wieder aufnahm: „Siehst du diesen Birnbaum?“

„Welchen?“

„Den da! Da vorn!“

„Den großen?“
„Genau den. Was schätzt du, wie alt der ist?“
„Puhh, schwere Frage: zwanzig?“
Sie schaute ihn im Rückspiegel an, um zu prüfen, ob er einen Witz versucht hatte.
„Komm! Sag!“
„Ne echt, ich hab keine Ahnung! Warum?
„Hundertvier Jahre!“
„Wahnsinn – woher weißt du das?“
„Den hat mein Uropa gepflanzt.“
„Verarsch mich nicht.“
„Nein! Im Ernst!“
„So alt? Unglaublich!“
„Ich spaziere da oft raus, nach meiner Arbeit!“
„Mit Peterchen?“
Das hatte er sich einfach nicht verkneifen können. Sie schaute ihn intensiv durch den Rückspiegel an.
„Manchmal ja, tatsächlich! Manchmal mit Peterchen, aber meistens allein!“
„Aha.“
„Ich rede mit diesem Baum!“
„Du, jeder lebt seine Psychosen anders aus – ich rede immer mit meinem Müsli!“
„Idiot!“
Sie kurbelte ihren Bus um eine enge Kurve herum.
„Und manchmal habe ich sogar den Eindruck, der Baum spricht mit mir.“
„Und du siehst auch regelmäßig weiße Mäuse!“
„Nein, Mann jetzt bleib halt mal ernst – ich hab mit diesem Baum einiges kapiert!“
Dem Buspassagier waren seit seiner noch nicht lange zurückliegenden Beschäftigung mit dem Bibelcode esoterische Themen unheimlich, und er wäre sehr froh gewesen, sie hätte

sich durch seinen Spott vom Thema abbringen lassen, aber sie blieb hartnäckig dabei.

„Wenn wir mehr auf die Natur hören würden, könnten wir unser Leben viel besser einrichten!“

„Du meinst, wieder in Erdlöchern hausen und die Frauen des Nachbarstammes an den Haaren herschleifen?“

„Nein, Blödmann! Schau, dieser Baum ...“

Daniel, der Religionsspinner, fiel ihm wieder ein. Genauso hartnäckig hatte der im Bus dem Zuhörer sein Anliegen aufs Ohr gedrückt, und der Buspassagier überlegte sich, ob das nun an dem speziellen Verkehrsmittel lag, oder ob die Busfahrerin nun im Begriff war, sich ebenfalls als Fanatikerin zu outen, und wußte nicht so recht, ob er sich darüber ärgern sollte oder freuen, weil ihm Letzteres den Abstand zu ihr erleichtern würde.

„... dieser Baum könnte uns helfen, eine neue Wirtschaftstheorie zu formulieren!“

„Hä?“ sagte der Buspassagier und dachte: „Ogottogott, eine Spinnerin, ich hätte es ahnen müssen!“

„Dieser Baum hatte sich jahrzehntelang die Vorgabe gesetzt: Wachsen um jeden Preis, jedes Jahr – so wie unsere Wirtschaft!“

„Aha?“

„Und als er seine Wunschgröße erreicht hatte, hat er die Theorie umgebaut!“

„Hat er? Was die modernen Birnbäume alles können!“

Sie ging überhaupt nicht mehr auf seinen Spott ein.

„Ja! Und seine neue Wachstumstheorie heißt: Erhalt! Verstehst du?“

„Nein!“

„Doch! Sieh mal: Er wächst seither nicht mehr wie ein Verrückter in die Höhe, sondern steckt seine Kraft in den Erhalt seines Status quo ...“

„Whatever you want, da-düd, da-düd, whatever you like ...“, zitierte er affektiert und Luftgitarre spielend einen Song der gleichnamigen Rockgruppe, die im vergangenen Jahrtausend ihren Popularitätszenit überschritten hatte, doch sie war offensichtlich eine Frau, die einen Gedanken, den sie loswerden wollte, auch loszuwerden pflegte.

„Spinner. Er wird nicht größer, er ersetzt nur noch dürre Äste gegen neue. Und ich finde, das sollten wir übernehmen!“

„Neue Äste?“

„Nein, wir sollten einsehen, daß unsere Wirtschaft einem Obstbaum im vorgerückten Alter entspricht. Wir haben doch alles, Kühlschrank, Herd, Auto ...“

„Also, wenn dein Baum bereit wäre, mir einen neuen Kühlschrank zu liefern, wäre ich sehr positiv angetan!“

„Wir leisten uns Millionen von Arbeitslosen, die einen immer größeren Teil unseres Wohlstandskuchens wegvespern und wiegen sie in der vagen Hoffnung, bald wieder für die Produktion von irgend etwas eingesetzt zu werden. Dabei kann und will der Baum gar nicht weiter wachsen!“

„Und welchen Vorschlag macht dein Baum dazu – außer der puren Wachstumsverweigerung?“

„Er sagt: Setz die Arbeitslosen im Erhalt ein! Gib ihnen die Möglichkeit, ihre Kreativität und Eigenverantwortung wieder zu finden! Gib ihnen mehr Geld, wenn sie dafür für die Gesellschaft wohlstandserhaltende Tätigkeiten ausüben. Und weniger, wenn sie sich verweigern.“

„Weißt du, was das ist, was du da sagst?“

„Nein?“

„Eine Koalition aus Sozialromantik, Frühkapitalismus und Kommunismus!“

„Schreibst du grad einen Witz für dein Radio?“

„Nein, ich gebe dir nur die passende Antwort auf deine Birnbaumesoterik!“

„Ich wußte ja gar nicht, daß du so negativ sein kannst."

„Ich bin nicht negativ, ich bin nur realistisch. Selbst in Italien oder Albanien würde dein Modell zu ausufernder Bürokratie führen, in einem Land wie Deutschland dazu, daß jeder von uns nur noch im Verwaltungsapparat beschäftigt wäre!"

Sie entgegnete nichts, er wertete dies als Zustimmung zu seiner Gegenthese und strickte sie weiter: „Überhaupt, was für kreative Fähigkeiten willst du denn aus den Arbeitslosen ziehen, bitteschön? Wären sie kreativ, wären die meisten von ihnen wohl auch nicht arbeitslos!"

„Das ist absolut menschenverachtend, was du da sagst! Jeder Mensch ist ein Gesamtkunstwerk, und jeder ist kreativ – wenn man ihn nur läßt!"

„Also: Was würden die kreativen Arbeitslosen machen, wenn man sie machen ließe?"

„Jeder nach seiner Fähigkeit: Der eine macht privat organisierte Kinderbetreuung, der andere reinigt die Flüsse vom Schlauchboot aus, der dritte repariert mit einem Eimerchen Asphalt Schlaglöcher, ein anderer ..."

„... sägt altkluge Laberbäume um!"

„Du bist so ein Idiot!" sagte sie, schaute ihn lange durch den Rückspiegel an und legte dann überraschend zärtlich ihre Hand auf seinen Arm: „Ich mag dich!"

Nun war dieser ekelhafte Gesprächspunkt wieder da, die Stille, das Nachdenken. Ihre überraschende und offensive Art hatte ihn umgehend stumm gemacht. Im Kopf des Buspassagiers entlud sich ein Gewitter des Abwägens: Sollte er seine Hand zärtlich auf die ihre legen und ihr seine Zuneigung gestehen? Was könnte dann geschehen? Wahrscheinlich würde sie es erst genießen, wieder einen Trottel in ihren Gefühlsbann gezogen zu haben und danach einen Ton aufsetzen, der so tat, als habe just er sie berührt und nicht umgekehrt: „Süß, du, aber du hast ja Peterchen schon kennengelernt ...“ Womöglich würde sie eine noch üblere Version auswählen: „Wie süß ihr Männer doch sein könnt. Ich sage immer zu meinem Peterchen ...!“ Nein, diese Möglichkeit schied definitiv aus, das Risiko war zu groß, die Hand blieb in der Tasche. Wertvolle Sekunden hatte diese Überlegung gekostet, und die Stille währte nun schon viel zu lange, so daß ihm schnell etwas Belangloses einfallen mußte... Was sag ich bloß, was sag ich bloß: „Jetzt stehen wir da wie alle Busfahrer in Barcelona, hab ich dir das schon erzählt? Viele Busfahrer da, was sag ich, alle Busfahrer in Barcelona haben vorne ihren Kumpel stehen, um sich die ganze Fahrt lang zu unterhalten, das geht die ganze Zeit so, bla bla bla ...“

Er hatte mit der freien Hand durch schnelles Auf- und Zuklappen der Finger einen schnatternden Spanier pantomimisch gespielt und fand das irgendwie so gut, daß er nach einigen Sekunden der Selbstzufriedenheit im Rückspiegel ihren Blick suchte.

Ihre Augen waren starr nach vorn gerichtet, sie atmete heftig.

„Was ist los?“

„Nichts ist los: Endstation! Alle aussteigen!“

19

„Hier, schau!“

Der Buspassagier beugte sich etwas nach vorn, um ins Buch sehen zu können. Bestimmt zum zehnten Male an diesem Abend stellte er sich die Frage, was er eigentlich hier machte und welcher Teufel ihn geritten hatte, überhaupt hierher zu kommen.

„Hier steht's, lies selbst!“

Der Buspassagier machte die Andeutung einer Bewegung. Daniel schob ihm das Buch ganz hin und fragte: „Magst noch'n Bier?“

„Ja, gern!“

„Ich hol dir eins!“

Anstatt zu lesen blickte er dem Religionsspinner so lange nach, bis der in der Küche seiner kleinen Wohnung verschwunden war. Er wurde den Verdacht nicht los, diesen Menschen zu kennen – aber nicht so, wie man jemanden „kennt“, weil man ihn schon einmal gesehen hat, nein, wie jemanden, mit dem man vor vielen Jahren einen gemeinsamen, intensiven Urlaub verbracht hatte, den man über die Jahre scheinbar völlig vergessen hat und bei der ersten Wiederbegegnung fallen die Erinnerungen wie reifes Obst vom Baum. Wobei diese Erinnerungen beim Buspassagier keine Bilder erzeugten, sondern sich als seltsame, verborgene Gefühle manifestierten. Definitiv aber gab es keine Überschneidungen, keine gemeinsamen Wurzeln, die Erinnerungen kamen aus dem Nichts und blieben darin stecken. Daniel hatte ein Wesen, das umgehend seelenverwandt daherkam. Warum hatte er vor Tagen behauptet, auf den Anruf gewartet zu haben? Das war alles hoch mysteriös, und auch das wollte der Buspassagier an diesem Abend klären, wenn die Zeit dafür gekommen war. An der Wand hingen ästhetische Fotos etlicher Bau- und Kunstwerke von Gaudi, dem Buspassagier allesamt aus Barcelona bekannt; an die Eingangstüre hatte Daniel einen regelrechter Starschnitt der Sagrada Familia hängen – hatte Daniel etwas mit Barcelona zu tun? Das war zumindest mal eine kleine Spur, der man völlig unbedarft nachspüren konnte. Der Buspassagier rief zur Küche hin: „Bist Gaudifan?"

„Kann man sagen!" kam die Antwort prompt zurück.

„Dann warst du sicher schon öfter mal in Barcelona?"

„Nein, noch nie!"

Das klang wie eine Lüge. Das wiederum konnte fast nicht möglich sein, dachte sich der Buspassagier, welcher normaldenkende Mensch hängt sich die Wohnung mit Fotos aus Barcelona voll, ohne je dort gewesen zu sein? Aber aus welchem Grund sollte Daniel, der Religionsspinner, zu dieser nebensächlichen Lappalie nicht die Wahrheit sagen? Es gab keinen. Mord ohne Motiv, das kommt im westlichen Kulturbereich so gut wie nicht vor, überlegte der Buspassagier und beschloß, nachzuhaken.

„Sicher?"

Daniel lachte aus der Küche raus: „Klar, Mann, war ich schon in Barcelona, sonst würde ich ja wohl kaum diese Fotos hier aufhängen!"

„Ich war auch schon in Barcelona!"

„Ich weiß!"

„Woher willst du das denn wissen?"

„Ich habe es deinen Blicken angesehen, wie du beim Reinkommen die Sagrada Familia betrachtet hast!"

Der Buspassagier spürte ein warnendes Rauschen in seinem Kopf. Er suchte mit seinen Blicken die Wohnung nach verdächtigen Zeichen ab. Irgendwo müßte doch ein „Jesus liebt dich!" hängen, ein „Und Däniken hatte doch Recht!", ein Plakat von den Zeugen Jehovas oder sonst irgend etwas, das eine Antwort auf Daniels Geheimnis geben konnte. Aber nichts war zu entdecken, die Wohnung lag in einer ganz normalen Straße im Stadtteil West und war, wie die Wohnung eines funfunddreißigjährigen ewigen Studenten eben so ist: CDs lagen, wohin man schaute, wild durcheinander, die Hi-Fi-Anlage hatte einen Plattenspieler und stand neben zwei lackierten Weinkisten, in der sich eine beeindruckende Vinyl-Sammlung aus den Siebzigern und Achtzigern befand. Gleich daneben lagen leicht nach hinten geneigt zwei E-Gitarren auf Gitarrenständern, ein Marshall Röhrenverstärker ruhte im Eck auf einer großen Box, an der Wand hing ein handsigniertes Plakat von Al Jarreu, und auf dem Klo, das hatte der Buspassagier zuvor wahrgenommen, klemmten ein paar Freeclimbing-Fachjournale zwischen den Rippen des Heizkörpers. Der Typ war, verdammt noch mal, völlig normal, mehr noch, er war nett und cool, und das fuchste den Buspassagier am meisten, denn eigentlich hätte dieser Daniel sein Freund sein oder werden können, wenn er kein Religionsspinner wäre. Einzig die Kamera, die auf dem Stativ stand und aufs Sofa gerichtet war, irritierte den Buspassagier ein wenig und er plante, später danach zu fragen. Nachdem er die Antwort auf die wichtigste Frage erhalten haben würde, wegen der er hergekommen war.

„Hast gelesen?“

„Was?“

„Die Passage?“

„Äh, ne, sorry!“

„Macht ja nichts, dann lies halt jetzt!“

„Was genau?“

„Das hier!“

Der Religionsspinner stellte die bereits entkronkorkte, eiskalte Flasche neben den Buspassagier und zeigte mit dem Finger auf eine Textstelle.

„Hier steht es. Die Wahrscheinlichkeit, daß ‚Arafat', ‚Barak', ‚Sharon' und ‚Bush' mit ‚Am Ende der Tage' auf so engem Raum codiert in der Bibel miteinander auftreten, hat eine mathematisch berechnete Wahrscheinlichkeit von ... hier, lies!"

Der Buspassagier tat ihm widerstrebend den Gefallen: „... unter eins zu fünfhunderttausend!"

„Hammer!"

„Wieso?"

„Das heißt, die Chance ist eins zu fünfhunderttausend, daß das ein Zufall ist, oder anders gesagt, fünfhunderttausend zu eins, daß es Absicht war! Göttliche Absicht, wenn du mich fragst!"

Der Buspassagier tat einen nachdenklichen Zug aus seiner Flasche.

„Da liegt dieses Computerprogramm zweitausend Jahre lang in den Qumran-Höhlen, bis 1947 ein kleiner Junge einen Stein in die Höhle wirft, einen Tonkrug zerdeppert und das Pergament aus Tierhäuten entdeckt. Und wenige Jahrzehnte später haben wir die Computer, um den Code zu knacken!"

Warum war er nur hergekommen?

„In seinem Nachfolgewerk, Bibelcode II, stellt Drosnin die These auf, daß der Bibelcode genauso wie die DNS in einer Doppelhelix angelegt sein könnte; ein Strang wäre dann das Programm für das Gute, einer für das Böse!"

„Hmm."

„Im übrigen war selbst der Entdecker der Doppelhelix, Francis Crick, zu Lebzeiten der offen geäußerten Meinung, daß das DNS-Molekül viel zu kompliziert sei, als daß es sich in der kurzen Zeit auf der Erde entwickelt haben könnte. Was impliziert, daß es von außen, also von Gott selbst, auf die Welt gebracht wurde."

„Hmmm."

„Hammer!"

Warum war er nur hergekommen? Deshalb: Er hatte an jenem Abend vor drei Wochen diesen Religionsspinner angerufen, um ihn zu verarschen und in ein Spiel zu verwickeln, und dann hatte der ihn kalt erwischt und gleich mit ihm einen Termin vereinbart. Völlig überrascht hatte der Buspassagier den Tag gleich mit Adresse in seinem Kalender vermerkt. Und nun war ihm auch wieder eingefallen, weshalb er das alles auf sich genommen hatte: Er wollte den Spinner fragen, wie er ihm auf die Busspiel-Schliche kommen konnte und so herausfinden, wo seine Tarnung eine von ihm unbemerkte Schwäche haben könnte, das durfte er später auf gar keinen Fall vergessen.

„Das heißt doch: Bibel-Code und DNS als Lebenscode sind nachweislich göttlichen Ursprungs, beides funktioniert nach einer einzigen ‚Weltformel', die Einstein gesucht hatte, und wir werden sie irgendwann finden! Ist doch cool oder?"

Der Religionsspinner sprach von diesen Dingen mit einer Begeisterung wie andere vom Paragliding, vom Surfen oder von Motocross-Erlebnissen berichten.

„Einstein sagte: ‚Die Unterscheidung zwischen Vergangenheit, Gegenwart und Zukunft ist nur eine Illusion, wenn auch eine dauerhafte!' Also ..."

„Was: also? „Der Buspassagier erschrak ein bißchen über sich selbst, weil diese Frage sehr gereizt klang, aggressiv, obwohl er beides nicht war.

„Wie heißt du eigentlich?"

„Bus!"

„Komm! Echt?"

„Alle meine Freunde nennen mich so, ich weiß meinen richtigen Namen schon gar nicht mehr!"

„Die nennen dich echt Bus?“

„Ja!“

„Irre!“

Der Religionsspinner strahlte, nahm einen Schluck von seinem Bier, strich sich durch die Haare, wischte sich den Bierschaum vom Mund und sagte noch einmal beeindruckt: „Irre!“ Dann setzte er erneut an: „Also, Bus, ich stell dir jetzt mal ein paar Ja/Nein-Fragen. Sag nein, wenn du ‚nein‘ für wahrscheinlicher hältst als ‚ja‘ und sag ja, wenn du ‚ja‘ für wahrscheinlicher hältst, okay?“

„Wenn's dir Spaß macht!“

„Glaubst du an Gott?“

„Ich würde mal sagen ...“

„Hei, stopp! Wir machen ein digitales, kein analoges Frage-Antwortspiel! Deine Rede sei ja ja oder nein nein! Also, ja oder nein: glaubst du eher an Gott oder eher nicht an Gott!“

„Hmm, wenn du mich so fragst, sag ich mal, ich glaub eher an Gott.

„Also: ja“

„Ja!“

„Ja, du glaubst an Gott?“

„Eher!“

„Gut. Wenn du an Gott glaubst: glaubst du eher daran, daß er das Universum geschaffen hat oder nicht?“

„Also, wenn wir davon ausgehen – obwohl ich das nicht absolut glaube, sondern nur für etwas wahrscheinlicher halte – also, wenn wir davon ausgehen, daß Gott oder Allah oder Buddha oder dein Supercomputer oder sonst was da oben hockt und säuft und kifft und sich über uns lustig macht, dann hat er oder es eher das Universum geschaffen als der Zufall: ja.“

„Also ja: Gott hat das Universum geschaffen!“

„Unter den eben besprochen Umständen!“

„Also gut, glaubst du, daß ein Wesen, das die Welt und die Menschen und den ganzen geilen Wahnsinn um uns rum erschaffen kann, so beschränkt ist wie ein Mensch?“

„Nein!“

„Also ist er größer!“

„Ja!“

„Mehrdimensionaler?“

„Sicher, ja!“

„Wenn dieses Wesen nur eine Dimension mehr hat als wir Menschen, also nur über die vierte Dimension herrscht, mehr nicht, ist er Herr über die Zeit, stimmt's?“

„Ja!“

Der Buspassagier hatte erst engagiert mitgemacht, aber nun wurde er wieder sehr mißtrauisch, weil er nicht wußte, in welche Falle er bei diesem digitalen Spiel hineinschlittern konnte.

„Für ein Wesen aus der vierten Dimension liegt die ganze Zeit wie ein Blatt da: Es kann unsere Gegenwart sehen wie die Seite 194 in einem Roman und deshalb auch eine Entscheidung, die wir auf Seite zweihundertzwei in unserem Jetzt fällen, in seinen Roman von Anfang an mit einarbeiten!“

„Und was soll das Ganze?“

Seine Bierflasche war leer getrunken, und er spielte demonstrativ mit der Flasche. Der Religionsspinner verstand den Wink und stand mitten im Reden auf, um neues Bier zu holen.

„Das heißt, Gott kennt keine Zeit. Für ihn ist alles, was ist, jetzt, Gegenwart, Präsens. Gott schreibt jetzt diesen Code in die Bibel. Für uns hier sieht das so aus: Der Bibelcode wurde vor dreitausend Jahren festgelegt und ändert sich trotzdem ständig vor unseren Augen, weil Gott ihn aus der zeitlosen vierten Dimension heraus den Entscheidungen der Menschen anpaßt!“

„Hmm."
„Hammer oder?"
„Weiß nicht."
„Wie, du weißt nicht? Wer Ohren hat zu hören, der höre!"
„Wer Münder hat zu trinken, der trinke: Prost!"
Sie prosteten sich zu, und der Buspassagier hätte entweder gerne gewollt, daß dieser Daniel ein ganz normaler Typ oder ein völlig durchgeknallter Fanatiker wäre, aber mit dieser Mischform aus beidem kam er einfach nicht zurecht.
„Geile Plattensammlung hast du da!" lenkte er ab, „woher?"
„Du, die hab ich für dreihundert Euro bei Ebay ersteigert – sind ein paar Wahnsinnsscheiben drin, hier, Keith Jarrett, neunzehnhundertzweiundsiebzig, Expectations, auf Seite drei ist Nomads drauf, ein Siebzehn-Minutenstück, kennst du das?"
Der Buspassagier schüttelte den Kopf, was dem Religionsspinner als Anlaß reichte, das Jazzstück aufzulegen. Der Religionsspinner betätigte den Selbstauslöser der Kamera, setzte sich neben den Buspassagier, schaute ihn kurz aufmunternd an, beide prosteten der Kamera zu und ließen sich ablichten
Da saßen sie nun, auf großen Kissen auf dem Boden, lauschten der Musik und tranken Bier. „Darf man hier rauchen?" fragte der Buspassagier. „Logisch! Gib mir auch eine!"
Der Typ hätte wenigstens radikaler Nichtraucher sein können, das hätte dem Buspassagier die Sache ein bißchen leichter gemacht, aber nicht einmal diesen Gefallen wollte der Religionsspinner ihm tun. Der Buspassagier fühlte plötzlich ein lähmendes Wohlgefühl seinen Körper erfassen, das er zuletzt mit der Busfahrerin im Bus gespürt hatte, zumindest bis zu jenem seltsamen Moment, als er die katalanische Me-

tropole erwähnt hatte und sie ihn zum zweiten Mal deshalb kalt hatte abblitzen lassen – dieses Wort würde sie nie mehr aus seinem Mund hören! – jedenfalls, genau in diesem Moment, kam ihm ein entscheidender Verdacht: Dieser Typ war eine Schwuchtel! Das war die Lösung! Er machte sich erst interessant mit seinem alttestamentarischen Bibelcode-Scheiß und lockte so attraktive Jungs in seine Bumshöhle! Das erklärte auch seine enorm anziehende Ausstrahlung, über die im Reich der Männer so in der Regel nur Schwule verfügen! Entschieden trank der Buspassagier seine Flasche in einem Zug leer, drückte seine Zigarette aus und sagt: „Sorry, Daniel, ich muß jetzt gehen, ich hab noch eine Verabredung mit einem ganz, ganz lieben Freund!"

„Kein Problem!"

Der Religionsspinner ließ sich nicht dazu verführen, sein wahres Ich zu zeigen. Insgeheim hatte der Buspassagier auf eine entlarvende Berührung gehofft, auf einen sanften Augenaufschlag, auf ein: „Komm, bleib doch noch, es wird doch gerade so richtig gemütlich!" Aber nein! Dieser Typ war unheimlich, und der Buspassagier entschied, seine Sympathie zu ihm zu unterdrücken, das Weite zu suchen und diesen anziehenden Hanswurst künftig zu meiden.

„Bus, warte mal ..."

Aha!

„Gib mir mal deinen vollen Namen und deine Telefonnummer!" holte er Stift und Papier heran.

„Warum?" In einer Informationsgesellschaft waren die eigenen Daten persönlich und wertvoll, und der Buspassagier als grundmißtrauisches Wesen ging sehr bewußt und geizig damit um.

„Ich habe Kontakt zu dem russischen Wissenschaftler Rips, der in Israel lebt und am Bibelcode arbeitet. Den lassen wir mal im Bibelcode nach dir suchen!"

Aha! Daher wehte der Wind! Der Religionsspinner fixte die Leute mit seinem Märchen an und verkaufte ihnen danach ihr persönliches Horoskop!

„Ich hab kein Geld für so Spinnereien!" erhob sich der Buspassagier.

„Quatsch, Bus, das kostet doch nichts, wo denkst du hin! Die sind doch immer froh, wenn sie Futter kriegen und was suchen können!"

Der Buspassagier verharrte und suchte den Haken wie ein kleines Feldkaninchen, das schnüffelnd die Schlange riecht, aber nicht weiß, wo sie sich versteckt.

„Brauchst keine Angst zu haben, der Bibelcode ist nicht dazu da, um uns zu erschrecken, sondern um uns zu helfen!"

Der Buspassagier zögerte.

„Oder hast du Angst?"

„Ich hab keine Angst!"

„Also, dann schreib!"

Widerstrebend notierte der Buspassagier „Rainer Rumt" auf den Zettel. Bei der Telefonnummer zögerte er unmerklich und schrieb nach kurzem Überlegen dann doch die korrekte Rufnummer seines Festnetzanschlusses auf. Das war ungefährlich, denn er hatte ja eine Geheimnummer, und so war seine Adresse über die Nummer nicht herauszufinden. Dieses Telefon war stumm gestellt, er ging nie an den Apparat, sondern hörte nur das Band ab. Auf seinem Anrufbeantworter war nur eine ganz knappe Ansage zu hören: „Keiner da! Text bitte!" Und irgendwie war es doch durchaus lustig zu wissen, daß ein ernsthafter Wissenschaftler in echt seinem Spiel aufsitzen und nach einem fremden Namen im Bibelcode suchen würde. In diesem Moment fiel ihm zwar noch auf, daß er zum ersten Mal mit seinem Prinzip brach, weil er das Ergebnis des Spiels am Telefon erfahren könnte. Kurz fiel ihm der Hundehaufen in Barcelona wieder ein, aber da war es schon zu spät, seine Nummer stand bereits auf dem Papier.

„Du heißt Rainer?"

„Wie gesagt, ich weiß es nicht mehr!"

„Rainer Rumt?" Der Name sagt mir was...", forschte Daniel vergeblich in seinem Gedächtnis nach, „bist du berühmt?"

„Wie man's nimmt!" wich der Buspassagier aus, dem die Diskussion um einen falschen Namen peinlich war.

Daniel lachte: „Du bist echt ein cooler Typ, Bus!"

„Du auch, Daniel! Nur daß du zusätzlich noch völlig bekloppt bist!"

Daniel lachte aus vollem Herzen, und dann lagen sie sich zum Abschied in den Armen, und der Buspassagier wurde das Gefühl nicht los, daß der Impuls dazu von ihm selbst ausgegangen war. Er spürte, wie ihm deshalb das Blut in den Kopf schoß, und so riß er sich fast schon los, drehte sich rasch um, stürmte die Treppe runter, blickte demonstrativ auf seine Armbanduhr, rief über seine Schulter nach oben „... scheiße, schon so spät!" sah Daniel im Türrahmen stehen und winken, und wie der Buspassagier völlig aufgewühlt auf der Straße stand, fiel ihm auf, daß er vergessen hatte, all das zu fragen, weshalb er überhaupt gekommen war, und er spürte, daß dieser Besuch bei Daniel nicht zur Klärung von bestehenden Fragen diente, sondern im Gegenteil zusätzliche Fragen aufgeworfen hatte.

Und noch etwas ging ihm nicht aus dem Kopf. Weshalb reagierte die Busfahrerin so seltsam, wenn er Barcelona erwähnte? Für ihn war es eine Stadt, an die er gerne dachte, war sie doch Schauplatz eines seiner besten Spiele überhaupt.

Der Azubi wagte es nicht noch einmal, nach Verena zu fragen, weil er ahnte, daß er darauf ohnehin keine Antwort von seinem Ausbilder, dem Pfleger, erhalten hätte. Jener wiederum wäre überhaupt nicht auf die Idee gekommen, seinen Azubi nach Verena zu fragen, warum auch? Schließlich war er es, der die Geschichte vom Alten erfahren hatte und nun genüßlich weiter erzählte. Hätte er dennoch gefragt, hätte es sein können, daß sein Azubi hoch überrascht gewesen wäre, gefragt hätte – warum fragen Sie das? – und dann eine verwunderliche Antwort nachgeschoben hätte. Aber so ist das nun mal im Leben. Der Mensch stellt immer nur dann Fragen, wenn er die Antwort, die kommen wird, eigentlich schon kennt. Am liebsten stellt der Mensch Fragen, deren Beantwortung seine bereits bestehenden Ansichten oder Einsichten bestätigt. Selten stellt der Mensch eine Frage, um neue Ansichten oder Einsichten zu erhalten. So gut wie nie aber stellt der Mensch Fragen, die ohne Motiv einfach so aus ihm herausquellen, so was tut der Mensch nur im Kindesalter, wo er noch ganz Mensch ist, aber nicht ernst genommen wird.

Um den Elefanten sehen zu können, ist die Frage nach Verena unumgänglich: Wie ging es mit ihr weiter?

20

Verena stand ruhig an den Gleisen. Sie sah der Linie zwei zu, wie sie erst in den Bahnhof Sants hereinrauschte, bremste, Fahrgäste ausspuckte und andere aufnahm, und dann wieder, sehr rasch Geschwindigkeit aufnehmend, über Sitges nach St. Vicenc de Calders führte. Diese Ferienorte im Süden hatte sie fast alle schon besucht, und vor allem Sitges hatte es ihr angetan, das zwar in Teilen auch so furchtbar verbaut war wie die ganze spanische Küste, aber doch einen warmen Stadtkern hatte. Und vor allem, weil sie dort oft mit ihm gewesen war und so schöne Zeiten erlebt hatte. Ihre Beziehung mit Daniel war doch wirklich perfekt gewesen. Wie viele Jahre war das her? Es kam ihr vor wie eine Ewigkeit, und das Erschreckende daran: eigentlich war sie an Jahren immer noch nicht alt und Daniel auch, mein Gott, er war damals ein junger Mann gewesen, warum müssen junge Menschen Dinge, die im Leben halt passieren, immer zur absoluten Tragödie aufblasen und Konsequenzen ziehen, die noch weit ins kommende Leben hineinragen, eigentlich ohne Grund? Sie waren jung und glücklich gewesen und Verena schwanger und hatte damals aufgeregt auf jenen Tag der Tage gewartet, an dem sie es Daniel mitteilen konnte. Immer wieder hatte sie sich seine möglichen Reaktionen auf diese Nachricht ausgemalt und egal, welche Variante ihre Vorstellungskraft gewählt hatte, stets gab Daniel darin den strahlenden, werdenden Vater, der vor Freude fast platzte. Und dann der Bruch, der über sie hereingebrochen kam wie ein Sommergewitter über ein Weizenfeld und faustgroße Hagelkörner hatten in einem einzigen Augenblick die ganze Ernte einer an sich fehlerlosen Verbindung zerstört. Und eigentlich hatte sie ihn in den Jahren nach dem Vorfall immer wieder anrufen wollen, weil sie spürte, daß er sie auch vermißt hatte, und sie wäre im Tiefsten bereit gewesen, ihm zu verzeihen, obwohl er sie mit ihrer eigenen Schwester betrogen hatte, damals, vor vielen Jahren. Aber sie hatte es nie geschafft und dann hatte eines Tages das Telefon geklingelt, viele Jahre später, und er war dran gewesen, Daniel. Sie hatte seine Stimme sofort erkannt und ihr Herz war gesprungen vor Glück und Freude, und sie hatte damals gespürt, daß sie ihn immer noch liebte. Das hätte eine wunderbare Versöhnung geben können, aber er war betrunken gewesen und hatte wirres Zeug gesprochen von kosmischen Zeitschienen, Raumkrümmungen und irgendwelchen mystischen Codes in der Heiligen Schrift, aber kein Wort über sich und keines über Verena; das einzige, was er sie gefragt hatte, war, seit wann sie eine Hexe sei. Da hatte sie den Hörer auf die Gabel geknallt und erst recht keinen Kontakt zu ihm gesucht. Aus, gestorben, fertig. So ließ sich besser damit leben. Von seinem Kind hatte Daniel nie erfahren, wie auch, sie hatte ihn nicht mehr an sich herangelassen, obwohl er nach diesem Telefonat noch ein paarmal den Kontakt gesucht hatte. Sie hatte stets gewußt, daß er es war, wenn es klingelte und klopfte und schellte, aber sie hatte eine Methode entwickelt, sich tot zu stellen, die jedem Käfer zur Ehre gereicht hätte. Seine Briefe warf sie ungelesen weg oder verbrannte sie im Umschlag auf dem Balkon, solange, bis er nach vielen Jahren aufgehört hatte zu schreiben. Wahrscheinlich war er nach Deutschland zurückgekehrt, aber sie wußte es nicht. Insgeheim hoffte sie, Daniel möge ihr über den Weg laufen und die Lanze brechen, die sie nicht einmal mehr verbiegen konnte, aber dieser Zufall ereignete sich nie. Oft weinte sie stundenlang danach, weil doch ihr größter Wunsch eigentlich war, die Briefe zu lesen und seine Entschuldigung anzunehmen. Sie konnte nicht tun, was sie ausgesprochen gerne tun wollte.

Verena schüttelte den Kopf um die schweren Gedanken loszuwerden und schaute wieder auf die Züge. Täglich führte

Verena mit ihm und mit ihrer Schwester Scheingespräche; im Kopf waren beide Beziehungen noch intakt und hatten sich sogar weiterentwickelt. Beide hielten den Schlüssel in der Hand, den Schlüssel zu einer Tür, hinter der ein Weg war, der Verena aus ihrer lähmenden Lethargie führen könnte, aus dem Geleebett, das der Vater angerichtet hatte. Der Vater, der immer, wenn ihre Mutter dreimal die Woche abends im Chor gewesen war, in ihr Zimmer kam. Immer nur in ihres, soweit sie das wußte, immer nur in ihres.

Hilfe gaben ihr seltsamerweise ihre täglichen Fahrten mit dem Aerobus vom Placa Catalunya zum Estacio de Sants. Irgendwie beruhigte sie das ewige Ein und Aus der Züge; die Gewißheit, daß Züge an- und abfuhren gab ihr die Zuversicht, daß es auch für sie und ihre Lebenssituation ein Ein und Aus geben mußte. Hier im Bahnhof wurde sie immer ganz ruhig, die Sucht drückte nicht so sehr auf sie, und sie war in solchen Momenten manchmal sogar fast schon glücklich. Dann dachte sie, wenn das Schicksal sie mit einem einzigen Anruf aus der Bahn werfen konnte, einfach so, dann war das so gewaltig und elementar, daß man diesem Schicksal auch getrost die Aufgabe überlassen konnte, das wieder einzurenken.

Sie hatte genau ausgerechnet, wie lange ihr gespartes Geld noch ausreichen würde. Genausoviel Zeit würde sie auch dem Schicksal geben, um zu erkennen, daß es mit ihr versehentlich die Falsche erwischt hatte. Und wenn der letzte Euro vom Konto gezogen sein würde, und sich nichts geändert haben sollte, das Schicksal bis dahin nicht gewunken, nicht gelächelt und nicht eingegriffen haben sollte, dann konnte Verena die Sache immer noch selbst in die Hand nehmen. Hier, im Bahnhof zum Igel werden, zum Igel auf der Schiene, wo sie sich warm einkugeln konnte wie ein stacheliger Schneckenfresser und stumm auf die näher kommenden Zuglichter starren ...

„Daniel ist die Schlüsselfigur, Chef, ich schwör's ihnen!"

„Du gehst mir langsam auf die Nerven mit deinem..."

Der Pfleger verstummte, denn ein polizeiliches Watchteam hatte in auffällig schwarz-rot-goldenen Anzügen das Rauchercafé betreten, und der Pfleger spürte plötzlich, daß der Azubi mit seinem Spott, er sei angepaßt und ängstlich, nicht ganz unrecht gehabt hatte, denn er wurde schlagartig leichenblaß und hatte große Furcht, man würde ihn beim Rauchen illegaler Zigaretten ertappen. Hastig schob er die Speisekarte über den Aschenbecher um den Blick auf über mehrere Dutzend Zigarettenstummel zu verbergen, was ihn noch viel verdächtiger machte. Doch er hatte Glück, denn die Ordnungskräfte zogen sich sehr schnell an einen freien Tisch zurück und gaben sich selbst einem Kaffee und der staatlich erlaubten Portion Nikotingift hin.

„Ganz schön erschrocken, was?" spottete der Azubi

„Quatsch!" log der Pfleger, „die soll man nur nicht provozieren, das ist alles – wo waren wir stehengeblieben?"

„Ich sagte, daß Daniel Dreh- und Angelpunkt der Geschichte ist, Chef!"

Der Bedienungsroboter hatte den Cappuccino gebracht, und der Pfleger nutzte die Pause, um mit Schweigen die nächste Frage einzufordern.

Der Azubi wartete ab, bis der Pfleger Zucker in der Tasse hatte und mit Umrühren fertig war.

„Jeder gute Film ist genauso aufgebaut: Irgendeine Nebenfigur macht lauter nebensächliche Dinge, die am Schluß als Schlüssel zur Lösung des ganzen Falles dienen!"

Der Pfleger schüttelte sich, nein, so war sie nicht, seine Geschichte.

„Und ich wette, der Buspassagier, Verena, Daniel und die Busfahrerin hängen irgendwie zusammen, stimmt's?"

„Wie kommst du denn da drauf?"

„Also liege ich richtig!“

„Du hast keine Ahnung!“

„Außerdem wird das Photo noch mal richtig Ärger machen!“

„Welches Photo?“

„Na, das Daniel von sich und dem Buspassagier geschossen hat! Mit Selbstauslöser!“

„Das spielt schon mal überhaupt keine Rolle mehr!“

„Wir werden sehen!“

„Was?“

„Mensch, Chef, erzählen Sie schon weiter!“

21

„Hi Busfahrerin!“

„Na, Bus?“

Sie grinste ihn an und zog den freien Barhocker neben sich einen guten Zentimeter heran, was keinen Zweck erfüllte außer dem Buspassagier eindeutig zu signalisieren: Setz dich hierher!

„Wo kommst du denn her?“ fragte sie mit einem interessierten Augenaufschlag, „du siehst ja völlig zerfleddert aus!“

Mit einer fast unmerklichen Handbewegung winkte sie das Barmädchen heran und mit einer beiläufigen Leichtigkeit, die sonst nicht einmal im Film, sondern eigentlich nur im Comic funktioniert, bestellte sie sich einen Piccolo mit Halm und ihm ein Flaschenpils, was wiederum in Sekundenschnelle vor ihnen stand. Der Buspassagier ahnte, diese Frau könnte sein Leben bereichern.

„Du würdest es eh nicht glauben!“

Er war nach dem Besuch beim Religionsspinner schnurstracks in die Szenebar um die Ecke gelaufen. Diese Kneipe war für ihn zum Ritual geworden, und er war ein überzeugter Ritualiker: Seiner Meinung nach helfen uns Rituale über unsere Vergänglichkeit hinweg, weil wir uns einbilden, wenn wir immer dasselbe tun, wird alles auch immer so weitergehen. Davon war der Buspassagier felsenfest überzeugt und auch nur das konnte der Grund dafür sein, daß wenigstens auf dem Dorf die Kirchen noch sonntags gut gefüllt waren. Wobei wahrscheinlich auch das Folgeritual mit Hefeweizen, Schweinebraten und Spätzle seinen Anteil daran hatte.

Plötzlich fiel ihm auf, daß sie bei der Begrüßung „Bus“ zu ihm gesagt hatte, was ihm heute erst beim Religionsspinner einfach so eingefallen war! Während er sich still darüber wundern wollte, spottete sie:

„Ah, stimmt, ich vergaß, du bist ja der große, geheime, schreibende Unbekannte, der an der Weltformel forscht!“

„Was sagst du da?“

Er hätte sich fast an seinem Bier verschluckt. Was zum Teufel war eigentlich los? Er fühlte sich an einen Albtraum erinnert, der ihn vor Wochen gequält hatte: Im Traum war er einem Vampir begegnet. Entsetzt rannte er zu jemandem hin, den er nicht erkannte, aber von dem er im Traum fühlte, daß es ein guter Freund gewesen sein mußte. Er erzählte vom Vampirhorror, der Freund hörte verständnisvoll zu, bis diesem plötzlich selbst Vampirzähne wuchsen. Der Buspassagier in seinem Traum rannte panisch aus dem Zimmer und warf sich in die Arme seiner draußen stehenden Mutter. Schluchzend und heulend hing er da, roch im Schlaf die vertraute Mutter, hörte ihre Stimme, fühlte ihren Atem – und spürte dann, wie sie ihm die Vampirzähne in den unteren Hals rammte. Da war er schweißgebadet aufgewacht und hatte etliche Bier gebraucht, um wieder in den Schlaf zu finden.

„Was hast du denn plötzlich?“

„Wie kommst du auf die Weltformel!“

„Einfach so – warum?“

„Und wie kommst du dazu, mich ‚Bus‘ zu nennen?“

„Ist mir grad eingefallen – sag mal, hast du deine Tage? Trink mal einen Schluck!“

Als Antwort zog er das Null-drei-drei Pils auf einen Schluck durch, wischte sich den Mund ab und zwang sich zur Ruhe: Alles nur Zufall, sagte er sich, purer reiner Zufall!

„Nein, aber ich habe heute auch an die Weltformel gedacht, und außerdem ist mir heute Nachmittag noch der Spitzname ‚Bus' für mich eingefallen."

„Irre!"

Wieder wurde er mißtrauisch und wähnte sich in den Fängen einer großen, geheimnisvollen Sekte. „Irre", das hatte er so lange nicht mehr gehört, das sagte seit Jahren eigentlich keiner mehr, und jetzt der Religionsspinner und die Busfahrerin beide am selben Tag. Alles nur Zufall, sagte er sich.

„He Bus, das ist alles nur Zufall!"

„Sag mal, Fahrerin, auf die Gefahr hin, daß du mich dann für völlig durchgeknallt hältst, aber ich bräuchte mal von dir ein klares ja oder nein auf 'ne Frage, aber digital, nicht analog!"

„Wenn du mich nicht fragst, ob ich mit dir ins Bett will – leg los!"

Eigentlich hatte sie mit dieser Frotzelei den Weg frei gemacht, um zur Sache zu kommen, und in jeder anderen Situation hätte der Buspassagier dies auch gewißlich zu nutzen gewußt, aber nun lag seine vorbereitete Frage einfach zu weit vorne an der Abladerampe, als daß er sie noch hätte zurückholen können:

„Ja oder nein: Sagt dir der Bibelcode was?"

Er beobachtete sie scharf. Sie saugte aber völlig abwesend an ihrem Strohhalm; womöglich bedauerte sie, daß er den libidinösen Faden nicht aufgenommen hatte. „Nö, nie gehört, was soll das sein?"

„Nichts Wichtiges, reden wir ein andermal drüber!"

Ihre Antwort hatte ihn so befreit, daß er schlagartig eine andere Ausstrahlung bekommen haben mußte, was sie wohl auch unmittelbar gespürt hatte und überrascht herschaute.

Diese Augen raubten ihm den letzten Rest an Beherrschung. Er hätte schwören mögen, daß er solche Augen in seinem ganzen Leben noch nie gesehen hatte. Sie erschien ihm als das schönste und begehrenswerteste Wesen, das er je gesehen hatte. Ein Zittern erfaßte seine Beine, ein Wärmestoß kam von seinen Zehen über die Waden und die Knie in seine Lenden hoch gekrochen, und für den Bruchteil einer Sekunde konnte er sich noch zurückhalten, aber dann beugte er sich vor und küßte sie auf die Lippen.

Sie sah eigenartig teilnahmslos aus danach, und er war hin und her gerissen in dieser Sekunde, ob ihm damit nun wohl ein folgenschwerer unbedachter Fehler unterlaufen sei, als sie ihn noch einmal tief ansah, dann herzog und von sich aus küßte, aber diesmal länger und intensiver, ihre Zunge bewegte sich nachgerade hektisch in seinem Mund hin und her, so daß er die letzte Chance ergriff, die er noch zu haben glaubte, sie fast brutal von sich stieß und dramatischer als geplant ausstieß:

„Denk an Peterchen!"

„Warum?"

„War er mit in Asien?"

„Das war er!"

„Ist er heute hier?"

„Nein, zu Hause, warum?"

„Du, weil ich einfach keinen Bock habe, daß mir dein Peterchen ein Messer zwischen die Rippen rammt!"

„Warum sollte mein Bruder das machen?"

„Dein was?"

„Bruder! Peterchen ist mein Bruder, du süßer Spinner!"

Damit zog sie ihn wieder näher an sich heran, und sie küßten sich auf eine Art, die leidenschaftlicher war als so mancher Akt, den der Buspassagier zuvor mit einer Frau vollzogen hatte, und als sie ihm warm und feucht ins Ohr hauchte: „Laß uns zu dir gehen, bei mir ist mein Bruder!" da spürte, nein, da wußte er, daß ihn die aufregendste Nacht seines Lebens erwartete, die Mutter aller Beischlafe, eine Nacht, die seine Lebensformel umschrieb, die Maßstäbe setzte, die alles veränderte, was bisher war.

Alles.

Teil 2

1

Der Buspassagier spielte mit den Zehen am Rost seines Gitterbettes. Immer wieder klammerte er einen Gitterstab zwischen großem und Zeigezehen ein und ließ dann den Fuß hinabgleiten, daß es aussah, wie wenn ein Feuerwehrmann an der Stange zum Löschfahrzeug herabrutscht.

Seine Augen suchten seine eigenartig aufgeräumte Wohnung ab, mit jedem Blick nahm er Dinge seines vergangenen Lebens wahr und verabschiedete sich von ihnen. Noch dreizehn Tage lang war er Mieter dieser Wohnung, und dann würde ein anderer hier einziehen, zum zweiten Mai, weil der erste ein Feiertag war. Ein anderer würde hier sein Leben einrichten, Kontakte suchen, irren und wirren, den Partner seines Lebens kennenlernen und dann ausziehen, zusammenziehen, in eine größere Wohnung, so wie er das tat. In dreizehn Tagen.

Der Abschied war seltsam süß-sauer, komisch traurig-froh, aber doch überwog in ihm die Lust auf das Neue und sogar auch auf das Bürgerliche, Geregelte. Er wußte, daß es in dieser großen gemeinsamen Wohnung wohl keine durchgezappten Nächte vor dem Fernseher mehr geben würde, keine spontanen Ausbrüche in die Nacht, keine Socken und Unterhosen mehr auf dem Eßtisch, keine fremden Frauen, in der Kneipe kennengelernt, unter einem Vorwand mit heimgeschleift, noch im Flur damit begonnen, sie auszuziehen. Am nächsten Morgen das Frühstück einigermaßen würdig durchgestanden sowie die innige Umarmung zum Abschied; diplomatisch den Reflex unterdrückt, dieses warme, anhängliche Wesen von sich wegzuschieben; die Sekunden ertragen, Küßchen zum Abschied, war sehr, sehr schön, du, ich melde mich – und dann die Türe hinter ihr zugemacht und eine Zigarette mit dem Zettel angezündet, auf dem sie ihre Telefonnummer aufgeschrieben hatte. Das alles würde es nicht mehr geben. Aber dafür gab es nun sie in seinem Leben, die Busfahrerin. Sie war in sein Leben gekommen wie ein Blitz, der in eine Berghütte einschlägt und hatte ihn in Brand gesetzt. Mit ihr gab es keine libidinöse Kaufreue, wie er es nannte, wenn die Dame, die bis zum Moment der sexuellen Entspannung noch das begehrenswerteste Wesen der Welt war, in der Postorgasmusphase sekundenschnell zu einer ganz normalen Frau wurde. Das lag vor allem daran, daß ihm die Busfahrerin nicht nur dem Wesen nach, sondern auch äußerlich einfach unglaublich gut gefiel, und Letzteres ging offenbar allen anderen auch so: Endlich hatte er mal eine Frau an seiner Seite, nach der sich alles umdrehte, ob Mann oder Frau, ob Homo oder Hetero, und er hätte zuvor niemals gedacht, was für eine Energiespritze es gibt, wenn man ständig um seine Partnerin beneidet wird. Mit der Busfahrerin hatte er im Nachhinein gespürt, wie viel Energie in seinen bisherigen Beziehungen stets dafür draufgegangen war, die Beziehung abzuwägen, regelmäßig auf ein mögliches Ende oder eine denkbare Fortsetzung hin abzuprüfen und seine aktuelle Frau immer wieder mit anderen Beziehungsmöglichkeiten zu anderen Frauen zu vergleichen. Nun hatte er eine gefunden, mit der er am Ziel war. Natürlich hielt er immer noch die Augen offen, aber ein Vergleich nach oben war ihm nicht mehr möglich. Er hatte in dem vergangenen halben Jahr keine einzige Frau getroffen, die ihr auch nur annähernd das Wasser hätte reichen können: Er war angekommen.

In diesem Augenblick war die Haut zwischen seinen Zehen am Rost schmerzhaft hängen geblieben, und er zog den Fuß reflexartig zu sich her, um die Schmerzen durch Reiben zu verteilen. Weil er sich aber so wohlig warm in seinem Gedankenbad fühlte, aus dieser Wanne nicht mehr aussteigen wollte und intuitiv dachte, daß auch sein meditatives Zehenreiben am Rost einen Anteil daran hatte, setzte er die Übersprungshandlung mit dem anderen Fuß fort, während er den einen mit der Rechten noch eine gute Weile rieb.

Es erstaunte ihn immer wieder, wie beiläufig und doch endgültig sich diese Wunderfrau im Gegenzug auch für ihn entschieden hatte. Mit einer Gewißheit, einer Ruhe und Weisheit, wie er sie eigentlich nur bei Mönchen vermutet hätte, hatte sie sich auf die Beziehung eingelassen und war dabei geblieben. Sie schien andere Männer nicht zu sehen, nein, das war falsch, sie schaute sie aufmerksam an, sie lachte mit ihnen, sie flirtete, sie machte sie an – aber sie zweifelte offensichtlich keine Sekunde an ihm und teilte diese Sicherheit auch nonverbal mit. Das wunderte ihn sehr, aber es nahm ihm jeden Anflug von Eifersucht, gab ihm gar keinen Anlaß dazu – er konnte sich auf sie verlassen. Noch etwas war neu für ihn: Sie war morgens einfach fröhlich! Sie hatte eine grundgute Laune, und oft war der Buspassagier im Bett liegengeblieben und hatte sie beobachtet, wie sie sich singend und pfeifend für den Tag rüstete, und sie dabei mit allen anderen verglichen, die er bisher erlebt hatte. Nicht ein einziges Mal in der ganzen Zeit bis jetzt hatte sie ihn angemäkelt, er möge doch dies oder jenes tun, gefälligst aufstehen, jetzt doch mal duschen, „warum trinkst du deinen Kaffee nicht aus?“ – nichts! Diese Frau lebte und ließ leben. Sie war interessiert, aber nicht von besitzergreifender Neugier erfüllt. Erzählte er ihr aus seinem Leben, so saß sie im Schneidersitz vor ihm und lauschte. Wenn er an einen Punkt geriet, an dem er nicht weitererzählen wollte oder konnte, so merkte sie dies und ließ es zu, indem sie ihrerseits etwas erzählte, etwas zu trinken holte oder einfach küssend über ihn herfiel. „Du bist eigentlich gar kein Mädchen!“ hatte er ihr einmal gesagt, „du vereinst die Vorteile des Mannes mit denen der Frau!“ Nicht einmal das konnte sie erzürnen. Schön waren auch die Wochenendbesuche bei ihren Eltern und Brüdern, da erlebte der Buspassagier, daß Familie auch ein Anker sein konnte, ein Stützpunkt, etwas, das mehr freut als nervt. Manuel war erst fünfzehn und schaute andächtig zum Buspassagier auf, und Peterchen war gleich nach Weihnachten für ein Jahr nach Amerika gegangen, was dem Buspassagier seltsam leid tat, denn irgendwie fühlte er sich ihm gegenüber schuldig, weil er ihn zunächst als Widersacher gehaßt hatte. Der Stiefvater war ein Ami, ein General mit irgendeinem Geheimauftrag bei EUCOM, dem europäischen Hauptquartier der US-Truppen in Europa, einer beliebten Demo-Pilgerstätte friedensbewegter Demonstranten. Der Buspassagier war sich zwar sicher, daß er von dort den letzten Golfkrieg zumindest mitdirigiert, wenn nicht sogar hauptverantwortlich geleitet hatte, aber der General war ein kluger Mann, witzig und kritisch, der trotz aller Loyalität seinen Job nicht verbiestert eng sah, und auf dieser Ebene hatte sich zwischen ihm und dem Buspassagier eine passable Freundschaft entwickelt. Ihre Mutter war eine schwäbische Übermutter zum Knuddeln; sie redete mitunter ein bißchen viel, aber sie war gutmütig und wohlwollend und kochte reichhaltig und immer sehr gut. Die ganze Familie hatte die Eigenart, Menschen um sich herum sein zu lassen. Er hatte der Busfahrerin einmal vom Busvertrag mit seinem Vater erzählt, sie hatte gelacht und akzeptiert und es womöglich auch ihrer Familie mitgeteilt, aber niemand kritisierte ihn deshalb oder fragte in irgendeiner Form nach. Diese Menschen nahmen wahr, ohne zu werten, wie es sonst nur die Asiaten taten, und das machte das Leben mit ihnen unglaublich angenehm.

Dort im Haus hatte sich eines samstagnachts die Kündigung seiner Wohnung und alles Weitere ergeben, und der Buspassagier mußte beim Gedanken daran grinsen.

Er war damals mit ihr im Bett gelegen, hatte sich die Zigarette danach angezündet und sich überlegt, ob er wohl zuvor ein bißchen laut gewesen war, als sie mit sicherem Griff zu seiner Zigarettenschachtel griff – sie schnorrte immer und ganz selbstverständlich, nie kaufte sie selbst Zigaretten oder besaß welche – und ankündigte: „Ich erzähl dir jetzt ein Märchen, Bus!"

Wie damals streckte er sich nun beim bloßen Gedanken daran genüßlich aus und ließ das Gespräch im Kopf noch einmal in allen Einzelheiten Revue passieren:

„Ein Märchen?"

„Ein Märchen!"

„Was für eines? Grimms Märchen oder ein selbst erlebtes?"

„Ich könnte dich umbringen: Märchen sind immer Märchen und nie selbst erlebt, gleich habe ich keine Lust mehr!

„Nein, nein, um Gottes willen, erzähl!"

„Also, paß auf!"

Sie tat einen sehr tiefen Zug an der Zigarette, was in ihm den Verdacht nährte, daß dieses Märchen nicht zufällig an der Reihe war.

„Da waren zwei Königskinder, zwei Prinzessinnen ..."

„Waren sie hübsch?" fiel er ihr ins Wort, auch, um die Schwere aus der Situation zu nehmen. Sie nahm es dankbar auf und verfiel wieder in ihren typischen, leichten und leicht spöttischen Ton.

„Sehr hübsch, Bus, sehr hübsch!"

„Hübscher als du?"

„Jünger!"

„Also hübscher!"

Sie kniff ihn in die Seite, zog erneut an der Zigarette und fuhr fort:

„Hübscher als ich und jünger, aber auch dümmer und weniger lebensreif ..."

Der Buspassagier rätselte vergebens, wohin diese Geschichte gehen wollte.

„... aber egal: sie waren beide fröhliche Mädchen, zwei Schwestern, gleich hübsch und gleich alt und ..."

„Zwillinge!"

„Was?"

„Zwillinge! Wenn sie Schwestern sind und gleich alt und gleich hübsch, dann sind sie Zwillinge!"

„Nein verdammt, es waren gleichaltrige Schwestern, keine Zwillinge!"

„Hör zu, auch ein Märchen muß in sich logisch sein!"

„Was ist daran nicht logisch: zwei Mädchen, gleich alt, hübsch, Schwestern, mehr nicht!"

„Wird das hier ein Intelligenztest für Baumschulabsolventen oder was? Gleichalte Schwestern sind Zwillinge!"

„Nicht, wenn sie zum Beispiel von zwei verschiedenen Müttern stammen!"

„Dann sehen sie aber nicht gleich aus!"

„Das hat auch kein Schwein behauptet, Bus, du Arsch, du hörst überhaupt nie zu: hübsch sind sie beide, aber nicht gleich, okay?"

„Okay, du erzählst mir also ein Pornomärchen von einem Schweinekönig, der in derselben Nacht zwei unterschiedliche Mütter befruchtet – bitte!"

„Bus, ich hab jetzt keine Lust mehr!"

An der Art und Weise, wie sie seinen Kuß ablehnte, spürte er wieder, wie wichtig ihr dieses Märchen sein mußte, und er kapierte, daß er in dieser Situation seinen Spott dringend dämpfen mußte, der immer dann zum Vorschein kam, wenn ihm etwas unangenehm oder peinlich war.

Sie hatte sich eine weitere Zigarette angezündet, reckte mahnend Zeige- und Mittelfinger in die Luft, zwischen denen die rauchende Kippe fest eingeklemmt war und fuhr nach einem etwas vorwurfsvollen Blick und einem: „Letzte Chance jetzt!“ fort.

„Also, scheißegal: zwei Prinzessinnen, meinetwegen Zwillinge, obwohl – natürlich! Es müssen zwangsläufig Zwillinge sein, sonst funktioniert das Märchen gar nicht, sorry, Bus!“

Er nickte mit dem Lächeln des souveränen Gewinners.

„Gut, die eine hat ihren Prinz schon gefunden, aber der anderen nichts davon erzählt, weil sie sie damit überraschen will. Und sie organisiert ein großes Hochzeitsfest und alles ist gerichtet und ein paar Tage zuvor, eines Abends, treffen sich die andere und der Prinz ...“

„Also die Schwester, die ihn noch nicht kennt?“

„Genau. Sie treffen sich zufällig in der Kammer der Braut, weil die Braut weg mußte, sagen wir zum Arzt. Oder Frisör, einkaufen, völlig wurscht, jedenfalls hat jeder von den beiden, also der Prinz und die Zwillingsschwester, einen Grund, in die Kammer der Braut zu gehen und dort treffen sie sich – sie sehen sich zum ersten Mal quasi.“

Sie zog heftig an ihrem Glimmstängel.

„Verstehst du? Vom Ansatz her die typische antike tragische Verwechslungskomödie, fast schon ein Kleiststoff, also: Er hält sie für seine Braut, weil sie ihr so ähnlich sieht. Und weil der Prinz in Vorfreude auf die Hochzeit schon etwas betrunken ist, fällt er sofort über sie her, küßt sie, befummelt sie, zieht sie aus, ganzes Programm ...“

„Geil!“

„Sie wiederum kennt natürlich den Prinzen nicht, weiß nichts von ihm und schon gar nicht, daß er der Bräutigam ihrer Schwester ist. Sie ist völlig überrascht, der Verstandteil ihres Kopfes warnt: Denk darüber nach, wie und warum er hierher gekommen ist, er muß was mit deiner Schwester zu tun haben, aber ihr Gefühlsteil redet auf sie ein: gönn ihn dir, und er gefällt ihr gut, sehr gut, und weil sie ein Jahr davor verlassen wurde, böse verlassen, und ausgehungert war und nichts zu verlieren hatte ..."

„Du verteidigst sie!"

„Was?"

„Du verteidigst sie – aber das macht nichts, super Märchen, erzähl weiter!"

„Jedenfalls: sie tun's!"

„Ja!" Er boxte begeistert mit seiner zur Faust geballten Rechten in die offene Linke.

„Sie rammeln wie die Wilden!"

„Wahnsinn!"

„Sie vögeln die ganze Burg zusammen!"

„Hammer!"

„Sie ist ... sie ist ... so erregt, verstehst du, wie nie zuvor und auch ...", sie zog tief an der Zigarette, blickte ihn nicht an und sprach danach seltsam leise weiter, „und auch wie nie mehr danach!"

Nun zündete er sich seinerseits eine Zigarette an und überlegte: Wenn das Märchen irgendwie autobiografisch sein sollte, dann könnte dieser letzte Passus auch mit ihm zu tun haben. Doch er kam nicht zum Weiterdenken, denn sie nahm den Faden sehr schnell wieder auf.

„Jedenfalls, die Sache war: Genau in dem Moment kommt auch ihre Schwester ins Zimmer!"

„Nein!"

„Doch – die zwei starren sich an, der Prinz starrt beide an, alle starren alle an, jeder denkt was anderes. Der Prinz blickt's auf keinem Auge, denkt, es hat was mit seinen Drogen zu tun, zieht seine Hose hoch und macht sich wortlos aus dem Staub."

„Er ist also kein Von und Zu, sondern ein Auf und Davon!"

Beim momentanen Stand der Geschichte war sie für keinen Spaß zu haben und erzählte nahtlos weiter, als hätte es seinen Einwurf nie gegeben: „Er hätte das Ding natürlich retten können, aber nur jetzt, verstehst du, jetzt dableiben und alles erklären, reden, bis das Mißverständnis ausgeleuchtet ist, das wäre zwar auch Schmerz gewesen, bloß halt einer, den alle hätten wegstecken können, aber nein, typisch Mann, er kapiert etwas nicht und macht einfach die Fliege: Flucht statt Verantwortung!"

„So sind sie halt, diese Prinzen; kennst du einen, kennst du alle. Weiter?"

„Bleiben die Schwestern zurück. Die eine denkt voll Wut und Scham und Verzweiflung: Was macht diese unloyale Sau von Schwester mit meinen Prinzen? Die andere denkt: Was ist? Bist du eifersüchtig auf meinen ersten Sex nach einem Jahr oder was? Warum gönnst du mir das nicht?"

Der Buspassagier mischte sich ein: „Aber das läßt sich doch aufklären, wenn die eine nur sagt: Was machst du mit meinem Prinzen? Dann sagt die andere: ... was? Das war dein Prinz und..."!

„Natürlich, Bus, so könnte es sein, aber so ist es nicht in diesem Märchen! In diesem Märchen läuft es anders: Die Braut haut der Schwester eine runter, einfach so, ohne Worte, von jetzt auf nachher, und nun könnte man denken, das weckt die andere auf, und die Aussprache beginnt, aber das Pech ist: die Braut hat dabei noch ihren Schlüssel in der Hand und reißt der Schwester unglücklicherweise das Gesicht auf!"

Dem Buspassagier kam der Verdacht, daß die etwa zehn Zentimeter lange Narbe unter ihrem Auge etwas damit zu tun haben könnte, die fantastisch genäht und somit fast unsichtbar war und doch so geschickt unter zwei Sommersprossen lag, daß sie die Schönheit ihres Gesichtes regelrecht untermalte, verwarf den Gedanken aber lieber sehr schnell.

„Das Blut läuft in Strömen runter, aber auch das weckt sie nicht auf, sie ist noch in Trance von dem schönen Sex, sie spürt keinen Schmerz – und was macht sie?"

„Ich weiß es nicht?"

„Sie haut der Braut die Nase flach!"

„Ach komm!"

„Doch!"

„Brutales Märchen, nichts für Kinder!"

„Stell dir vor Bus, sie schlagen einfach wortlos aufeinander ein, minutenlang, Schlag auf Schlag, nichts zu hören außer Keuchen und Schmerzschreie, aber auch die sind ganz verhalten, fast leise, das Ganze ist grotesk und bizarr, wie nicht wirklich. Beide bluten fürchterlich und haben Verletzungen, und dann trennen sie sich – die Schwester geht raus, läßt die Braut zurück – und sie sehen sich nie wieder!"

„Hmm! Gehen sie ins Krankenhaus?"

„Die Schwester ja. Von der Braut weiß ich es nicht!"

„Wieso nicht?"

„Weil ... weil es nicht im Märchen stand, deshalb!"

„Aha!"

„Und nun kommt nach vielen Jahren die Fortsetzung vom Märchen, denn nun hat die andere Schwester einen Prinzen gefunden. Und nun ist die Frage: Soll sie jetzt den Kontakt zur Braut aufnehmen und sie im Gegenzug auf ihre Burg einladen?"

„Unbedingt!"

„Aber was ist, wenn sie die Braut nicht mehr findet?"

„Sie wird sie finden, ganz bestimmt!"

„Und was, wenn die Braut nicht kommen will?"

„Warum sollte sie nicht?"

„Immerhin weiß die Braut bis heute nicht, daß ihre Schwester im Moment der Affäre nicht wußte, daß der Prinz ihr Bräutigam war, die Schwester hat es sich erst sehr viel später zusammengereimt, weil es nur so sein kann."

„Sie könnte es ihr doch bei der Kontaktaufnahme erklären!"

„Meinst du, das würde die Braut verstehen?

„Sicher!"

„Sicher?"

„Ganz sicher!"

„Gut!"

Er spürte, wie mit dem Ende der Geschichte eine große Spannung von ihr gewichen war, und nun konnte er versuchen, vorsichtig nachzufragen.

„Sag mal, Bus-Baby, ich will bestimmt nicht, daß du gleich wieder emotional in eine Endstation einfährst, aber ...", wieder blickte er in ihre Augen und war sich einmal mehr sicher, noch nie zuvor gesehen zu haben, daß ein Mensch ein grünes und ein blaues Auge zugleich haben konnte, „kann es sein, daß dieses Märchen in Barcelona spielt?"

„Kann sein. Schnauze jetzt. Willst du mich heiraten?"

„Mann, Chef, diese ganze Geschichte ist so unglaublich verrückt, ich hab so was noch nie gehört! Also, ich meine, in Büchern gelesen und oder Filmen gesehen und so, aber daß ein Alter aus dem Pflegeheim so was auf dem Buckel hat – man sollte mehr mit denen reden!"

„Ja, das sollte man, mein Junge, das sollte man in jedem Fall tun!" antwortete der Pflege inhaltsschwer.

„War dem Alten denn nicht klar, daß seine Busfahrerin kein Märchen erzählt hat, sondern die tragische letzte Begegnung mit ihrer eigenen Zwillingsschwester?"

„Doch schon!"

„Und daß er selbst etwas damit zu tun hatte?"

„In diesem Augenblick noch nicht!"

„Gott, wie vernagelt!"

„Junge, bleib fair!" mahnte der Pfleger. „Du darfst nicht vergessen, daß Verena, die Zwillingsschwester, für den Alten nur eine Stimme war, mit der er einmal am Telefon gesprochen hatte, mehr nicht. Natürlich hat er begriffen, daß das Märchen eins zu eins aus dem Leben der Busfahrerin übernommen war und es sich bei der Prinzessin um ihre Zwillingsschwester handelte. Er hat auch verstanden, daß sich um diese Geschichte das Barcelonaproblem rankt. Aber daß er selbst mit ihrer Zwillingsschwester gesprochen haben könnte, daß er es war, der ihr mit einem blöden Spaß den Boden unter den Füßen weggezogen hat, das hat er erst lange später kapiert."

„Wow, ich wollte mit so was nicht leben!"

„Ich auch nicht!" bestätigte der Pfleger und fügte tonlos hinzu: „Das geht dem Alten übrigens ganz genauso!"

„Übrigens, Chef, wollen Sie hören, was ich denke?"

„Ich freue mich immer, wenn du es überhaupt mal tust – schieß los!"

Der Azubi hatte den Spott nicht bemerkt und antwortete ernsthaft: „Der Prinz, also, der Partner von Verena, ist derselbe Mann, der im Café mit den orangegefleckten Schuhen stand und jetzt halten Sie sich fest, sein Name ist...!"

„Hei! Hei! Hei!" fuhr der Pfleger dem in diesem Moment seltsam erregten Azubi über den Mund. „Ich erzähle hier die Geschichte, und zwar eine echte Geschichte, keine zusammengepfriemelte Spinnerei, alles klar?"

2

Bestimmt zum zehnten Mal an diesem Tage hatte sich der Buspassagier im Spiegel angesehen. Er konnte sich einfach weder an die leere Wohnung noch an den Anzug gewöhnen, den er trug und der ihm wider Erwarten sehr gut stand. Daran, daß er einmal in dieser Wohnung gewohnte hatte, erinnerte nur noch der mannshohe Spiegel an der Eingangstür, den er einst mit Silikon aufgeklebt, nun nicht mehr wegbekommen und deshalb einfach hatte kleben lassen, sein Telefon und der blinkende Anrufbeantworter.

Eigentlich wäre an diesem 26. August die Übernahme gewesen, tags darauf früh um acht Uhr ging der Flug und zum ersten September kam der Nachmieter. Doch sein Vermieter hatte den Termin am Vormittag telefonisch abgesagt:

„Wir brauchen keine Übernahme machen, denn ich weiß, daß Sie auf die Wohnung gut aufgepaßt haben und daß sie gut aussieht!"

Da hatte er allerdings recht, aber was machte ihn so sicher? „Außerdem behalten sie ruhig erst mal den Schlüssel, ich habe dem Nachmieter wieder abgesagt, der war doch nicht mein Fall; ich habe irgendwie das Gefühl, daß ich die Wohnung für jemand anderes freihalten muß, der sie dringend brauchen wird, verstehen Sie?"

Der Buspassagier hatte zwar nicht verstanden, das Gespräch aber sehr höflich beendet. Vermieter waren eigentlich als mißtrauische Spießer verkleidete Blutegel oder Zecken, die sich an überhöhten Mieten labten, Kautionen zurückhielten und am liebsten noch vor Gericht tagebuchliche Selbstauskünfte über die mieterlichen Lebensgewohnheiten erklagt hätten.

Aber es war natürlich besser so, denn er hatte zwar nicht viele Freunde, aber wenn auf seinem hiesigen Anrufbeantworter seine neue Telefonnummer kommuniziert wurde, hatte das durchaus auch Vorteile. Außerdem war der Keller noch nicht ausgeräumt, und bei dieser Aktion sprach man nicht von einem Tag, sondern eher von einem ganzen Wochenende. Der Buspassagier hätte versucht, dem Nachmieter mit einer Flasche Wein, einem charmanten Grinsen und seinem Hinweis auf Hochzeit und Flitterwochen noch ein, zwei Monate abzutrotzen, aber nun schien sich dieses Problem sehr elegant von selbst zu vertagen, und das konnte dem Buspassagier nur recht sein. Er blickte auf die Uhr: In zwanzig Minuten kam das von der Busfahrerin für ihn bestellte Taxi. Es war ihm aus der Art und Weise, wie sie „Taxi“ gesagt hatte, klargeworden, daß eine für sie typische Aktion anstand. Und natürlich ahnte er auch, daß das „Taxi“ ein Omnibus sein würde, ganz klar, den irgendeiner ihrer Kolleginnen oder Kollegen zu dieser „Sonderfahrt“ zum Standesamt hernehmen würde und er hoffte inständig, daß diese Sache so unspektakulär und so wenig peinlich wie möglich für ihn abgehen würde. Noch inständiger hoffte er, daß sie seinen Radiosender nicht angesprochen haben würde. Nichts hassen graue Eminenzen mehr, als wenn man den Vorhang zu ihrem Reich lüftet – und diese ganze Hochzeit war auf ihrem Mist gewachsen und ihr Ding, und er machte nur mit, weil es ihr so wichtig war und weil wiederum sie ihm mittlerweile so wichtig war, das war alles. Dabei fand er es eher peinlich und unangenehm, gleich vor einem öffentlich bezahlten Sesselpupser zu stehen und „ja, ich will!“ sagen zu müssen. Ihm fiel auf, daß andere zu solch einem Anlaß Dutzende von Freunde her bestellten. Freunde in dem Sinn hatte er gar keine, er brauchte auch keine, aber sein Trauzeuge würde dabei sein, Architekt Schneyder. Der Buspassagier grinste vor sich hin bei der Erinnerung daran, wie dieser am Tag nach seiner Racheattacke kleinlaut im Krankenhaus zu Besuch gekommen war, sich für seine Überreaktion entschuldigt hatte und ihm 5000,- Euro in bar auf den Nachttisch gelegt hatte verbunden mit der Bitte, daß er, der Buspassagier, sich im Gegenzug, wenn die Polizei nach der Täterbeschreibung frage, möglichst nicht an ihn erinnern sollte. Sie hatten sich angeschaut, und man konnte förmlich sehen, wie die Spannung zwischen ihnen platzte wie ein Luftballon, und dann hatten sie gelacht, lauthals, anschwellend, ein Ende war nicht abzusehen, laut und bellend, hatten sich in eine Freundschaft hineingelacht, bis dem einen der Bauch und dem anderen die Nase geschmerzt hatte. Ja, schön, er würde da sein, dachte der Buspassagier, aber unglücklicherweise auch sein Vater und seine Schwester, so war das nun mal, und garantiert würde ihn sein Vater heute beiseite nehmen und sagen: „Junge, lassen wir doch den Unsinn!"

Ja, er liebte diese Busfahrerin so sehr, daß er ihr zuliebe von diesem Moment des letzten Nachdenkens aus gesehen in einer guten Stunde nicht nur seine Freiheit, sondern auch seine Arbeit verlieren würde. Natürlich würde ihm sein Vater statt der Busticket-Abrechnung irgend etwas anbieten, „jetzt, wo du in die Gänge kommst, Junge!", vielleicht würde er ihnen eine Wohnung schenken, eine monatliche Zuwendung, dem war alles zuzutrauen, und der Buspassagier wußte, daß es nun auch aus sein würde mit der beschaulichen Distanz zu Schwester und Vater, nun würde es Regelmäßigkeiten geben, denn seine neue Schwiegermutter würde nachher nichts Besseres wissen, als genau dieses sofort in die Wege zu leiten.

Der Anrufbeantworter blinkte sehr aufdringlich, und der Buspassagier schaute erneut auf seine Uhr, begleitet von der stillen Hoffnung, es könnte zu knapp zum Abhören sein, denn seine Angst vor unangenehmen Nachrichten war groß. Insgeheim fürchtete er, Schwester oder Vater könnten auf Band gesprochen haben, was das irrationale Moment seiner Angst noch klarer herausschälte, denn ohnehin würde er sie gleich sehen, sehen müssen, also, was soll's, es waren noch zehn Minuten.

Komisch bewegt war er, er fühlte sich völlig unsortiert. Ihm hing immer noch nach, wie sie ihm gestern die Geschichte ihres leiblichen Vaters erzählt hatte. Hektisch und abhakend, es hatte überhaupt nicht zum schönen besinnlichen Abend gepaßt. Eigentlich sprachen sie über die Hochzeit und die Reise und plötzlich sagte sie: „Ich muß dir noch was sagen!" Und dann war es aus ihr rausgesprudelt, so, als müßte sie es noch schnell vor der Hochzeit loswerden. Sie hörte nicht auf, bis alles erzählt war. Und danach frage sie unmittelbar: „Willst du was trinken?"

Ihr leiblicher Vater hatte sie mißbraucht, mehrmals, das hatte sie so nüchtern und analytisch erzählt, daß es ihn nicht schocken konnte, nur bewegen und berühren. Und dann war er gestorben, als sie vierzehn war, sie und ihre Schwester.

„Deine Schwester?"

„Ja!"

„Die aus Barcelona?"

„Ja!"

„Wie heißt sie?"

„Spielt keine Rolle, Bus, Verena heißt sie, jedenfalls ist sie mit meinem Vater Riesenrad gefahren, sie saßen allein in der Kapsel, und als das Riesenrad ganz oben war, ist er rausgefallen."

„Was sagst du da? Er ist ...?"

„Du hast richtig gehört: rausgefallen!"

„Hat sie ..."

„Bus, das weiß man nicht, keiner weiß es, außer ihr, sie hat danach vier Wochen lang keinen Ton gesagt und nur geflennt, und der Psychologe sprach von einem sehr schweren Schock bei ihr, und die Polizei ging bei ihm immer von einem Selbstmord aus!"

„Das ist ja unglaublich!"

„Vergiß es, Bus, keiner hat ihn vermißt, okay? Jedenfalls wollte ich nur, daß du die Geschichte weißt, Bus! Sie ist nicht so wichtig, wie du vielleicht denkst, aber sie gehört zu mir und du solltest sie einfach mal hören!"

„Ja, gut, und deine Schwester, deine Zwillingsschwester, Verena, wo ist sie?"

„Weg."

„Wird sie morgen kommen?"

„Ich hab ihr geschrieben!"

„Nach Barcelona?"

„Genau, Bus! Ich habe ein bißchen recherchiert und ihre Adresse rausbekommen."

„Heißt das, unser Überraschungsflug übermorgen geht nach Barcelona?"

„Bingo! Ich hab ihr geschrieben, daß wir kommen und sie braucht keinen Streß machen, ich hab ihr das Hotel genannt – sie hat vier Tage Zeit, sich dort zu melden. Wenn sie ein bißchen Interesse hat, wird sie es tun! Und jetzt: Schluß damit! Das nächste Wort über meine Schwester wird entweder fallen, wenn sie dabei steht, oder es wird niemals fallen! Schenk mir einen Brandy ein!"

Er schlenderte noch einmal durch seine entmannte Wohnung. Sie war leergeräumt, es war früher Nachmittag Ende April, er war am Wendepunkt seines Lebens, es waren noch fünf Minuten, der Anrufbeantworter blinkte, er drückte auf den Knopf.

„Hallo Bus! Daniel hier...!"

Der Religionsspinner!

„Du, lange nichts voneinander gehört, was?“

Was wollte der von ihm?

„Na ja, wie die Zeit vergeht!“

Hatte ihn die Busfahrerin informiert? Aber sie kannte ihn doch gar nicht? Oder kannte sie ihn doch?

„Du, weshalb ich anrufe …“

Was zum Teufel will der?

„… ich habe doch mal dem russischen Wissenschaftler Rips, der in Israel lebt und am Bibelcode arbeitet, deine Daten geschickt, und der hat sich jetzt erst wieder gemeldet, aber das Ergebnis wird dich umhauen!“

Welch Glück, daß er diesem Spinner damals einen falschen Namen gegeben hatte, dachte der Buspassagier zufrieden! Egal was nun noch kommen sollte, es ging ihn nichts an, hatte mit ihm nichts zu tun, es war ein erheiterndes Spiel, nichts weiter!

„Er hat dich gefunden, und zwar nicht nur unter deinem Namen „Rainer Rumt“, sondern auch über „Buspassagier“, in einer Zeile, Wahrscheinlichkeit über neunundneunzig Prozent!“

Was faselt der da?

„Rips hat in einer Längszeile gefunden: „Rainer Rumt“; diese Zeile wird diagonal geschnitten von: „Er wird ihn töten!“ Aber jetzt erschrick bitte nicht, Bus! Rips hat nämlich auch das genaue Datum herausgefunden, das war schon letztes Jahr, ein Tag im März und einer im September. Ich gehe davon aus, daß du damals in großer Gefahr warst, aber irgendwie durchgekommen bist!“

Was sollte das?

„So, und der Bibelcode kennt auch deinen Spitznamen, Bus! Rips hat nämlich noch Folgendes gefunden: „Bus, der im Bus fährt" kreuzt sowohl „Er wendet das Schicksal" als auch „Er schickt Glück und Unglück auf den Weg!"

Der Buspassagier war starr vor Schreck. Eine tiefe unheimliche Existenzangst hatte ihn gepackt, die sich auch noch steigerte, als die Stimme von Daniel, dem Religionsspinner, auf seltsame Weise ernst wurde.

„Tja, und über alles Weitere, Bus, müssen wir dringend mal reden. Ich sage mal: Kein Anlaß zur Panik, aber ganz harmlos ist das trotzdem auch nicht, ich weiß nicht, ob ich dir's am Telefon ... na ja, was soll's, es ändert ja eh nichts, also ..."

Der Buspassagier war zum Anrufbeantworter gerannt und ließ seinen Finger über dem Stop-Knopf schweben, brachte es aber doch nicht fertig, Daniels aufgezeichneten Redeschwall zu unterbrechen.

„... also, dann ist da noch mal „Buspassagier" zu finden, an einer anderen Stelle der Bibel, und hier kreuzen folgende Dinge: „Mörder, der zweimal töten wird!" und „Der die Schwester treffen wird". So, und diagonal zu diesem Kreuz läuft ..."

In diesem Augenblick schellte die Glocke. Der Buspassagier schrie entsetzt auf und drückte reflexartig auf den Stopknopf des Anrufbeantworters. Als er den Hörer der Türsprechanlage aus der Verankerung nahm, spürte er, wie heftig er zitterte. Natürlich entglitt ihm der Hörer, krachte auf den Boden und baumelte dann scheintot am Spiralkabel. Er angelte ihn über das Kabel nach oben, schrie „Ich komme" mit sich überschlagender Stimme hinein, warf den Hörer in seine Schale, fingerte nach einer Zigarette, zündete sie an, inhalierte tief und hektisch, holte aus seiner Anzugstasche eine kleine Jägermeisterflasche – es war nicht die ganz kleine, sondern die Fernfahrergröße – trank sie auf einen Zug aus, aschte in die leere

Flasche, nahm einen letzten, tiefen Zug von der Zigarette, drückte dann mit etwas ruhigeren Händen die Kippe ins Grünglas, schraubte den Deckel drauf, beobachtete, wie der gefangene Rauch panisch einen Ausweg suchte und doch nicht aus der Flasche kam. Dann warf er die Flasche ins Eck, strich über seinen Anzug, vergewisserte sich, daß er den Hausschlüssel in der Tasche hatte, warf einen letzten Blick in den Spiegel, schnappte aus alter Gewohnheit heraus die kleine Umhängetasche, in der sich ein Kuli, ein Marker und alle Notizblöcke befanden, die er beschrieben hatte, seit er beruflich ins Busfahren eingestiegen war, verabschiedete sich stumm von sich, seinem bisherigen Leben und seiner Wohnung, warf die Türe zu und ging nach unten, wo ihn ein bunt geschmückter Stadtbus als alleinigen Fahrgast erwartete.

Der Vater hat seine Töchter mißbraucht, beide. Schon im Wort „Mißbrauch“ steckt eine beurteilende Bewertung und sie ist nur allzu verständlich. Aus menschlicher Sicht kann man sich kaum schlimmer versündigen, als durch sexuellen Mißbrauch an seinen Kindern. Und wenn ein derart gemartetes Kind mit vierzehn Jahren den Mut aufbringt, seinen Peiniger aus der Riesenradgondel zu werfen, das erfüllt den Menschen mit Befriedigung. „Ja!“ denkt er, „recht so! Tapferes Mädchen! Richtig gehandelt!“ In Gedanken nimmt er das weinende Kind in den Arm, tröstet es mit den Worten: „Nun ist alles vorbei!“

Ein anderer Mensch, der die Vorgeschichte nicht kennt und nur erfährt: „Vierzehnjährige wirft Vater aus der Riesenradgondel!“ wird aufheulen: „So ein durch und durch schlechtes Kind! Da plagt sich ihr Vater Monat für Monat ab, die Göre durchs Leben zu bringen, arbeitet sich für sie die Finger blutig, und das ist der Dank? Gefängnis ist noch viel zu wenig, man sollte dieses Mädchen...“

Ja, was? Vergewaltigen? Als Strafe dafür, daß sie den Vater tötet? Oder den Vater töten als Strafe dafür, daß er die Tochter vergewaltigt? Menschen sind völlig unfähig, gut und böse zu erkennen und doch bilden sie sich ein, genau in dieser Disziplin Meister zu sein. Was wiederum der Grund dafür ist, weshalb sie gut und böse als separierte Phänomene erleben. Sie trennen das in sich Vereinte und leiden dann darunter. Ihr Wunsch, daß ein strafender Gott das Schicksal in die Hand genommen hat und dem Vater eine göttliche Strafe hat zuteil kommen lassen, ist irrsinnig. Der Elefant beobachtet nur. Wenn es ihn gibt. Deshalb erscheint dem Menschen die diesem Fall zu Grunde liegende Wahrheit als absolut banal. Trotzdem sollt ihr sie wissen: Nichts auf Erden geschieht, weil der Elefant es will. Alles geschieht, weil ihr es wollt. Nichts, was ihr nicht wolltet, würde sich je ereignen. Ihr produziert Filme über einstürzende Hochhäuser und erschreckt dann zutiefst, wenn Hochhäuser wirklich einstürzen. Es sind Eure Gedanken, die sich in Realitäten manifestieren. Das ist die eine Wahrheit. Die andere: Der betrunkene Vater hat nicht Selbstmord begangen. Er wurde auch nicht von seiner Tochter aus der Gondel gestoßen. Er ist aufgestanden, hat sich aus der Gondel gebeugt, das Gleichgewicht verloren und ist zu Tode gestürzt. Wie langweilig.

„Glauben Sie das?“

„Was, mein Junge?“

„Na ja, diese Bibelcode-Geschichte?“

„Das ist gar nicht die Frage, mein Junge!“

„Warum nicht?“

„Die Frage ist: Wie ordne ich diese Sache in mein Leben ein, ohne selbst verrückt zu werden!“

„Wie meinen Sie das?“

„Nun, der Alte hat ein bißchen mit meinem Namen in seinem Computer rumgespielt und ...“

„Haben Sie ihn darum gebeten?“

„Nein, natürlich nicht, er hat es von selbst getan, der alte Ganove!“

„Und?“

„Und er hat mir nichts gesagt – er schweigt.“

„Aber daß Sie nicht am Rauchen sterben werden, das hat er gesagt!“

„Ja!“

„Warum?“

„Ich habe es ihn gefragt!“

„Sonst haben Sie ihn nichts gefragt?“

„Nein, nichts!“

„Warum nicht?“

„Kennst du den alten Chefpfleger?“

„Nein!“ antwortete der Azubi verwirrt, „warum?“

„Er wurde vor etwas über drei Jahren ersetzt!“

„Rente?“

„Nein. Er hat sich im Max-Eyth-See ertränkt!“

„Boh!“

„Und auf seinen Körper hat er mit Edding neunundneunzigmal ‚Wehe‘ geschrieben.“

„Wie bitte?“

„Wenn ich dir's sage!

„Hat er den Alten betreut?“

„Ja!“

„So wie wir jetzt?“

„So wie wir!“

Der Azubi schluckte. Er spürte, daß sein Pfleger Angst hatte, unterschwellige Angst, und er wollte ihn da herausholen und die Geschichte zu Ende hören und fragte:

„Hat er denn Verena jetzt mal getroffen?“

„Wer?“ der Pfleger hing offensichtlich noch seinen schweren Gedanken nach.

„Ob der Alte die Zwillingsschwester der Busfahrerin getroffen hat! Diese Verena!“

„Verena? Ach so: Verena ...“

„Ja, die, hat sie überhaupt den Brief erhalten?“

„Nein! Die Busfahrerin hatte ihn an die letzte ihr bekannte Adresse geschickt, aber Verena war nach ihrer geplatzten Hochzeit und dem Streit mit ihrer Schwester umgezogen!“

„Haben sie sie denn in Barcelona getroffen?“

„Sie waren nicht in Barcelona!“

„Aber es war doch ihre Hochzeitsreise!“

„Sie haben nie geheiratet!“

3

Verena Hindemith schaute sich ein letztes Mal in ihrer Wohnung um.

Das Schreiben des Arztes an sie und ihres an ihre Schwester lagen fein säuberlich auf dem Tisch, die ganze Wohnung war geputzt und sortiert, ein großer Blumenstrauß stand auf dem Eßtisch: So sieht eine Wohnung aus, die sich auf Gäste freut.

Verena überprüfte den Sitz ihres schönsten Kleides. Man merkte zwar, daß sie beim Kauf gute zehn Kilo mehr gewogen haben mußte, aber dennoch stand ihr das Kleid immer noch hervorragend. Sie hatte es immer bei wichtigen Anlässen getragen, zuletzt, als beim KONZERN der neue Personalchef eingeführt wurde und sie dabei dem scheidenden das Geschenk überreichen durfte – eine große Fotomontage mit den Gesichtern und Unterschriften aller, die von ihm eingestellt worden und noch im Betrieb waren. Es wurde damals gespottet, daß das Bild noch viel größer gewesen wäre, wenn man die von ihm Gefeuerten zusammengetragen hätte, und so spürte sie, daß der Beifall bei der Bildübergabe eher ihr gegolten hatte, Verena Hindemith, der Schönen im atemberaubend tollen Kleid: Es hatte ihren schönen Leib betont und ihre langen Beine gezeigt. Diese waren zwar inzwischen von einigen nächtlichen Stürzen auf dem harten Kopfsteinpflaster böse zerschunden, aber Verena hatte das, so gut es ging, weggeschminkt. Auch an ihrem Gesicht hatte sie eine knappe Stunde gearbeitet, und selbst wenn man bei genauem Hinsehen eine dicke Schicht Schminke sehen und dahinter einen ordentlichen Zerfall bemerken konnte, sah sie doch aus einiger Entfernung immer noch sehr, sehr gut aus. Und bestechend waren ihre Augen, das eine grün, das andere blau, was sie auf der ganzen Welt noch nie gesehen hatte, außer bei sich.

Und bei ihrer Zwillingsschwester, die vor vielen Jahren aus ihrem Leben verschwunden war.

Verena nickte in den Spiegel, legte den Hausschlüssel sorgfältig neben die Briefe, überprüfte, daß sie die hundert Euros in der Tasche hatte, zog die Türe zu und ging nach unten.

Sie lief zum Placa Reial, um ihr morgendliches Sektflaschenfrühstück zu sich zu nehmen, heute aber gleich im Taxidermista, denn heute war ihr Freudentag, heute wollte sie feiern. Die Nachricht des Arztes war gestern ins Haus geflattert, und Verena hatte nach dem Lesen ihre Lieblings-CD eingelegt und fast eine Stunde lang in der Wohnung getanzt, den Tanz ihres Lebens. Diese Nachricht hatte sie mit ihrer Klarheit so entspannt, daß ein Stein von ihrem Herzen gefallen war, denn mit dieser Botschaft war ihr endlich ein klarer Weg gewiesen, nach knapp zwei Jahren des Suchens und der Unruhe wußte sie nun, wohin die Reise ging, und da konnte die Nachricht der Bank, die am selben Tag einging und mitteilte, das Sparguthaben sei aufgebraucht und sie möge sich bitte um einen Termin mit ihrem Sachbearbeiter bemühen, keinerlei Emotionen mehr auslösen.

Es war zu früh am Tag, als daß Verena schon einen ihrer Freunde hätte begrüßen können und schon gar nicht Keith, den Engländer, den sie nach jenem ersten Abend noch viele Male mit zu sich genommen hatte und den die Nachricht des Arztes genauso betraf wie sie, wenn nicht mehr, aber er würde es mit Sicherheit noch rechtzeitig erfahren.

Verena lachte in sich hinein. Sie mußte nicht über ihr zurückliegendes Leben nachdenken, denn das hatte sie jeden Tag der vergangenen zwei Jahre getan, seit jenem Märztag, an dem ein Anruf und ein deutscher Firmengast ihr Leben aus den Gleisen gehoben hatten. Nein, diese Zeit war vorbei, nun war ein neues Zeitalter angebrochen, nun galt es, in die Zukunft zu schauen. Als der Kellner vorbeikam, beschloß

Verena spontan, etwas für die vergangenen zwei Jahre Untypisches zu bestellen, etwas, das in ihrer Vergangenheit lag und nach besseren Zeiten schmeckte. Und so orderte sie hintereinander weg einen Campari-Soda, einen Southern Comfort auf Eis und einen Averna Sauer. Komisch, dachte sie, normalerweise holt einen der Frauenarzt doch in seine Praxis, klärt einen auf, warnt eindringlich vor dem Genuß von Alkohol oder sonst was. Aber was war schon normal, und vor allem bei ihr, und so hatte der Arzt ihr nur einen Brief geschickt, ihr geschrieben, was Sache war, ganz wertfrei, fertig. Verena spürte mit dem letzten Schluck, daß nun selbst sie leicht über ihrer Dosis lag, und als sie nach dem Kellner rief und „La quenta por favor!" formulieren wollte, spürte sie bereits einen ordentlichen Knoten in ihrer Zunge. Und doch trug sie der Alkohol diesmal nicht in die übliche Depression hinein, sondern steigerte ihr anfängliches Glücksgefühl hin zur Euphorie. Sie hinterließ dem verdutzten Ober ein ordentliches Trinkgeld, erhob sich, lief laut deutsches Liedgut schmetternd über den Platz hin zur Rambla. Dort stellte sie sich, als ein Taxi heranfuhr, mitten auf die Straße und zwang den Fahrer mit aufgeregtem Winken zum Stoppen. Solch Verhalten mögen Taxifahrer nicht gerne, in keinem Land dieser Erde, und weil Verena seinen Unmut spürte, sagte sie rasch: „Zum Sants bitte, stimmt so!" und hielt ihm eine Zwanzig-Euro-Note unter die Nase. Das war mehr als das Doppelte, und das ließ den Taxler rasch seinen Unmut vergessen. Er schnappte sich den Schein durchs offene Fenster und wartete, bis Verena Hindemith hinten rechts Platz genommen hatte. Dann gab er Gas und fuhr wortlos zum Bahnhof, nicht ohne immer wieder durch den Rückspiegel dieses seltsame und seltsam-beschwingte Wesen zu beobachten. Als alter Taxihase im Gewerbe wußte er, daß es von großem Vorteil sein konnte, sich auffällige Fahrgäste gut einzuprägen und auch in diesem Fall sollte ihn seine Erfahrung nicht täuschen.

Verena stieg aus dem Taxi, wünschte einen guten Tag und ging mit ernstem Gesicht und festem Schritt in den Bahnhof hinein.

„Schau mal, die Tante!“ sagte ein kleines Kind zu seiner Mutter und zeigte mit dem Finger auf Verena.

„Diese Tante hat eine große Reise vor sich, mein Schatz!“

Gut zehn Minuten später, der Taxifahrer hatte sich gerade in der Warteschlange vor dem Bahnhof eingereiht, bemerkte er mit einem kurzen Blick in den Rückspiegel, daß die besoffene Verrückte von eben ihre Handtasche hatte liegen lassen. Mit einem leisen Fluch stieß er die Fahrertüre auf, griff in den oberen Türrahmen, wuchtete sich ächzend aus dem Auto, tat einen Schritt nach hinten, öffnete die hintere Wagentüre und holte die Handtasche heraus. Er schaute sich suchend um, und öffnete sie dann, um einen Blick hineinzuwerfen. Eine derart leere Handtasche hatte er noch nie bei einer Frau gesehen, und es nährte seinen Verdacht, daß mit dieser Frau einiges nicht in Ordnung war: kein Schlüssel, kein Lippenstift, kein Labello, kein Papiertaschentuch, keine Tampons, keine Feuchttücher, kein Krimskrams – nichts! In dieser Handtasche befanden sich lediglich ein deutscher Personalausweis und ein zugeklebter Brief. Unschlüssig schwankte er zunächst etwas hin und her, dann warf er die hintere Taxitüre zu, wechselte mit dem Kollegen gleich hinter ihm in der Taxischlange ein paar Worte, schnappte die Handtasche und lief in den Bahnhof. Es war eigentlich ein vergebliches Unterfangen, in dieser großen Bahnhofshalle einen einzelnen Menschen auszumachen, und normalerweise hätte er sich solch Mühe auch nicht gemacht, schließlich hatte er nicht vor, den Ruf der katalonischen Taxifahrer durch Übereifer zu ruinieren. Nein, eine vergessene Tasche gibt man abends bei der Taxizentrale ab, und dann können die sich drum kümmern, denen gab man ohnehin viel zu viel vom sauer eingefahrenen Kilometergeld ab. Doch irgend etwas an dieser Verrückten hatte ihn aufmerksam gemacht und seltsam berührt, so daß es ihn nun in den Bahnhof zog. Er war schon über fünfzig Meter in die Halle hineingelaufen, als er zwei Polizisten sah, die in eiligen Schritten auf die Treppe zuhielten, die hinab zu den Gleisen der Fernbahn führt. Schnell lief er auf sie zu, und weil sie so taten, als würden sie ihn nicht bemerken, zupfte er den einen am Ärmel, doch der Polizist sah ihn nur kurz an, riß sich los und kämpfte sich weiter vor. „Was denn?" brummte der Taxifahrer, „soll ich böse werden oder was? Ich bin der Steuerzahler, ich finanziere Euren Lohn, ich bin Euer Chef, also hört mir gefälligst zu!" Er hastete ihnen die Treppen zu den Gleisen nach und rief mehrmals nach ihnen, worauf sie, obwohl sie es hören mußten, demonstrativ nicht reagierten, was seine Wut allmählich anwachsen ließ.

Unten an den Gleisen sieben und acht war eine Menschentraube; wahrscheinlich wieder so ein Bahnführerstreik, dachte der Taxifahrer und brummte unwirsch vor sich hin: „Was habt Ihr bloß, Ihr Ärsche? Feste Jobs, festen Lohn, nie warten und die Fahrgäste stinken hinter Glas im Abteil vor sich hin – Eure Sorgen möcht ich haben! Soll ich heute auf Bullen und Bahnführer sauer sein oder was?" In diesem Moment waren die beiden Polizisten vor der Menschenansammlung zum Stehen gekommen und begannen damit, sich einen Weg durchzubahnen. Bevor sie ihm wieder entwischen konnten, tippte der Taxifahrer einem von beiden so heftig auf die Schulter, daß es fast einem Schlag gleichkam, doch der Polizist reagierte nicht darauf. Der Taxifahrer wunderte sich in diesem Moment sehr über diesen Beamten und sein sonderbares Verhalten.

Dann fiel sein Blick zufällig auf die Gleise.

4

Diese Fahrt im Bus war mit das Seltsamste, was der Buspassagier je erlebt hatte, und er wußte schon beim Fahren, daß sie ihn durch ein Schwarzes Loch bringen würde. Dahinter würde ein Paralleluniversum auf ihn warten oder etwas anderes. „Nichts wird mehr so sein wie zuvor!“ das kannte er aus Amerika vom elften September zweitausendeins, und das vermochte ihn nun überhaupt nicht zu beruhigen. Sein kognitives Zentrum suchte in all den unheilvollen Gefühlen, die ihn wie eine unsichtbare Aura umwölbten, nach logischen Erklärungen. Klar: heiraten, Wohnung aufgeben, die Story vom unter mysteriösen Umständen vom Riesenrad gestürzten Vergewaltigungsvater, die seltsame Zwillingsschwester und dann noch diese Nachricht vom Religionsspinner, das war zusammengenommen schon recht starker Tobak, eine gewisse Unruhe war bei solch einer Ansammlung von Neuem und Unheimlichem völlig logisch. Und doch hatte sein Unbehagen etwas verwirrend Reelles an sich, was ihn noch mehr beunruhigte und ihn so in einem sich selbst verstärkenden negativen Kreis gefangenhielt. Immer wieder schaute die Buskollegin im Rückspiegel nach ihm, und immer wieder bemühte er sich, diesen Blick mit einem freundlichen Lächeln zu erwidern. Sie hatten den ganzen Bus mit Luftballons gefüllt, die Scheiben beklebt und blödsinnige Hochzeitswünsche auf großes Papier geschrieben und aufgeklebt. Es mußte ein gutes Stück Arbeit gewesen sein, diesen Bus dafür zu bekommen, und es sprach dafür, wie beliebt und angesehen die Busfahrerin – respektive seine Braut – unter den Kollegen war. Plötzlich fiel ihm auf, daß es vor allem die Bibelcode-Geschichte war, die ihn heute so dermaßen irritiert hatte. Seit seinem ersten Kontakt zu Daniel, dem Religionsspinner, hielt ihn die Wahrheit in ihren Klauen. Er hatte sie beim Lesen dieses

Buch geglaubt zu erkennen, dann schnell verdrängt und weggeschoben, doch nun war sie wieder da und begann, ihn in den Würgegriff zu nehmen. Man muß sich nicht zwangsläufig davon berühren lassen, wenn mehrere Wissenschaftler behaupten, sie könnten mit fast hundertprozentiger Sicherheit mathematisch beweisen, daß in der Bibel ein Code enthalten war, der die Ermordung des israelischen Premiers samt seinen Mörder auf den Tag genau vorhergesagt hat. Dies ändert sich aber radikal, wenn plötzlich das eigene Leben darin vorkommen soll. Aber was, verdammt noch mal, hatte er eigentlich mit diesem komischen Rumt zu tun? Von einem spontanen Einfall getrieben, öffnete er die kleine Umhängetasche und suchte hektisch den Notizblock, den er im vergangenen Frühjahr in Spanien dabei gehabt hatte und blätterte nach.

Tatsächlich, Rumt, so hatte dieser Typ im Bus geheißen, Rainer Rumt; er hatte dazu notiert: „Rumt wie Rum mit Tee!“ Beim Weiterblättern stieß er plötzlich auf den Nachnamen der Busfahrerin, seiner Braut. Das Blut stockte in seinen Adern. Wie kam dieses „Hindemith“ hierher? Dann erst sah er, daß an anderer Stelle „Verena Hindemith“ geschrieben stand. Beim hektischen Weiterblättern kam ihm dunkel, daß diese Verena Hindemith in irgendeiner Form Teil seines Spiels gewesen war, aber was er ihr damals gesagt und wie er sie eingebunden hatte, das brachte er im Augenblick nicht mehr zusammen. Ihn interessierte gerade viel eher, ob sie wirklich die Schwester der Busfahrerin sein konnte, und falls ja, wie zum Teufel ausgerechnet er dazu kam, an sie zu geraten und warum diese Scheiße, daß er die Schwester treffen würde, auch noch im Bibelcode stand!

Es mußte ihre Schwester sein, zu viel paßte zusammen! Derselbe Nachname, das allein hätte Zufall sein können, aber Barcelona?

„Darf man hier rauchen?“ rief er nach vorne.

„Man darf seit Jahren nicht mehr außerhalb speziell ausgewiesener Raucherzonen rauchen, und eine solche ist ein städtischer Bus mit Sicherheit nicht“, sagte die Kollegin der Braut, „aber für einen nervösen Jungegesellen kurz vor dem Verlust der Freiheit will ich mal alle Augen zudrücken und den Bus nachher schön lüften!“

„Danke! Tausend Dank!“ rief der Buspassagier nach vorn und zündete sich schnell eine Zigarette an, als fürchtete er, beim leisesten Zögern seinerseits könnte sie die Erlaubnis zurücknehmen. Sie streckte vorne den rechten Arm mit eindeutiger Geste und gespreiztem Zeige- und Mittelfinger in den Fahrgastbereich, so daß er eigentlich hätte sehen müssen, daß sie unter diesen Umständen auch eine rauchen wollte, aber seine Gedanken waren so weit weg vom Hier und Jetzt, daß sie es nach langen Sekunden einsah, lächelnd vom Konto seiner kommenden Vermählung abbuchte und aufs Rauchen verzichtete.

Der Buspassagier war schon wieder tief in seinen Überlegungen versunken und konstruierte den Schluß, daß auch beides Zufall sein konnte: Bestimmt gab es jede Menge deutscher Frauen dort, die Hindemith hießen, und eine davon hatte er halt zufällig erwischt, na und? So what! Und außerdem wurde es höchste Zeit, daß er diesen Bibelcode-Käse mitsamt Religionsspinner aus seinem Leben verbannte und das ganze am besten mit einem symbolischen Akt vollzog! Warum nicht Daniel anrufen und einfach anschreien, anbrüllen? Laß mich in Ruhe, du Arsch, und ruf hier bloß nie mehr an, hörst du? Beim Gedanken daran ballte der Buspassagier aggressiv und energisch beide Fäuste. Ein „Ja!“ entwich ihm und besorgt schaute er nach vorn, ob die Kollegin seiner Braut es mitbekommen hatte. Die starrte aber nach vorne auf die Straße und bereitete kurbelnd die letzte Schleife zum Standesamt vor. Nein, entschied der Buspassagier, das war uncool, besser war es, diesen Typen einfach auszuhungern, sich einfach nie mehr zu melden. Besorgt fiel ihm ein, daß er auf Band bereits die neue Nummer aufgesprochen hatte, aber womöglich hatte er Glück, und der Religionsspinner hatte sie noch nicht notiert! Der Bus hielt mit einem Zischen. „Wir sind da! Auf zum letzten Gefecht!“ rief die Kollegin der Braut und drückte auf die Knöpfe, die die Türen vorne und hinten aufklappen ließen. So mach ich es, dachte der Buspassagier, ich laß ihn austrocknen, ich lösche heute noch die Ansage auf meinem Band, und wenn er dann doch anruft, kann ich immer noch die uncoole Geschichte durchziehen und ihn zur Sau machen!

Mit diesen Gedanken schwang er sich aus dem Bus und hatte noch nicht den Boden des Rathaushofes berührt, als er spürte, daß etwas nicht stimmte. Die Luft hatte ihre Frühlingsleichte verloren und lag schwer auf dem Geschehen. Die Geräusche, die der Großstadt ihre Kulisse zaubern, waren seltsam gedämpft und fanden im Hintergrund statt. Die Zeit schien gedehnt, der Raum gekrümmt, die Wirklichkeit stand mit verschränkten Armen an der Seite und schüttelte bedauernd den Kopf.

Die Bandmitglieder standen ratlos neben ihren Instrumenten, die sie im Freien aufgebaut hatten und diskutierten leise mit reduzierten Bewegungen. Die Busfahrerin stand im Brautkleid und heulte Rotz und Wasser, ihre Mutter legte den Arm um sie, der Stiefvater, der Ami-General, stand in Uniform wie ein Zinnsoldat daneben. Im Eck standen Vater und Schwester des Buspassagiers, er hatte sie sofort erkannt, obwohl sich beide verändert hatten in den letzten Jahren; sie war richtig hübsch und fraulich geworden und er grau, aber der Buspassagier registrierte es nur beiläufig, so wie überflüssige Personen in einem langatmigen Film, der einen nicht mitreißen will. Als sie ihn aus dem Bus aussteigen sahen, machten beide die Andeutung einer Bewegung auf ihn zu, verharrten dann aber doch an ihrem Platz, so, als wollten sie abwarten, ob er echt sei oder sich gleich in Luft auflöste. Der Buspassagier lief wie in Trance, wie in Zeitlupe auf das Geschehen zu, alle Nebenreize waren abgeschaltet, er hörte und roch und fühlte nichts, er lief auf seine Braut zu und fühlte sich außerirdisch und alt und tot und leer. Als die Braut ihn bemerkte, verstärkte sie ihr Schluchzen und verlor fast die Fassung. Da löste sich der Vater des Buspassagiers von seinem Platz, kam auf den Buspassagier zu, legte ihm den Arm um die Schulter und sagte: „So ein Pech, Junge, ich habe mich so gefreut, dich wiederzuhaben, mein verlorener Sohn, so unendlich gefreut, und jetzt das!"

Der Buspassagier schritt weiter auf die Braut zu und zwang seinen Vater so zum Mitgehen, weil sonst dessen Arm achtlos von seiner Schulter gerutscht wäre, und diese symbolische Schmach wollte sich der Vater nach etlichen Jahren der Trennung nicht antun.

„Es ist ihre Schwester!" sagte der Vater, der Politiker, der schon längst wieder mit allen Informationen gefüttert war, „sie hat sich heute morgen vor den Zug geworfen!"

Weil der Buspassagier schweigend weiterging, überbrückte der Vater die seltsame Stille mit Reden. Nun waren die Rollen anders verteilt, nun gab der Politiker den Einflüsterer, und er fügte sich prächtig in die Rolle, die er sonst immer gerne bei den anderen sah: „Heute Vormittag um elf, also vor genau vier Stunden!"

„In Barcelona!"

Der Vater machte sich keinerlei Gedanken, woher sein Sohn diese Information haben könnte und parlierte weiter: „Sie hatte daheim auf dem Tisch einen Arztbericht liegen, der erst heute morgen angekommen war und auswies, daß sie schwanger war. Ein Aidstest war aber positiv verlaufen, und ich halte das ganze für eine Kurzschlußreaktion, allerdings muß da noch ein Brief an deine Braut gelegen haben, und die Scheiß-Spanier hatten nichts Besseres zu tun, als die Eltern ausfindig zu machen und den Brief herzufaxen, die Idioten, sind doch sonst nicht so schnell, das hätte doch auch noch nach der Hochzeit gereicht, aber ...“

Nun hatten sie Braut und Brautmutter erreicht, und das zwang den Vater des Buspassagiers zum Schweigen.

„Verena!“ sagte der Buspassagier tonlos, als sie bei der Braut angekommen waren.

„Was hat sie geschrieben? Ich muß es wissen!“

„Bus ...!“ Ihre Stimme klang halb überrascht, halb entsetzt.

„Was hat sie geschrieben?“

„Daß ... daß ihr das alles leid tue, und daß sie mich einmal sogar anrufen wollte, oh, hätte sie es doch getan ...“, wieder verfiel die Braut in Schluchzen, und der Buspassagier hielt sie mit einem groben Griff an der Schulter davon ab: „Was sonst noch? Sag es mir!“

„Daß ein Anruf aus Deutschland Schuld an allem habe und ...“

„Rumt? Erwähnt sie einen Rainer Rumt?“

„Natürlich! Sie schreibt, daß er beim KONZERN umgefallen sei, im März letzten Jahres ...“

„Und dann?“

„Was und dann?“

„Was mit diesem Rumt passiert ist zum Teufel!“

„Der sei ein paar Monate später im Krankenhaus gestorben – aber woher kennst du den eigentlich?“

„Im September?“

„Ja, ich glaube, sie hat September geschrieben, aber ...“

„Dann ist es also wahr!“

„Bus, sei nicht so unheimlich, was soll das?“

„Es ist wahr! Verdammt, es ist wahr!"

„Bus, hast du irgendwas damit zu tun? Bus? Sag es mir! Bus!!"

Sie griff nach ihm, aber er riß sich los, drehte auf dem Absatz um und bewegte sich weg, weg von ihr und seinem neuen Leben, erst raschen Schrittes, dann trabend, schließlich joggend, und dann rannte er, rannte wie um sein Leben, riß sich beim Laufen die Krawatte ab, ließ sie einfach fallen, warf später sein Jackett hin, erreichte das Haus, stieß die Tür auf, kramte im atemlosen Treppenhochjagen nach seinem Schlüssel in der Hose, schloß auf, stürzte zum Anrufbeantworter, spulte ein gutes Stück zurück und drückte die Playtaste.

„... diagonal geschnitten von: ‚Er wird ihn töten!' Aber jetzt erschrick bitte nicht, Bus! Rips hat nämlich auch das genaue Datum herausgefunden, das war schon letztes Jahr, ein Tag im Mai und einer im September. Ich gehe davon aus, daß du damals in großer Gefahr warst, aber irgendwie durchgekommen bist!

So, und der Bibelcode kennt auch deinen Spitznamen, Bus! Rips hat nämlich noch folgendes gefunden: ‚Bus, der im Bus fährt' kreuzt sowohl ‚Er wendet das Schicksal' als auch ‚Er schickt Glück und Unglück auf den Weg!'

‚Tja, und über alles Weitere, Bus, müssen wir dringend mal reden. Ich sage mal: Kein Anlaß zur Panik, aber ganz harmlos ist das trotzdem auch nicht, ich weiß nicht, ob ich dir's am Telefon ... na ja, was soll's, es ändert ja eh nichts, also, dann ist da noch mal Buspassagier zu finden, an einer anderen Stelle der Bibel, und hier kreuzen folgende Dinge: ‚Mörder, der zweimal töten wird!' und ‚Der die Schwester treffen wird'. So, und diagonal zu diesem Kreuz läuft ‚Er wird die Schwester töten und die Braut verlieren'. Diese Diagonale kreuzt wiederum eine Horizontale, die sagt: ‚Der die Welt rettet, wenn er fährt!' Das hört sich etwas seltsam an, aber an anderer Stelle findet sich bei Rainer Rumt, der sterben wird und Bus noch mal ein: Im Fahren heilt er die Welt! Und ein: ‚Wird er es erkennen?'

Das verstehe ich natürlich auch nicht so recht, aber Rips hat mehr als neunundneunzig Prozent Wahrscheinlichkeit errechnet, daß dies alles vor dreitausend Jahren absichtlich in den Bibelcode hineingeschrieben wurde. Schau doch mal vorbei, vielleicht kommen wir gemeinsam dahinter. Womöglich helfen ja auch ein paar Bierchen dabei! Und noch mal: Mach dich nicht verrückt, der Bibelcode will uns helfen! Und außerdem scheint alles ja in der Vergangenheit zu liegen, denn wie gesagt, das einzige, was man an Datum finden kann ist der einunddreißigste März und der sechzehnte September im letzten Jahr. Tja, so viel erstmal am Telefon, bis bald!"

Der Buspassagier lag mit ausgestreckten Armen und Beinen bewegungslos auf dem Holzparkett seiner leergeräumten Wohnung. Von oben, vom Universum aus, sah er aus wie der Gekreuzigte.

5

„Wahnsinn!“

Der Azubi starrte seinen Ausbilder fassungslos an. „Ist ja eine irre Geschichte!“

Der Pfleger drückte seine Zigarette im Aschenbecher aus, der, was seine Aufnahmekapazität anging, am absoluten Ende seiner Möglichkeiten angekommen war. „Wir müssen!“ sagte er zum Azubi, machte eine auffordernde Geste und erhob sich. Als der Azubi seinen Zeigefinger in den biometrischen Leser legen wollte, zog ihn der Pfleger zurück. „Nein, laß mal!“ sagte er, „das war vorhin nur eine Frotzelei, die Kaffees gehen auf mich!“

Damit legte er seinen Finger in das Lesegerät und als sich nach dem Zahlvorgang die Türe öffnete, ging er als erster hinaus.

Sie liefen schweigend nebeneinander her und ließen den Rollstuhl nachkommen.

„Und? Glauben Sie ihm?“

„Wenn du mich fragst: Das da oben ist die Sonne, das hier ist ein Baum, dort ist das Morlok, und das war die Geschichte des Alten; warum sollte ich ausgerechnet an eines davon nicht glauben?“

„Chef, ich sag's ihnen, sie sind komplett angefixt! Was macht er eigentlich mit seinen Rechnern?“

„Er gibt die Daten von verschiedenen Menschen ein und sucht nach ihnen im Bibelcode!“

„Was für Menschen?“

„Na ja, Menschen halt, die ihn drum bitten!“

„Und? Kommt was raus dabei?“

„Immer!“

„Woher wissen Sie das?“

„Ich weiß es!“

Der Bus kam um die Ecke gefahren.

„Meinen Sie, daß er meine Daten auch mal eingibt?“

„Das würde er bestimmt tun!“

„Klasse! Das mach ich!“

„Machs nicht!“

Der Azubi blickte den Pfleger auffordernd an: „Warum nicht?“

Der Pfleger antwortete nur mit einem warnenden Blick.

„Okay, er gibt also die Daten von Menschen in seinen Rechner – das heißt aber auch, er hat die Software?“

„Definitiv!“

„Wie ist er dran gekommen? Ich dachte, die haben nur die Wissenschaftler in Israel?“

„Das habe ich ihn auch gefragt, aber er hat mir die Antwort verschwiegen.“

Als Daniel die Bahnhofshalle betrat, zog er eine Sonnenbrille aus der Tasche und setzte sie auf. Er suchte die verabredete zweite Sitzbank am Gleis elf und nahm darauf Platz. Niemand war da. Nervös stand er auf, lief ein paar Schritte das Bahngleis auf und ab und versicherte sich unnötigerweise noch einmal, daß er das richtige Bahngleis erwischt hatte. Er verglich die Uhrzeit, die sein Handydisplay anzeigte mit der großen Bahnhofsuhr am Bahngleis. Nachdem ihm beide Zeitmesser bestätigt hatten, daß er sieben Minuten vor der verabredeten Zeit da war, beruhigte er sich ein wenig, setzte sich auf die Bank und dachte nach. Was wußte er denn schon? Nicht viel, dachte er, aber genug. Der Typ nennt sich „Bus“ und heißt mit bürgerlichem Namen Rainer Rumt. Das mußte stimmen, denn im Bibelcode hatten sich beide Namen gekreuzt gefunden und Gott würfelt bekanntlich seit Einstein nicht. Aber darin stand geschrieben, daß dieser Rumt im September letzten Jahres gestorben sein müßte – und doch lebte er noch. Das war es, weshalb Daniel diesem komischen Menschen überhaupt einen derart großen Gefallen getan hatte. Tun mußte! Ein Widerspruch im Bibelcode, nein, das konnte, das durfte nicht sein, ihn galt es aufzuklären. Die Bedrohung, die ein Scheitern des Bibelcodes in sein Leben bringen würde, war ihm schnell bewußt geworden. Den Nachweis, daß er, Daniel, womöglich jahrelang sein Leben an einer falschen Idee aufgerichtet haben könnte, durfte es nicht geben! An einer Idee der reinen Fehlerlosigkeit, die plötzlich einen Fehler in der Matrix offenbarte! Diese Gedanken waren neu, und sie versetzten ihn seither nicht nur immer wieder, sondern auch immer öfter zurück in die Zeit vor sechzehn Jahren in Barcelona, als ihm die Krümmung des Raumes auf die Füße gefallen war. Das hatte ihn über Jahre hin verunsichert, bis er endlich, kurz vor der Jahrtausendwende, das Buch über den Bibelcode entdeckt und darin seine eigene Ruhe gefunden hatte. Er hatte das Werk als fantastisch empfunden, es hatte ihm Halt gegeben, ja, er betrachtete den Moment, als ihm das Buch zufällig in die Hände gefallen war, als Tag, an dem Gott ihm die Hand gereicht und ihm einen Gottesbeweis direkt von oben gegeben hatte, ein: „Ja, mich gibt's, und jetzt werde wieder ruhig." So konnte er Verena und die Erscheinung ihrer mystischen Doppelung Jahre später verarbeiten und in sein eigenes Leben einordnen. Und nun stand er plötzlich vor dem Problem, den Fehler zwingend auflösen zu müssen, denn ein perfektes System konnte in seiner Welt keinen Fehler haben, es sei denn, es wäre nicht perfekt, aber das war eine Perspektive, die Daniel nicht zulassen konnte. Er spürte, wie ihm das Unbehagen, das all diese Gedanken in ihm auslösten, körperlich zusetzte. Sein Rücken juckte, und die Schuppenflechte, die er jahrelang für ausgestanden gehalten hatte, war wieder zurück und ließ ihn ständig nervös mit beiden Händen durch die Haare streifen und seine Kopfhaut nervös blutig kratzen. Endlich kam der Buspassagier um die Ecke. „Scheiße, wie siehst du denn aus?“ entfuhr es Daniel, denn der Buspassagier hatte sich stark verändert seit ihrem letzten Treffen; er hatte Augenringe, als wäre er seit ihrem Telefonat vor etwa fünf Wochen wach geblieben und hätte sich genauso lange weder rasiert noch geduscht, aber das Schlimmste war das irre Funkeln in seine Augen. „Hast du es?“ fragte der Buspassagier, ohne eine Begrüßung voranzuschikken. „Klar!“ sagte Daniel und kramte in seiner Tasche, „aber es war nicht einfach, und den Flug nach Israel mußten meine Eltern vorstrecken, ich hab denen was von einer Studienarbeit für die Uni erzählt, ich muß das Geld unbedingt bald wieder haben, weil...“.

Wortlos warf der Buspassagier Daniel einen Umschlag hin, in dem sich die zehn Fünfhundert-Euro-Scheine befanden, die Architekt Schneyder als Schweigegeld ausgegeben hatte. Irritiert ergriff Daniel den Umschlag, erkannte durch das Adreßfenster das Lila eines Fünfhundert-Euroscheines durchblitzen und spürte an der Dicke und am Gewicht das Inhaltes, daß sich weit mehr Geld darin befand, als ausgemacht war. Daniel verharrte noch einen Moment, dann zog er eine externe Festplatte aus seiner Umhängetasche. „Hier ist alles drauf, das ganze Programm, kommst du zurecht damit?“

Der Buspassagier nickte schwach und abwesend.

„Soll ich dir helfen, ich meine, ich könnte...“

Der Buspassagier schüttelte den Kopf.

„Bus, Mann, laß mich dabei sein, das ist auch für mich wichtig, laß uns gemeinsam forschen und den Fehler suchen, der...“

Aber da hatte sich der Buspassagier schon umgedreht und lief mit raschen Schritten durch die Bahnhofshalle Richtung Bushaltestelle.

Zeittafel

01.05.1970	Geburt vom Buspassagier
04.07.1970	Geburt von Daniel (Religionsspinner)
13.09.1970	Geburt der Zwillinge Verena Hindemith und ihrer Schwester („Busfahrerin“, Vorname unbekannt)
22.09.1984	Verenas Vater fällt aus der Riesenradgondel
22.02.1988	Verena zieht nach Barcelona
13.03.1988	Konfirmationsfeier von Nadine, Schwester des Buspassagier
14.03.1988	0:53 Uhr, der Busvertrag wird aufgesetzt und unterzeichnet
23.03.1990	Daniel erlebt in Barcelona die Krümmung des Raumes
28.11.1990	Verena gebärt ein Kind und gibt es sofort zur Adoption frei
31.10.1998	Geburt des Pflegers
01.02.1999	Daniel liest „Der Bibelcode“ von M. Drosnin
04.01.2001	Daniel zieht von Barcelona nach Stuttgart
14.04.2004	Buspassagier sieht die Busfahrerin zum ersten Mal
31.03.2005	Busspiel in Barcelona, Daniel macht Urlaub in Barcelona und sieht den Buspassagier im Café, Rainer Rumt stürzt
14.05.2005	Busspiel mit Daniel, dem Religionsspinner, in Stuttgart
16.09.2005	Busspiel Wagenburg-Gymnasium, Rainer Rumt stirbt im Krankenhaus
26.08.2006	Hochzeit platzt, Verena stürzt sich vor den Zug

02.10.2006	Buspassagier erhält von Daniel die Bibelcode-Software
22.02.2018	Geburt des Azubis (Sohn von Verenas zur Adoption freigegebenen Kindes)

Der Alte schaute schläfrig durchs Busfenster. In der Ferne sah er schon das Morlok. Er wußte, daß der Pfleger sehr gewissenhaft war. Wahrscheinlich würde er schon an der Bushaltestelle warten und wenn nicht, mit Sicherheit in den nächsten Augenblicken aus der Kneipe kommen. „Ja, komischer seltsamer Azubi“, nuschelte der Alte vor sich hin, „jetzt kennst du auch meine Geschichte! Du wirst dich für mich interessieren, ich werde deinen Namen eingeben und dann werden wir sehen, was es dir bringt. Aber sei so lieb, und ertränk dich danach nicht im Baggersee und spring nicht vom Fernsehturm! Ich muß meinem Auftrag folgen und die Welt heilen – und ihr macht euch alle tot dabei, es ist ein Kreuz, ja, ein Kreuz ...!“

In diesem Augenblick sah er, wie der Pfleger samt Azubi das Morlok verließen und mit seinem Rollstuhl im Schlepptau auf die Bushaltestelle zugingen.

Der Bus war nun an der Haltestelle angekommen, und der Ausbilder und sein Azubi stellten sich bereit, um den Bus zu betreten und den Alten zu seinem Rollstuhl zu tragen.

„Warum nicht?“

„Ich sag mal, man muß damit umgehen können, Junge, verstehst du?“

„Können Sie denn damit umgehen?“

„Ich denke schon!“

„Dann kann ich es auch!“

Der Pfleger griff energisch nach der Schulter des Azubi und hielt ihn mit einem Anflug von Zorn und Aggression fest. Der Schmerz in der Schulter zwang ihn stehenzubleiben. Erstaunt drehte er den Kopf und blickte in die funkelnden Augen seines Ausbilders.

„Das hat der Chefpfleger auch geglaubt!"

Mit einer ausweichenden Bewegung schraubte der Azubi seine Schulter aus dem Griff des Pflegers.

„Ich habe keine Angst!" sagte er und betrat den Bus durch die offene Türe. Der Alte lächelte ihn aus seinem faltigen Gesicht heraus mit leuchtenden Augen vielsagend an. Der Azubi beschleunigte seinen Schritt, griff zur Innentasche seines Jacketts und zog sehr energisch etwas silbern – glänzend Metallenes heraus. Im ersten Augenblick dachte der Pfleger, es sei eine Waffe.

Es war natürlich keine Waffe, was der Azubi da aus seiner Tasche zog, keine richtige zumindest. Es war eine silberne Metalldose, in der sich ein Foto befand. Er öffnete die Dose, zog das Foto heraus und hielt es dem Alten vor die Augen. Normalerweise lösen Fotos bei Menschen selten große Reaktionen aus, vor allem, bei sehr sehr alten Menschen, deren Sehkraft bereits getrübt ist und die auf einem Foto, das jemand so dicht vor ihre Augen hält, wie der Azubi dem Buspassagier, eigentlich gar nichts erkennen können. In dem beschriebenen Fall war alles anders, denn der Buspassagier hegte großen Argwohn gegen den Azubi und dessen seltsam entschiedene Bewegung zur Innentasche schärfte in dem Alten schlagartig alle Sinne, wie man es kennt von einer Kleidermotte, die seit Tagen auf dem Leimfänger hängt und die man für tot hält und wenn man sie berührt, schlägt sie mit den Flügeln, als ginge es um ihr Leben. Was ja auch richtig war, denn es ist dann zumeist das allerletzte Flattern, das die Motte zustande bringt, bevor sie dem Fänger ganz auf den Leim geht und ihr kleines Leben endgültig aushaucht. Der Alte erkannte sofort, was auf dem Foto zu sehen war, o ja! Er selbst in jungen Jahren war darauf zu sehen! Er hielt eine Bierflasche in der Hand, die er in Richtung Kamera streckte. Auf seinen Lippen lag ein anmutiges und doch auch unsicheres Lächeln. Neben ihm, in selber Pose – Daniel, der Religionsspinner.

Es war aber nicht nur das Foto, das den Alten schlagartig so agil gemacht hatte, es waren auch die Worte, die der Azubi dabei ausstieß, heftig, bewegt und untypisch für ihn:

„Erkennen Sie sich wieder?“ hatte er scharf gefragt und keine Antwort abgewartet. Der Pfleger stand fassungslos hinter dem ganzen Geschehen und war unfähig einzugreifen. Die Stimme des Azubis hatte etwas Scharfes bekommen, dieser Mensch kam ihm schlagartig wie ausgewechselt vor, und obwohl der Pfleger nur Teile dessen verstand, was der Azubi aus seinem Mund abfeuerte wie ein Maschinengewehr den Kugelhagel ausspuckt, spürte er doch die Dimension und fühlte sich als Verräter, der den Alten durch sein naives Geplauder an seinen Henker ausgeliefert hatte. „Erkennen Sie auch den Menschen neben sich?“ schoß der Azubi weiter mit Worten und Sätzen um sich, „Das ist Daniel, Ihr „Religionsspinner“. Daniel war mein Opa und das Kind, das Daniel mit Verena gezeugt hat und das sie hergegeben hatte, war mein Vater. Mein Vater wiederum war achtundzwanzig, als ich auf die Welt kam und ist im letzten Jahr bei einem Unfall ums Leben gekommen. Und das erste, was mir sein Notar überreicht hat, lange noch vor all dem anderen Kram, war ein Brief, in dem mir mein Vater die ganze Geschichte erzählt hat. Er hat nachgeforscht und herausgefunden, wer seine Mutter war, und hat herausgefunden, wer sie in den Tod getrieben hat! Das warst du, alter sabbelnder Unhold! Ich habe dich gesucht, und ich habe dich gefunden. Ich habe hier einen Ausbildungsplatz angenommen, weil ich ganz sicher gehen wollte, immer wieder war ich am Schwanken, aber jetzt weiß ich ganz genau, daß du es bist, du „Mörder, der zweimal töten wird!“

Der Pfleger stand immer noch wie versteinert hinter ihm, der Busfahrer blickte konsterniert durch den Rückspiegel, und auch etliche der Fahrgäste beobachteten atemlos die Situation, denn die Schwere, die auf ihr lag, war überall im Bus zu spüren.

Der Alte flatterte wie verrückt mit seinen Flügeln, die Lippen wurden noch blauer, als sie ohnehin schon waren, auf den Wangen erschienen seltsam rote Flecken, die sehr ungesund aussahen, er schnaufte wie ein Ringer, heftig und schwer, es war sein letzter Versuch, der Leimfalle zu entfliehen, dann öffnete er den Mund und ein paar Worte flossen heraus, die kurzen Rumpfsätze, die sie bildeten, bewegte sich im ganzen Bus und erfüllte ihn:

„Ich...ich habe es nicht gewollt...ich mußte es tun.... es tut mir.... deshalb auch nicht leid...Jungchen...“ Der Buspassagier versuchte, den Arm des Azubi zu berühren, doch seine Kraft reichte für die volle Bewegung nicht mehr aus, außerdem war der Azubi ausgewichen, um just diese Berührung, die versöhnlich hätte werden können, zu vermeiden... „...Nimm es... nicht so schwer... es ist doch alles nur ein... Spiel... mein Busorakel!“

Dann sank sein Kopf nach vorne auf die Brust.

Danksagung

Ich bedanke mich bei meinen Schwestern und Freunden, die das „Busorakel“ früh gelesen und zum Dranbleiben ermuntert haben. Herzlichen Dank an Beate Wörner, die das Werk als erste lektoriert hat und bereits im Vorfeld mit mir zusammen viele wichtige Weichen gestellt hat. Ich bedanke mich bei Alfred Biolek und Manfred Bissinger für ihre Mühe, bei Dr. Dierk Suhr für seine Beharrlichkeit, beim Verleger Ulrich Frank-Planitz für seinen hochintelligenten Humor und bei Renate Jostmann für ihr einfühlsames Lektorat. Herzlichen Dank an Ingo Wörner für stunden- und nächtelange Gespräche über den Bibelcode, das Universum und andere Nebensächlichkeiten.

Danke an Dr. Martin Buck, Stefan Reusch und Frank Radojewski für ihre wertvollen Hinweise. Mein Dank gilt einem meiner ersten Leser, Udo van Kampen, und Professor Hellmuth Karasek für seine Würdigung. Und: ein großer Dank geht an die heilige Fantasie, weil sie immer genau dann da ist, wenn man sie brauchen kann.